KB219851

한국 현대소설과
전쟁의 기억

한국 현대소설과
전쟁의 기억

정재림 지음

머리말

본격적인 문학 공부를 시작한 후, 나의 관심은 꽤 오랫동안 '기억'이라는 현상과 그 의미에 머물러 있었다. 첫 평론집 제목도 『기억의 고고학』이었고, 동료들과 함께 즐겁게 만들었던 영화에 관한 책 『기억의 여신 므네모시네, 영화관에 들어서다』에도 기억이라는 단어가 들어 있다. 기억과 그것의 문학적 재현에 주목한 박사학위 논문 「전쟁기억의 소설적 재현 양상 연구」에도 기억은 등장한다.

더듬어 생각해 보면, 기독교 신앙의 영향으로 나는 기억의 문제에 관심을 가지기 시작했던 것 같다. 내 생각에 기독교는 기억의 종교라고 해도 과언이 아니다. 십계명을 비롯한 각종 계율을 기억하고 그것을 지키는 것이 매우 중요하기 때문이다. 그래서 신명기는 "너는 마음을 다하고 뜻을 다하고 힘을 다하여 네 하나님 여호와를 사랑하라"는 말씀을 마음에 새기고 자녀에게 가르칠 것을 당부한다. 그것도 부족해서 말씀을 손목에 매고 미간(眉間)에 붙여 두라고 권고하고, 집의 문설주와 바깥문에 기록해 두라고 당부하기까지 한다. 최후의 만찬에서 하셨던 "이것을 행하여 나를 기념하라"는 예수님의 당부도 기억하라는 명령과 다르지 않다.

기억은 행복하고 축복된 삶을 살기 위한 필수 조항인 셈이며, 망각은 신에 대한 불순종과 동일한 의미를 갖는다. 망각은 신의 명령과 은혜를 기억하지 않는 것이기 때문이다. 그러나 망각이 죄악이기만 한 것이 아니며, 어떤 문맥에서 은혜와 동의관계를 이룬다는 점에 기독교의 흥미로운 지점이 있다. 즉 인간의 죄를 기억하지 않는 신의 망각은 신의 속성인 긍휼과 사랑을 상징적으로 보여준다. 빚과 토지, 노예를 원상태로 되돌려 자유와 해방을 이 땅에 실현하는 구약의 '희년(禧年, Jubilee)' 사상 역시 망각에 기초한 것이다. 그뿐만 아니라 신의 망각은 인간과 인간 사이의 관계에서 용서라는 실천적인 윤리로 자리 잡게 된다.

　정신분석학 역시 내가 기억이라는 주제에 관심을 갖고 공부를 하는 데 영향을 끼쳤다. 프로이트, 라캉, 지젝의 저작들은 문학연구 방법론을 세우기 위한 이론적 지식으로만 유용한 것이 아니었다. 그 자체로서 흥미로운 읽을거리였을 뿐만 아니라, 나와 공동체, 공동체의 사회문화적 현상을 이해하는 데도 적지 않은 도움을 주었다. 정신분석학의 도움을 받아야 하는 사람들이나 사회의 병증은 한마디로 '기억해야 할 것을 잊어버리는 현상' 혹은 '잊어야 할 것을 잊지 못하고 기억하는 현상'으로 요약될 수 있다. 정신분석학의 핵심 개념이라 할 수 있는 무의식, 억압, 부인 등은 결국 기억(망각)과 관련된 것들이다.

기억과 망각에 대한 관심이 꽤 오래 지속되어 왔지만, 내가 이룬 연구 결과는 아직 부족함이 많다. '전쟁'과 '기억'을 중심으로 연구한 성과물을 모은 이 책은, 이런 점에서 일종의 중간보고의 성격을 갖는다. **제1부 전쟁의 기억**에서는 유년기 전쟁체험 세대의 세 작가 김원일, 현기영, 오정희 소설에서 전쟁 기억이 어떻게 재현되고 있으며 어떤 차이를 보이는지, 그리고 그것의 문학사적 의의가 무엇인지를 고찰하고자 하였다. **제2부 전쟁의 재현**에서는 전상국, 오상원, 이범선, 남정현 소설에서 전쟁과 전후의 문제가 어떻게 재현되고 있는지, 그리고 그 표상과 재현의 심층적 욕망이 무엇인지를 논구하고자 하였다. 황석영 소설에 나타난 베트남전쟁의 재현 양상을 고찰한 논문 역시 제2부에 포함시켰다.

이 논문들을 통해 나는 작가들의 문학작품에서 전쟁이 어떻게 재현되고 있는지를 살펴보고자 하였다. 당연한 말이지만 객관적인 재현이란 불가능하다. 가장 객관적인 장치인 카메라도 있는 그대로의 현실을 보여주지는 못한다. 사실적이고 객관적이라는 환상을 유포할 뿐이다. 하물며 언어 텍스트인 문학작품에서 객관적 재현이란 있을 수 없다. 그러므로 작가의 욕망과 이데올로기에 의해, 경험으로서의 전쟁은 텍스트에서 기억으로서의 전쟁으로 재탄생하게 된다고 말할 수 있다. 이 책에서 '전쟁의 기억'이라는 표현을 사용한 이유가 여기에 있다. 텍스트 속 전쟁의 기억을 탐구하는 일은, 그러므로 작가와 시대의 욕망이나 신념 체계를 역추적하는 일과 다르지 않을 듯하다.

이 지면을 빌려 감사 인사를 드리고 싶은 분들이 참 많다. 문학을 한다는 것이 무엇이고, 문학하는 사람에게 필요한 것이 무엇인지를 늘 상기시켜 주시는 지도교수 이남호 선생님, 좌충우돌하던 나에게 학문의 즐거움을 알게 해주신 고려대학교 국어교육과와 국어국문학과의 은사님들께 감사드린다. 박사학위논문을 꼼꼼히 지도해주신 윤석달, 강헌국, 이혜원, 양윤모 선생님, 예비발표로부터 정신분석학을 적용하는 방법에 이르기까지 충고를 아끼지 않았던 이승준 선생님께 이 지면을 빌려 감사 인사를 올린다.

　조금이나마 철이 들면서 가족과 주위 사람들에 대한 고마움을 절감하게 된다. 편히 공부할 수 있도록 배려해주신 부모님, 시부모님, 남편과 아이에게 고개 숙여 인사드린다. 돌려드리지 못하는 은혜는 아마도 나의 이웃들에게 돌려져야 할 듯하다.

2013년 봄
Coram Deo의 의미를 되새기며
정재림

차례

제1부 전쟁의 기억

전쟁 기억의 소설적 재현 양상

1. 서론

(1) 문제제기와 연구사 검토

8·15해방 이후 현재까지의 한반도 상황은 '분단체제의 지속'으로 요약될 수 있다. 8·15해방과 더불어 민족은 식민지 상황에서 벗어나게 되지만, 단일국가 수립에 실패한 남한과 북한은 38선을 경계로 각기 단독 정부를 수립하게 된다. 뒤따른 한국전쟁과 휴전, 국제적 냉전체제는 한반도의 분단을 본격화, 고정화하는 요인으로 작용하였다. 이런 이유로 현대 한국 사회의 특성을 이해하고 각 분야의 파행과 모순을 극복하기 위한 시도들은 분단과 한국전쟁에 대한 이해와 분석으로부터 시작되곤 해왔다. 한국전쟁이 당대의 한국 사회 전반에 끼친 영향은 엄청난 것이었다. 그러나 분단과 전

쟁은 과거의 사건으로 종료된 것이 아니라, 한국 사회의 현실을 규정하는 힘으로 여전히 작용하고 있는 점에서 더 문제적이다.[1)]

해방 이후 한국문학에서 '전쟁', '분단', '이산', '실향' 등의 주제를 다룬 '분단문학'이 문학사의 중요한 흐름을 형성해온 것은 이런 점에서 당연하면서도 자연스러운 결과이다. 손창섭, 장용학, 오상원 등의 1950년대 전후소설가는 물론, 최인훈, 이청준, 황순원 등의 작가들은 예외 없이 전쟁과 분단에 대한 치열한 문학적 대응을 시도하였는데, 이는 사회역사적 현실을 반영하고 나아가 미래지향적 비전을 제시하는 데 문학의 역할과 소명이 있음을 반증해준다. 즉 전쟁과 분단을 문학적으로 재현한 작가들의 작업은 '분단의 극복', '민족의 재통합'을 지향하고 있다고 할 수 있다.[2)]

이제까지의 분단문학사 연구에서 주류를 차지해 온 것은 '연대기별 기술'과 '세대별 유형화'였으며, 이러한 방법론은 김병익과 김윤식으로부터 시작된 것이다. 김병익의 「분단의식의 문학적 전개」(1979), 「6 · 25와 한국소설의 관점」(1980)은 시간의 경과에 따라 인식의 성숙이 이루어진다는 '의식사적 진화'를 전제로 하는 특징을 보인다. 따라서 그의

---

1) 강만길은 한국 사회의 현재와 미래를 제약하는 강력한 요소로 '분단 상황'을 꼽으며, 1945년 이후의 시대를 '분단시대'로 지칭하여야 한다고 주장한 바 있다(강만길, 「分斷時代 史學의 성격」, 『분단시대의 역사인식』, 창작과비평사, 1978, 15면). 그는 "20세기 후반기 즉 해방 후의 시대는 민족분단의 역사를 청산하고 통일민족국가의 수립을 그 민족사의 일차적 과제로 삼는 시대로 보지 않을 수 없으며, 이와 같은 역사의식을 바탕으로 하는 경우 이 시기는 '분단시대', '통일운동의 시대'로 이름"해야 한다고 역설한다. '분단시대'나 '통일운동의 시대'라는 용어는 해방 이후 시기의 역사적 현상을 지시해 줄 뿐만 아니라, 우리에게 부여된 과제와 시대적 당위를 명확히 드러내는 술어이다.

2) 유임하, 『한국 소설의 분단 이야기』, 책세상, 2006, 26~27면.
   '분단문학', '통일문학'이라는 용어에는 '분단의 극복'과 '민족의 통일'이라는 지향성이 포함되어 있다. 유임하는 분단문학은 "분단 현실과 남북체제 경쟁 속에 배태된 비극적인 경험들을 비정상적인 상황으로 상정하고 이를 비판적으로 성찰하며 '민족 동질성의 회복'을 시도하는 거시적인 방향성"을 가지며, 주로 "분단체제에 비판적인 문학, 분단 극복을 지향하는 성찰의 문학, 통일을 향한 화해의 문학"을 지향한다고 설명한다.

논의는 1950년대 문학과 1960년대, 1970년대 문학을 시대별로 나열하고, 후행하는 시대의 문학이 앞선 시대의 문학이 보인 한계를 극복했다는 식의 단선적인 결과를 도출하게 된다.[3]

김윤식은 「6·25와 소설의 내적 형식」(1985)에서 세대론에 따른 문학사적 분류를 시도하였다.[4] 그는 '서사적 형식'의 시각을 기준으로 구세대, 전후세대, 신세대 문학으로 나누어 그 특징을 살펴본다. 구세대 문학에 대해서는 현상을 간과하고 본질에 경도되었다는 부정적 평가를 내리고, 1950년대 전후세대 문학에 대해서는 낯선 형식으로 새로운 서사적 형식을 시도했다는 긍정적인 평가를 내린다.[5] 정호웅의 「분단문학의 새로운 넘어섬을 위하여」(1986),[6] 이동하의 「6·25전후세대의 분단소설비교」(1987)[7] 또한 김윤식의 세대론을 기본틀로 수용하고 있는 논의들이다.

김병익과 김윤식의 연구 이후, '유년기 전쟁체험 세대' 소설에 대한 부분적인 연구는 상당히 축적되었지만, 본격적인 논의와 연구는 아직 부족한 형편이다. '유년기 전쟁체험 세대'의 소설은 분단문학사의 한 부분으로 서술되거나, 성장소설 연구의 과정에서

---

3) 김병익, 「분단의식의 문학적 전개」, 『문학과 지성』, 1979. 봄호.
_____, 「6·25와 한국소설의 관점」, 『지성과 문학』, 문학과지성사, 1980.
「분단의식의 문학적 전개」는 각 시대별 특징을 분류한 반면, 「6·25와 한국소설의 관점」은 1960년대 이후 소설을 유사한 주제의식으로 묶었다는 점에서 차이가 난다. 하지만 시간의 흐름과 작가의 요구에 따른 수용 인식의 진화를 전제로 한다는 점에서 두 글은 유사한 문제의식에 기반한 것이라고 볼 수 있다.

4) 김윤식, 「6·25와 소설의 내적형식」, 『우리 소설과의 만남』, 민음사, 1986.

5) 김윤식, 「6·25전쟁문학: 세대론의 시각」, 『1950년대 문학연구』, 예하, 1991.
김윤식의 세대론은 「6·25전쟁문학: 세대론의 시각」에서 일목요연하게 정리되는데, 그는 전쟁체험 당시의 작가의 연령을 기준으로 하여 작가군을 성인시기에 전쟁을 체험한 '체험 세대', 유년기에 전쟁을 체험한 '유년기 체험 세대', 전쟁 후에 태어난 '미체험 세대'로 나눈다.

6) 정호웅, 「분단문학의 새로운 넘어섬을 위하여」, 『한국문학』, 1986. 6.

7) 이동하, 「6·25 전후세대의 분단소설 비교」, 『광장』, 1987. 6(이 글은 김승하·신범순 편, 『분단 문학 비평』, 청하, 1987에 「분단소설의 세 단계」로 제목을 고쳐 다시 실린다).

부분적으로 언급되어 온 것이 대부분이다. 유년 화자의 시점에 초점을 맞춘 연구들은 이 시점이 전쟁과의 객관적 거리를 마련하도록 해주는 장점은 갖지만, 전쟁을 재현하는 데 있어서 일정한 한계를 노출하고 있음을 지적한다. 즉 "분단문제에 대한 검열의 현실을 우회하기 위해 고안된 장치"인 것은 사실이지만, '전쟁의 복합적 측면'과 '비극적 의미'를 해명하는 데는 역부족이라는 설명이다.[8] 이재선은 1960~1970년대 분단소설의 한 특징이 '성장 모티프'와 '유년 화자'의 도입에 있음에 주목하고, 이 시기 분단소설의 성장소설적 특성을 논구한 바 있다.[9] 그는 소년 주인공이 악(惡), 성(性), 죽음을 계기로 인식과 각성에 이르게 되는 일반적 성장소설과 달리, 유년 주인공의 시각에서 전쟁을 관찰하거나 서술한 '성장소설로서의 전쟁소설'에서는 전쟁의 폭력에 노출된 어린아이들이 전쟁의 재변(災變)을 통해 성장에 이르게 된다고 설명한다. '성장소설로서의 전쟁소설'에 대한 그의 논의는 유년기 전쟁체험과 성장의 관계를 규명했다는 점에서 의미가 있지만, 1970년대 소설을 성장소설로 일반화시키는 문제점을 보인다.

정호웅은 1960~1970년대 성장소설의 특수성이 한국전쟁을 성장의 계기로 치환하는 상상력에서 발생한다고 평가하며 유년 시점이 갖는 성취와 한계를 논하였다. 그는 소년 화자 시점이 이데올로기의 왜곡을 피하며 전쟁의 실상을 객관적으로 전달하기 위한 효과적 장치로 활용된 점을 긍정하면서도, '순진한 눈'의 시점이 비극적 현실의 표면만을 제시할 뿐 그 아래 숨겨진 본질을 드러내지 못하

---

8) 유임하, 「현대 한국소설의 분단인식 연구」, 동국대학교 대학원 박사논문, 1997, 79면.
9) 이재선, 『한국 현대소설사』, 민음사, 1991, 90~100면.

였다고 지적하였다.[10) 이동하 또한 어린아이의 '순진한 눈'이 분단과
골육상쟁의 비극성을 원초적인 감각으로 확인하게 하며 이데올로
기에 대한 본격적인 고찰로 나아가는 것을 방해한다고 비판하였다.[11)

조건상은 분단 비극의 원인과 현상에 대한 성찰이 시작된 것은
1960년대이지만, 전쟁체험의 객관적이고 본격적인 성찰과 형상화
가 가능해진 것은 1970년대라고 주장하며 논의를 시작한다.[12) 그
는 서사구조의 특성과 분단인식의 실체, 극복의 양상을 기준으로
1970년대 유년기 전쟁체험 세대의 소설을 '아버지의 부재와 가족
윤리의 붕괴', '비극적 여성상과 어머니의 초상', '악동체험과 일탈
의 과정'의 세 가지로 유형화한다. 그는 이 시기의 소설이 분단의
역사적 지평으로 확대되지는 못하는 한계를 가지나, 분단 현실을
증언하고 고발함으로써 분단 인식의 극복을 위한 하나의 단초를
마련했다는 점을 긍정적으로 평가한다. 조건상의 논의는 이 시기
소설의 의의를 문학사의 관점에서 조망하고 있다는 의의를 갖지
만, 1970년대 분단소설을 주제별로 분류하는 한계를 보이는 데 이
러한 문제점은 '유년기 전쟁체험 세대'를 대상으로 한 학위논문에
서 그대로 답습된다.

유년기 전쟁체험 세대의 소설을 연구 대상으로 한 학위 논문들

---

10) 김윤식·정호웅, 『한국소설사』, 예하, 1993. 433면.
  정호웅, 「분단문학의 새로운 넘어섬을 위하여」, 『한국문학』, 1986. 6.

11) 이동하, 「6·25 전후세대의 분단소설 비교」, 『광장』, 1987. 6. 301면.

12) 조건상, 「분단인식의 형상화 양상 연구: 幼年期체험의 소설적 형상화를 중심으로」, 『현대소설연구』 9.
  1998.
  조건상은 1960, 1970년대에 창작된 작품을 대상으로 한다고 밝혔지만, 그가 연구대상으로 삼은 작품 중
  김승옥의 「건」(1965)을 제외한 소설이 1970년대에 발표되었다는 점에 주목할 필요가 있다. 「건」은 유년
  화자의 시점에서 빨갱이를 관찰한 최초의 작품이란 의의를 갖지만, 그것이 일회적 시도로 그치고 말았음
  을 상기하면 문학사에서 「건」이 갖는 비중은 상대적으로 적어질 수밖에 없다.

은, 이 세대의 소설적 성과가 분단 극복이라는 문학사적 성취와 긴밀히 연결되어 있다는 전제에서 논의를 시작한다.[13] 대부분의 연구들은 1970년대 분단소설이 성장의 모티프와 유년 화자의 도입을 통해 한국전쟁을 객관적으로 의미화한 점은 긍정하지만, 전쟁에 대한 전면적이고 총체적인 인식에 도달하지 못한 점을 한계로 지적한다. 유년기 전쟁체험 세대의 문학사적 중요성과 의의를 규명한 연구의 의의는 인정되지만, 이 논의들은 1970년대가 분단 극복의 시기라는 전제된 결론에 묶여서 이 시기 소설들을 주제적으로 분류하는 데 그친 점, 이 시기 소설이 총체적이고 전면적인 인식에 실패한 이유를 논구하는 데 소홀한 점 등의 한계를 보인다.

유임하의 「한국 현대소설의 분단인식 연구」(1997)와 임경순의 「경험의 서사화 방법과 그 문학교육적 의의 연구」(2003)는 화자와 시점의 특징을 논구하는 차원에서 벗어나 유년기 전쟁체험 세대의 1970년대 소설을 전반적으로 검토하고 있어 주목을 요한다. 유임하는 현대 한국소설에 나타난 분단인식의 양상을 밝히는 것을 목적으로 하여, 1960년대 이후 발표된 분단소설을 집중적으로 다루었다.[14] 유임하의 논문은 자세하고 정확한 분석과 전망으로 1960∼

---

13) 다음의 논문들이 유년기 전쟁체험 세대의 소설을 논구한 대표적인 연구들이다. 이 논문들은 연구 대상으로 삼은 작품에 다소의 편차가 있을 뿐, 1970년대 유년기 전쟁체험 세대의 중요성에서 논의를 시작하고 그 특징을 논구하였다는 공통점을 갖는다.
　심정민, 「분단소설의 변모 양상 연구」, 중앙대학교 석사학위 논문, 1995.
　권성임, 「분단소설 연구」, 성균관대학교 석사학위 논문, 1999.
　유지형, 「분단소설 연구」, 성균관대학교 석사학위 논문, 1999.
　한민수, 「1970년대 분단소설 연구」, 성균관대학교 석사학위 논문, 2001.
　이재원, 「형성소설과 회상의 시학」, 서강대학교 대학원 석사논문, 2003.
　이기자, 「한국 분단소설의 연구」, 공주대학교 석사학위 논문, 2004.
14) 유임하, 「현대 한국소설의 분단인식 연구」, 동국대학교 대학원 박사논문, 1997.
　그는 본론의 한 축인 '성장기적 각성과 분단의 현상학'에서 유년기 전쟁체험 세대의 소설을 다룬다. '1. 비극적 성장체험의 객관화'에서 유년 서술자란 금기화된 분단 기제에 우회적으로 접근하기 위해 고안된

1990년대 소설을 조망하였다는다는 의의를 갖지만, 시대별 구분이나 세대론적 관점에서 벗어나려는 의도로 인해 주제별 분류로 환원하고 있다는 인상을 준다. 유년기 경험을 전면에 드러낸 소설들을 연구 대상으로 하여 자기 경험이 서사화되는 방법을 밝히고자한 임경순의 논문은, 하지만 문학교육적 의의에 그 목적이 제한되어 있어 1970년대 소설에 대한 핵심적인 논의로 나아가지 못하는 한계를 보인다.

유년기 전쟁체험 세대에 관한 연구들은 자주 비판을 받아왔는데, 기존 연구의 한계를 정리하면 다음과 같다. 첫째, 기왕의 논의들이 유년기 전쟁체험 세대의 소설을 주제별 혹은 내용별로 분류하는 차원에서 그치고 있다는 것이다. 둘째, 과거 회상이 일어난 내적 원리를 밝히는 데까지 나아가지 못한다는 것이다. 회상은 '지금-여기'의 현재적 욕망에 의해 추동되므로 과거가 회상된다는 현상보다 과거가 현재화되는 원인을 규명하는 것이 중요하다는 지적이다. 셋째, 기존 연구들이 유년 시점과 과거 회상이라는 공통점에만 치우쳐 각 작가나 개별 작품이 갖는 편차를 해명하는 데 소홀하다는 지적이다. 넷째, 연대기적 서술과 세대론적 구분이 갖는 모호성과 편의성이다.[15] 즉 '1950년대-1960년대-1970년대-1980년대' 혹은 '戰前世代-戰中世代-前後世代-戰爭 未體驗世代'의 구분이

소설적 장치이며, 유년의 성장과 일맥상통하는 '비극적 세계 인지'는 분단 비극의 주체적 각성의 토대가 된다는 점에서 의의가 있다고 평가한다. '2. 분단 현실의 주체적 각성'에서 성인의 입장에서 유년의 전쟁 시공간을 회상하는 소설들은 귀향의 행로를 통해 전쟁 비극의 전말을 깨달아 역사적 지평을 획득하게 된다고 언급한다.

15) 김철, 「문학사의 '지양'과 '실현'」, 『문학과 사회』, 1993. 봄, 56면.
김철은 10년 단위의 연대기적 문학사 서술방식이 "사실의 표면 아래 흐르는 어떤 역사적 법칙성과 객관성을 파악하지 못"하며, "총체적인 역사상(像)의 재구성에 실패하고 역사를 낱낱이 파편화된 일화나 사건들의 모음 정도로 축소"하는 맹점을 갖는다고 비판한다.

시간에 따른 '인식의 심화와 확대'라는 예정된 결론을 향한 편의적 방법론이라는 것이다.[16]

유년기 전쟁체험 세대라는 문제틀은 이러한 한계를 보임에도 불구하고, 이 시기 작가군과 작품군의 차별성을 뚜렷하게 부각시는 방법론이라는 것은 주지의 사실이다. 유년기 전쟁체험 세대는 1940년대 전후(前後)에 출생하여 유년기에 한국전쟁을 경험한 작가군을 지칭하는데, 김원일(1942年生), 현기영(1941年生), 오정희(1947年生), 전상국(1940年生), 황석영(1943年生), 한승원(1939年生), 윤흥길(1942年生), 이동하(1942年生), 이청준(1939年生), 김승옥(1941年生), 조정래(1943年生), 문순태(1941年生) 등의 작가가 이 세대에 속한다.

유년기 전쟁체험 세대의 창작이 왕성해진 것은 1970년대 경이다. 이들의 이 시기 소설 창작은 유년 화자의 시점에서 전쟁의 시공간을 서술한다는 뚜렷한 공통점을 보인다.[17] 이 세대가 보이는 창작 방법상의 공통점에서 우리는 다음과 같은 시사점을 얻을 수 있다. 첫째, 이들이 1970년대에 들어서면서 자신의 경험을 회고적으로 성찰할 수 있는 정신적·생물학적 연령에 이르게 되었다는 것, 둘째, 그들의 삶을 근원적으로 규정하는 한국전쟁에 천착할 객관적 거리를 확보하였다는 것이다.[18] 마지막으로 이들이 공통적으로 보이는 창작 방법적인 특징이 한국전쟁을 재현하고자 하는 어

---

16) 유임하, 「현대 한국소설의 분단인식 연구」, 동국대학교 대학원 박사논문, 1997, 11면.

17) 유년 화자의 시각을 도입하여 전쟁을 관찰, 회상하는 대표적인 소설로 다음의 작품을 들 수 있다. 김원일의 「어둠의 혼」, 오정희의 「유년의 뜰」, 「중국인 거리」, 윤흥길의 「장마」, 「기억 속의 들꽃」, 이동하의 「파편」과, 김원일의 『장마』, 현기영의 「순이삼촌」, 「해룡 이야기」, 오정희의 「바람의 넋」, 문순태의 「철쭉제」 등이다.

18) 강진호, 민족문학사연구소 현대문학분과 편, 「분단현실의 자기화와 주체적 극복 의지: 1970년대 분단소설에 대해서」, 『1970년대 문학연구』, 소명출판사, 2000, 46면.

떤 욕망과 관련되어 있음도 짐작할 수 있다.

위에서 정리했던 선행 연구의 한계를 극복하기 위해서 이 글은 **'전쟁기억이 재현되는 양상'**에 주목하고자 한다.[19] 즉 전쟁이 소설의 제재로 등장하였으며 유사한 공통점을 보인다는 현상에 경도될 것이 아니라, '무엇이', '얼마나', '어떻게' 재현되는지, 또한 '왜' 기억되는지에 주목할 필요가 있다는 것이다. 이 글은 '전쟁'이 아니라 '전쟁기억'이라는 용어를 사용하고자 하는데, 문학 텍스트가 보여주는 것은 실제로서의 전쟁이 아니라 작가에 의해 재구성된 '전쟁기억'이기 때문이다. 특히, 본고는 최근 정신분석학과 역사학, 문화학 분야에서 활발하게 연구된 기억담론을 참고하고자 하는데,[20] 이 같은 시각과 방법론이 개별 작가와 텍스트뿐만

---

19) 이남호, 「6·25체험의 지속성과 오래된 사진첩」, 『한심한 영혼아』, 민음사, 1986, 269면.
　　이남호는 한국전쟁을 형상화하는 데 있어서 중요한 문제는 "현실을 어떻게 다루느냐"라고 강조한다.

20) 최근 기억담론에 대한 연구가 활발하게 진행되고 있다. 기억담론과 관련한 중요하고 흥미로운 논저는 아래와 같다. 기억에 관한 연구에서 가장 중요한 것이 프로이트의 저작물인데 이는 다음 장에서 검토할 것이다.
　　A. Assmann, 변학수 역, 『기억의 공간』, 경북대학교출판부, 2003.
　　M. Augé, 김수경 역, 『망각의 형태』, 동문선, 2003.
　　G. Deleuze, 서동욱 역, 『프루스트와 기호들』, 민음사, 1997.
　　P. Mollon, 김숙진 역, 『프로이트와 거짓기억 증후군』, 이제스북스, 2004.
　　F. Nietzsche, 임수길 역, 『반시대적 고찰』, 청하출판사, 1992
　　H. Weinrich, 백설자 역, 『망각의 강 레테』, 문학동네, 2004.
　　H. 베르그송, 박종원 역, 『물질과 기억』, 아카넷, 2005.
　　P. 노라 외, 김인중 외 역, 『기억의 장소』, 나남, 2010.
　　岡眞理, 김병구 역, 『기억 서사』, 소명출판사, 2004.
　　나간채 外, 『기억 투쟁과 문화운동의 전개』, 역사비평사, 2004.
　　특집 「기억과 망각의 정치학」, 『문화/과학』 40.
　　동국대학교 한국문학연구소 編, 『전쟁의 기억, 역사와 문학』(상/하), 월인, 2005.
　　변학수, 『문학적 기억의 탄생』, 열린책들, 2008.
　　윤택림, 『인류학자의 과거여행』, 역사와 비평사, 2003.
　　전진성, 『역사가 기억을 말하다』, 휴머니스트, 2005.
　　정근식, 『고통의 역사: 원폭의 기억과 증언』, 2005.
　　정항균, 『므네모시네의 부활』, 뿌리와이파리, 2005.
　　최문규 外, 『기억과 망각』, 책세상, 2003.
　　최창모, 『기억과 편견』, 책세상, 2004.

아니라 1970년대 문학사의 의미와 의의를 가늠하는 데 도움을 줄 것이라고 기대한다.

(2) 연구 방법과 연구 목적

기억(記憶)은 세계에 대한 인식과 자아 정체성이 성립되기 위한 근본 토대라는 점에서 중요하다. 이미 지각한 것을 기억하여 새로운 지각과 연결시키는 작업이 전제되지 않는다면, 시간의 흐름 속에서 개인의 자아 정체성은 유지될 수 없다. 또한 자신의 과거에 대한 기억이 없다면 자아 인식 역시 형성되거나 보존될 수 없다. 기억은 개인의 정체성뿐만 아니라 집단의 정체성 형성과 보존을 위해서도 필수적으로 요청된다. 알박스(Halbwachs)는 인간들을 결속시키는 가장 중요한 수단으로 공동의 기억을 꼽으며, '집단 기억'이 집단의 단결 및 존속에 직접적으로 관련된다고 주장한다.[21] 그런데 이와 같은 이론들은 기억이 자발적이며 의지적이라는 사실을 전제로 할 때 가능한 논의들이다.

하지만 최근의 기억 연구들은 과거의 사건이 현재에 재현된다는 기존의 주장에 의문을 제기한다. 즉 자발적 기억(의도적 기억)을 통해 과거 자체에 접근할 수 있다는 사실을 부인하는 것이다. 예컨대, 들뢰즈(Deleuze)는 '자발적 기억'이나 의식을 통해 과거 자체에 접근하는 것이 불가능하다고 말하는 대표적인 이론가이다.[22] 그는 자발적 기억에 의한 과거는 현재 이후에 구성된 과거임을 강조하

---

21) 알라이다 아스만, 변학수 외 역, 『기억의 공간』, 경북대학교 출판부, 2003, 165면.
22) G. 들뢰즈, 서동욱 외 역, 『프루스트와 기호들』, 민음사, 1997, 87~105면 참고.

고, 나아가 과거의 기억과 현재의 지각 사이에는 정도의 차이만 존재할 뿐이라고 이야기한다.[23)

자발적 기억, 의지적 기억을 부인하는 이와 같은 이론에 의하면, "경험한 것이 어떤 형태로 간직되었다가 나중에 재생 또는 재인(再認)·재구성되어 나타나는 현상"이라는 '기억(記憶)'의 사전적 정의는 정확한 것이 아니다. 기억은 "근본적으로 재구성되는 것이며 그것은 항상 현재에서 출발"[24)하는 것이기 때문이다. 과거의 기억이란 확고부동한 형상으로 존재하는 것이 아니라, 현재 우리의 정체성이 갖는 지향이나 욕망에 영향을 받아 각기 상이한 모습으로 재현되게 마련이다. 또한 기억은 '지금―여기'의 맥락과 기억 주체의 의도에 영향을 받는 까닭에, 기억의 회상에서 치환, 변형, 왜곡, 가치전도가 불가피하게 발생한다.[25) 서양사에서 기억은 망각에 대해 일방적 우위를 차지해 왔으며, 망각은 기억능력의 결핍이나 부재로 폄하되어 왔다. 그러나 망각은 기억과 상반되는 것이 아니며, 오히려 기억을 구성하는 필수적 요소로 기능한다는 점에 주의할 필요가 있다.[26)

23) G. 들뢰즈, 서동욱 외 역, 『프루스트와 기호들』, 민음사, 39~52면 참고.
   들뢰즈는 기억과 지각 사이의 차이를 '순수지각'과 '순수과거' 사이의 차이로 대체하려 한다. 현재의 간섭을 받지 않은 '순수기억'이 잠재적으로만 존재한다는 베르그송과 달리, 들뢰즈는 '즉자적으로 존재하는 과거', '환원 불가능한 존재론적 지위를 갖는 과거'가 가능하다고 보는 것이다. 그에 의하면, 즉자적으로 존재하는 순수 기억은 의도(의지)가 포함되지 않은 '비자발적 기억'에 의해 발견될 수 있다. '비자발적 기억'은 의지나 의식에 의해 발생하지 않기 때문에 '우연성'과 '폭력성'이란 특징을 보인다.

24) 알라이다 아스만, 변학수 역, 『기억의 공간』, 경북대학교 출판부, 2003, 34면.

25) 정항균, 『므네모시네의 부활』, 뿌리와이파리, 2005, 142면.
   구성주의 기억이론은 인간기억의 구성적 측면과 허구성을 강조한다. S. J. 슈미트는 "기억이 과거에 의존하는 것이 아니라 과거가 기억행위의 양태를 통해 처음으로 정체성을 획득"하게 되는 것, 즉 "과거의 상태에 대해 만들어낸 표상들이 구성해내는 표상들로 작업하는 것"이라는 극단적인 입장을 취한다.

26) 서동욱, 「잠이란 무엇인가?」, 『일상의 모험』, 민음사, 2005.
   서동욱은 기억과 의식이 항구적인 각성상태를 기반으로 탄생하는 것이 아니라 "의식을 '중지'시키는 힘, 의식이 벌여놓은 모든 사업을 일시에 '망각'해 버릴 수 있는 힘"을 기반으로 가능하게 됨을 강조하며 기프로이트(Freud)는 기억과 망각이 인간의 심리적 특성에서 연유한다고 보고, 기억과 망각의 심리적 메커니즘을 해명하고자 했다. '무의식'은 프로이트 정신분석학의 근본 토대가 되는 개념인데, 억압된 무의식은 망각과 깊은 관계를 맺는다.[27] 프로이트는 정신과 의식을 동일시하던 이전의 철학에 반대하여, 정신의 또다른 영역으로 무의식을 상정한다. 그에 의하면, 의식에 통합되지 않는 무의식은 인간을 추동하는 강력한 힘으로 작용한다.[28] 즉 억압된 것이 무의식의 원형을 이룬다. 무의식은 일정한 과정을 거치지 않고는 의식화될 수 없지만, 억압된 것은 검열을 피해 왜곡된 형태로 의식으로 되돌아오게 된다.[29] 이것이 잘 알려진 '억압된 것의 회귀'이다.

프로이트는 무의식이 기억에 미치는 영향이나 간섭 외에, 기억이 무의식 속에 잠재되어 있는 현상에 대해서도 주목하였다. 벤야민(Benjamin), 프루스트(Proust)와 마찬가지로, 프로이트는 일단 기억된 것은 영구히 사라지지 않는다는 입장에 서 있다. 그는 한 번 기억된 것이 영원한 흔적으로 무의식에 저장된다는 것을 유명한 '글쓰기 판'의 비유를 통해 설명한다.[30] 프로이트에 의하면, 기억과

억과 망각의 관계, 망각의 중요성을 역설한다.

27) 하랄트 바인리히, 백설자 역, 『망각의 강 레테』, 문학동네, 2004.
   하랄트 바인리히는 이 책에서 망각의 유용성과 전략을 문화사적으로 고찰하였는데, 그는 망각을 프로이트의 무의식과 동일한 것이라고 간주한다.

28) S. 프로이트, 윤희기 외 역, 「무의식에 대하여」, 『정신분석학의 근본 개념』, 열린책들, 2004.

29) 프로이트의 정신분석학에서 '기억'의 문제가 중요하게 다루어지는 글들은 다음과 같다. 「아크로폴리스에서 일어난 기억의 혼란」, 「(신비스런 글쓰기 판)에 관한 소고」, 「망각의 심리 기제에 대하여」, 「늑대인간: 유아기 신경증에 관하여」, 「분석에 있어서 구성의 문제」, 『일상생활의 정신 병리학』, 『정신분석강의』 등을 참고할 수 있다.

30) 알라이다 아스만, 변학수 외 역, 『기억의 공간』, 경북대학교 출판부, 2003, 197~198면.
   벤야민 역시 기억의 무한한 수용력을 주장하였다. 그는 기억을 해독하는 순간이 정해져 있지 않다고 보았으며, 그래서 '인식 가능한 현재'라는 표현을 사용한다. 벤야민은 기억을 사진에 비유한다. "역사란 마치 감광성을 띤 판이기라도 하듯 과거가 이미지를 보관해 둔 텍스트와 흡사하다. 이미지를 아주 뚜렷하게 인화하는 데 필요한 화학 약품을 가지고 있는 것은 미래이다." 기억을 흔적으로 본다는 점, 일정한 절차와

망각의 심리적 과정은 응축(凝縮), 전치(轉致), 상징화(象徵化)와 같은 메커니즘에 의해 일어나는 것으로 꿈 작업과 유사한 과정을 거친다.[31] 망각의 동기는 '불쾌'에 있으므로, 따라서 망각은 불쾌를 피하기 위한 '기억의 거부 현상'이라고 할 수 있다. 그러나 억압된 기억은 사라지지 않고 무의식에 저장되었다가 무의식적 행위, 신경증 증상, 실수, 꿈을 통해 반복적으로 표출된다. 프로이트는 망각, 즉 '억압된 기억'이 일련의 기억작업을 통해서 의식화될 수 있다고 보고, 망각된 것을 원상태로 되돌리는 것을 임상적 치료의 관건으로 보았다. 하지만 후기 저작에서는 재생된 기억과 원체험이 동일하다는 초기 이론을 수정하고, 재구성된 기억이 실제의 사실과 다를 수 있는 가능성을 인정한다.[32]

특히, 프로이트는 유년기의 기억을 매우 중요하게 취급하였다. 어린 시절의 경험이 인격의 발달 과정 전반에 걸쳐 결정적인 영향력을 행사한다고 보기 때문이다. 그러나 어린 시절의 경험은 망각되거나 부정확한 기억으로 남아 있는 경우가 대부분이다. 프로이트는 여러 사례 분석을 통해 잘못된 기억이나 불완전한 기억이 전치(轉置)된 기억임을 입증하고자 한다. 가령, 어떤 인상을 기억하고자 할 때 교란시키는 의도가 작용하면 실제 내용은 억압된다. 억압된 내용이 기억의 공백을 이룰 때 억압은 기억의 망각을 초래하지만, 기억되어야 하는 실제 내용을 대신하는 다른 것이 떠오르면 내

과정을 거쳐 회상이 가능하다고 본 점, 기억의 영구성을 인정한다는 점에서 벤야민의 기억이론은 프로이트의 이론과 유사하다.

31) 프로이트, 임진수 역, 「망각의 심리 기제에 대하여」, 『끝이 있는 분석과 끝이 없는 분석』, 열린책들, 2005.
32) 프로이트, 김명희 역, 「늑대인간: 유아기 신경증에 관하여」, 『늑대인간』, 열린책들, 2003.
    프로이트는 '늑대인간'의 사례분석을 통해서 사후적 장면이 실제 장면과 다를 수 있음을 인정하고 '사후성'의 개념을 도출해낸다.

용은 다른 것으로 대체된다. 따라서 어린아이의 불완전한 기억에서 회상(재생)된 것은 대부분 정말 중요한 다른 내용의 대체물일 가능성이 크다.[33] 쉽게 말해, 어린 시절 기억에서는 중요한 요소들은 대개 잊히게 되고, 대신 중요하지 않은 부차적인 일들이 보존되는 경우가 많다는 것이다.

이러한 과정에서 전치된 기억은 '덮개-기억'[34]으로 나타난다. 덮개-기억은 꿈에서 나타나는 '발현몽(발현 내용)'[35]과 유사한 역할을 한다고 볼 수 있다. 발현몽과 마찬가지로 전치된 덮개-기억은 억압되고 망각된 어린 시절의 기억을 대신하는 것이다. 덮개-기억에는 본인이 의식하지 못하나 망각되지 않은 본질적인 어떤 요소가 포함되어 있다. 이렇게 볼 때 억압된 내용은 사실상 잊히는 것이 아니라, '잘못 기억되는 것'이다. 즉 '잘못된 기억'은 억압되

---

33) 망각 현상을 꿈이나, 증상, 환상과 유사한 것으로 볼 수 있는 것은 이 때문이다. 즉 '잘못 기억된 것', 발현몽, 증상, 환상은 모두 대체물의 성격을 띤다는 점에서 유사성을 갖는다.

34) 장 라플랑슈·장 베르트랑 퐁탈리스, 임진수 역, 『정신분석사전』, 열린책들, 2005, 113~114면.
    장 라플랑슈·장 베르트랑 퐁탈리스는 '덮개-기억(screen-memory)'을 다음과 같이 설명한다. "특별히 선명하고 동시에 그 내용이 눈에 띄게 사소한 것을 특징으로 하는 어린 시절의 기억. 그것의 분석은 지울 수 없는 유년기의 체험과 무의식적 환상으로 인도된다. 덮개-기억은 증상처럼 억압된 요소와 방어 사이의 타협 형성이다." 덮개-기억에 대한 프로이트의 관심은 자기 분석, 즉 프로이트가 자신의 어린 시절에 대해 모순적으로 가지고 있는 기억에 주목하며 시작된다. 프로이트는 덮개-기억이 불완전하거나 심지어 환상(거짓)일 수 있지만, 사실성 여부와 무관하게 '어린 시절의 요소'를 압축하고 있다는 점에서 덮개-기억을 중요하게 보았다. 즉 그는 "덮개-기억이 단순히 어린 시절의 몇몇 본질적인 요소들만을 포함하고 있는 것은 아니다. 그것은 진실로 본질전체를 포함하고 있다. 그래서 분석의 도움으로 그것을 밝히지 않으면 안 된다. 그것은 꿈의 발현 내용이 꿈-사고를 나타내고 있는 것처럼 정확히 잊어버린 유년 시절을 표현하고 있다."고 지적한다.

35) 장 라플랑슈·장 베르트랑 퐁탈리스, 임진수 역, 『정신분석사전』, 열린책들, 2005, 381~382면.
    프로이트는 꿈을 "분석에 들어가기 전의 꿈, 즉 꿈 이야기를 하는 꿈꾼 사람에게 나타난 대로의 꿈", "넓은 의미로, 분석방법에 따라 해석되어야 할, 언표화된 모든 것"을 발현 내용과 "무의식의 산물, 특히 꿈의 분석을 통해 도달하는 의미 작용의 총체"를 잠재 내용으로 나누어 설명한다. 도식화, 단순화의 위험을 무릅쓰고 말한다면, 꿈 해석 작업은 발현 내용을 잠재 내용으로 번역하는 작업이다. 라플랑슈와 퐁탈리스는 "잠재 내용은 발현 내용(탈락된 부분과 거짓말)과는 대조적으로, 꿈꾼 사람의 말에 대한 완전하고 진실한 번역, 그리고 그의 욕망에 대한 정확한 표현"이며, "발현 내용(프로이트가 자주 〈내용〉이라는 단 한마디로 지칭하고 있는)은 중요 부분이 삭제된 번역이고, 분석에 의해 발견되는 잠재 내용(꿈의 〈사고〉나, 〈잠재적 사고〉라고 불리기도 한다)은 정확한 번역"이라고 설명한다.

어 있는 무의식과 의식적 검열 사이의 일종의 타협의 소산이라고
할 수 있다.

또한 개인 및 집단 정체성의 형성 및 유지를 위해서도 기억은 필
수적으로 요청된다. 기억의 개조를 통해 정체성의 변화가 가능하
다는 논리, 혹은 정체성을 바꾸기 위해서는 기억을 개조해야 한다
는 논리가 가능한 것이다. 특히, 최근 인지심리학 이론이 정체성을
일의적(一意的)이며 고정된 실체가 아닌, 복수형태로 존재하는 비
결정적이고 허구적인 것으로 보기 시작했다는 점에 주목할 필요가
있다.36) 개인의 정체성이든 집단의 정체성이든, 정체성은 기억할
것과 망각할 것이 무엇인지에 대한 부단한 합의 과정을 거쳐 획득
된다는 것이다. "기억을 두고 벌인 투쟁은 현실의 해석을 두고 벌
인 투쟁"이라고 할 수 있으며, 이 때문에 기억은 "정체성 확보의
문제이자 현실의 해석이며, 가치의 정당화"37)와 직결된다.

기억된 내용의 공유 정도에 따라, 기억은 '사적 기억(individual/private
memory)'/'집단 기억(collective memory)'으로 나뉠 수 있다. 사적 기
억이 개인적 경험에 기초하여 개인에게 종속되는 기억이라면, 집
단 기억은 "통개인적(trans-individual) 및 경험적·비경험적 과거에
대한 공유된 인지(認知)"로 정의된다.38) 그러나 사적 기억이 집단

36) 팸 모리스, 강희원 역, 『문학과 페미니즘』, 문예출판사, 1997, 221~268면 참고.

37) 알라이다 아스만, 변학수 외 역, 『기억의 공간』, 경북대학교 출판부, 2003, 104면.

38) 김영범, 지승종 외 역, 「집합기억의 사회사적 지평과 動學」, 『사회사연구의 이론과 실제』, 한국정신문화연
구원, 1998 참고.
   알박스(Halbwachs)는 베르그송의 주관주의를 극복하고 기억을 사회적 현상으로 해석하려는 시도에서 '집
   단 기억'이란 개념을 고안해낸다. 한 집단에게 공유되는 집단 기억은 구성원들에게 특수한 정체성을 제공
   하고 내부적으로 지속성, 연속성, 동질성을 부여한다. 살아 있는 인간을 결속시키는 힘이 무엇인가라는 질
   문에서 시작된 알박스의 연구는, 기억의 고정(집단 기억)이 직접적으로 집단의 단결, 결속, 존속과 관련된
   다는 결론에 이르게 된다.

기억과 무관한 것은 결코 아니다. 왜냐하면 사적 기억은 특정 집단의 구성원간의 사회적인 매개를 통해서 형성되고 그 집단 내부에서 유효한 것이기 때문이다. 집단 기억은 공동체 구성원에게 구체적 정체성을 제공하는 역할을 하며, 확고부동한 불변의 것이 아니라 복수로 존재한다는 특징을 보인다.[39)]

한편 기억의 생산 주체에 따라, 기억은 '사적 기억'/'공식적 기억(official memory)'/'대항 기억(counter memory)'으로 나뉘기도 한다.[40)] 역사 재현의 장(場)에서는 과거를 놓고 여러 해석간의 경합이 벌어지는데 그 기억들 가운데 하나의 지배적인 기억이 선택되고 이것이 '공식적 기억'으로 자리 잡게 된다. 이런 까닭에 공식적 기억은 이데올로기적인 성격을 띠며, 공적인 미디어나 교육제도를 기반으로 형식화되고 재생산되는 특징을 보인다. 반면 일상생활에서 만들어지는 사적 기억은 기록되지 않으며 침묵하는 경우가 대부분이다. 그래서 공식적 기억과 사적 기억 사이에는 잠재적인 괴리가 상존하며, 이 괴리에서 '대항 기억'이 출현할 가능성이 발생한다.

'대항 기억(counter memory)'이라는 용어를 제안한 푸코는 역사학을 대체하는 개념으로 계보학을 주창한 바 있다.[41)] 그는 역사적 사건의 우연성과 단절성을 뛰어넘어 이미 발생한 어떤 것을 전제하는 '역사학'과 달리, 계보학은 도덕, 이념, 지식의 틀이 역사 흐름 가운데 어떻게 사건화 되며, 어떤 방식으로 발생·사멸하는지를

---

39) 김영범, 지승종 외 역, 「집합기억의 사회사적 지평과 動學」, 『사회사연구의 이론과 실제』, 한국정신문화연구원, 1998, 170면.

40) 윤택림, 「대안적 역사쓰기의 이론적 배경」, 『인류학자의 과거 여행: 한 빨갱이 마을의 역사를 찾아서』, 역사비평사, 2004 참고.

41) 미셸 푸코, 이광래 역, 「니이체, 계보학, 역사」, 『미셸 푸코』, 민음사, 1989, 329~359면 참고.

추적하여 재구성하는 작업이라고 설명한다.[42] 그렇기 때문에 계보학으로서의 역사서술은 기억이 아니라 '대항 기억'에 의해 추동된다는 것이다. 하지만 푸코는 공식적 기억과 대항 기억을 진리와 비진리로 단순화하는 것에도 반대한다. 왜냐하면 공식적 기억뿐만 아니라 대항 기억 역시 정치적, 이데올로기적인 산물이라고 보기 때문이다.

기억담론이 중요한 또 하나의 이유는 상처의 극복을 위해 '기억의 회복'이나 '회상'이 필수적으로 요청된다는 사실에 있다. 프로이트의 '애도' 개념은 기억하기가 어떻게 상흔의 극복, 그리고 정체성 형성과 관련되는지를 보여준다. 프로이트에 의하면, 과거나 과거의 대상을 상실할 때 심리적 위기가 초래되고 여기에서 '애도'나 '우울증'이 발생한다.[43] 대상을 상실한 초기에 자아는 현실을 부인하고 나르시시즘적 퇴행에 빠져들지만, 어느 정도 시간이 지나면 대상 리비도를 철회하고 현실로 돌아오게 된다. 프로이트는 대상의 상실을 인정할 때 비로소 애도가 가능하다고 지적한다. 그러므로 애도는 과거에 대한 비판적 거리를 두면서도 과거에 대해 관심과 연민의 감정을 유지하는 작업이라 할 수 있다. '애도작업'은 상실한 과거를 기억하는 작업과 일치하는데, 애도작업을 통해 과거로부터 자유로워지고 나아가 주체는 새로운 정체성을 구성하게 된다는 점이 중요하다.

이런 점에서 1970년대가 분단문학사에서 "분단상흔을 새롭게 조

---

42) 로버트 영, 김용규 역, 『백색신화』, 경성대학교 출판부, 2008, 215~258면 참고.

43) 지그문트 프로이트, 윤희기·박찬부 역, 「슬픔과 우울증」, 『정신분석학의 근본 개념』, 열린책들, 2003. 위의 번역본은 'Trauer'를 '슬픔'으로 번역했지만 '슬픔'은 단순한 정서적인 반응을 뜻하므로 '애도'라는 번역어가 더 타당할 듯하다.

망하고 분단극복의 길로 나가기 위한 서사적 노력"44)을 해나간 시기, "과거사를 조명하기만 하는 것이 아니라 그것을 현재화하고 치유의 가능성을 찾는 적극적인 모색을 시도"45)한 시기로 평가된다는 점에 주목할 필요가 있다. 따라서 1970년대 분단소설의 성과를 점검하기 위해서, 창작층인 유년기 전쟁체험 세대의 특수성과, 이들이 전쟁의 시공간을 기억하고 재현하는 방식에 주목해 볼 필요가 있다.

유년기 전쟁체험 세대에 의해 전쟁을 회상하는 소설이 집중적으로 창작된 1970년대의 현상은, 이 세대의 실존적 상황에서 비롯된 결과라고 볼 수 있다. 전쟁 발발로부터 20년 이상의 시간적 거리를 확보하게 된 1970년대는 '활성적 역사 경험'이 해체되고 '실제 경험 기억의 위기'가 초래되는 시기이다. 과거가 객관적 성찰의 대상이 되기 위해서는 먼저 생생한 경험이 사라져야 하는데,46) 직접 경험세대가 사라짐에 따라 생생한 '활성적 경험'이 해체되어 전쟁이 객관적 대상으로 인식될 가능성을 얻게 된 것이다. 그러나 과거의 증인인 직접 체험자가 사멸함으로써 실제 경험 기억이 소멸할 위기에 처하게 된다. 1970년대의 유년기 전쟁체험 세대는 활성적 경험의 해체로 전쟁을 객관적으로 인식할 계기를 획득하게 된 한편, 마지막 체험 세대로서 위기에 처한 경험 기억을 전달해야 하는 기

---

44) 우찬제, 「불안의 상상력과 정치적 무의식」, 『한국문학이론과 비평』 27, 2005, 133면.

45) 강진호, 민족문학사연구소 현대문학분과 편, 「분단현실의 자기화와 주체적 극복 의지: 1970년대 분단소설에 대해서」, 『1970년대 문학연구』, 소명, 2000, 46면.

46) 알라이다 아스만, 변학수 외 역, 『기억의 공간』, 경북대학교 출판부, 2003, 16면.
코젤렉은 생생한 경험의 탈색과 망각이 학문으로 귀결된다고 보았다. "당사자들과 그들의 구체적인 감정, 주장, 항변들이 존재하는 한, 학문적 시각들의 왜곡의 위험에 노출"된다고 보았기 때문에, 과거가 학문적·객관적 대상이 되기 위해서는 먼저 직접 체험자의 경험이 사라져야 한다고 역설한다.

억 전달자의 임무를 부여받게 되었다고 해석할 수 있다.

국제 정세와 한국 정치의 변동 또한 1970년대의 전쟁에 대한 객관적 형상화가 가능하도록 하는 변수로 작용하였다. 1950, 1960년대의 경우, 반공을 국시(國是)로 하는 남한 정부는 국가의 이념에 반하는 사적인 기억을 억압하고, 여론, 문화, 교육을 동원하여 공식적 기억을 강화하고 재생산하는 데 주력해왔다. 1970년대에는 동서 진영의 긴장이 완화되고, 국내적으로 1972년 '7·4 남북공동성명'이 발표됨에 따라, 공적 영역에서 억압되어왔던 사적 기억들이 새롭게 조명될 기회를 얻게 된다. 이런 분위기에 힘입어 1970년대의 소설은 공식적 기억에 의해 억압되고 은폐되었던 소수의 기억에 주목하기 시작한다. 즉 은폐되고 주변화 되었던 좌익 아버지나 여성의 경험 혹은 공식적 기억에 의해 배제되었던 빨치산, 제주 4·3, 여순항쟁 등을 주요 소재로 다루기 시작한 것이다.

프로이트의 개념을 빌리자면, 1970년대는 과거에서 벗어나기 위한 '애도작업'이 본격적으로 이루어진 시기라고 할 수 있다. '애도작업'은 "어두운 과거를 극복하는 최선의 길일뿐만 아니라," 한 사회의 집단 기억을 구성"[47]하는 역할을 해준다. 1970년대 유년기 전쟁체험 세대의 소설에는 공식적 기억에서 벗어나려는 의도, 과거에서 벗어나고자 하는 동기가 포함되어 있다고 할 수 있다. 또한 이 시기의 소설은 개인 및 집단의 정체성을 재구성하고자 하는 욕망과도 연관되어 있다.

물론 기억의 보수적 특성을 고려할 때, 기억의 부활이 분단극복

---

47) 전진성, 『역사가 기억을 말하다』, 휴머니스트, 2005, 447면.

을 보장한다고 판단할 수는 없다. 기억은 기존의 정체성을 해체하고 새로운 정체성을 구축하려는 급진적 성격을 띠는 동시에 상실된 정체성을 회복하려는 보수적 성격을 띠기도 하기 때문이다. 그러나 그것이 보수적 성격에 가까운 회상의 경우라면, 기억의 부활은 진정한 분단극복에 이르지 못하고 분단체제를 유지하는 수단으로 전락할 수도 있다.[48] 다시 말해, 과거(전쟁)를 '어떤 시선에서 어떻게 다루느냐'라는 재현의 양상에 주목하여 유년기 전쟁체험 세대의 소설을 살펴볼 필요가 있다는 것이다.

이 글은 대상 작가로 김원일, 현기영, 오정희를 선택하여 유년기 전쟁체험 세대의 특징과 차이를 논구하고자 한다. 본고의 관심은 '전쟁이 기억되는 양상' 혹은 '전쟁이 망각되는 양상'인데, 특히 아래 사항을 중심으로 세 작가의 소설에 나타난 전쟁기억의 재현 양상을 살펴보고자 하였다.

(1) 무엇이, 얼마나 기억되는가(혹은 망각되는가)

(2) 어떻게 기억되는가(혹은 망각되는가)

(3) 왜 기억되는가(혹은 망각되는가)

이 논문은 김원일, 현기영, 오정희 세 작가의 소설을 연구 대상으로 선택하였다. 김원일과 현기영의 문학적 관심은 6·25전쟁의 형상화에 있다고 말해도 좋을 만큼, 두 작가의 작품에서 분단과 전

---

48) 백낙청, 『민족문학과 세계문학』, 창작과비평사, 1985, 200면 참고.
　　백낙청은 "불행했던 과거와의 화해에 도달하기는 이야기가 자칫 분단의 극복보다는 분단체제와의 화해로 기울어질 위험"이 있다고 지적하였다. 그러므로 1970년대 분단소설을 분단극복의 징후로 해석하는 성급한 독법은 지양될 필요가 있다.

쟁이 차지하는 비율은 매우 크다.[49) 그에 비하면 오정희 소설에서 6·25 전쟁을 주요 제재로 삼은 소설은 양적으로 적은 편이다. 그렇지만 오정희는 이 세대 작가 중 유일한 여성 작가로서 여성의 전쟁 경험을 형상화하고 있다는 점에서 주목할 만하다.[50)

이들의 1970년대 소설은 이전의 소설과 여러 가지 차별성을 갖는다. 우선 일인칭 유년 서술자의 눈을 통해 전쟁의 실상을 관찰하고 서술함으로써, 전쟁의 직접성에서 벗어나 객관적 거리를 유지한다는 1970년대적 현상을 공유한다. 또한 작가들이 소설에서 재현하고자 한 대상이 달라졌다는 사실도 주목해야 할 사항이다. 이들은 '빨갱이' 아버지나 '제주 4·3', 여성의 기억을 재현하는데, 이것들은 공식적 기억에 의해 소외되고 은폐되어온 기억들이다. 따라서 세 작가의 1970년대 소설들의 성과는, 지배 권력에 의해 주변화되고 억압받았던 개별적이고 사적인 기억들을 재현했다는 점에서 찾아야 할 듯하다.

본론은 3장으로 구성되어 있다. 본론의 첫 장인 **2. 공식적 기억의 수용과 화해의 서사**에서는 김원일의 소설을 살펴보고자 한다. 김원일의 소설은 사적 기억과 공식적 기억이 첨예하게 대립하고 갈등하는 양상을 보이는데, 그의 소설에서 사적 기억은 '빨갱이' 아버지로

---

49) 강정구, 「한국전쟁과 민족통일」, 『전쟁의 기억, 역사와 문학』(상), 월인, 2005, 231면.
   특히, 현기영의 문학적 관심은 제주 4·3에 집중되어 있다고 할 수 있다. 제주 4·3은 6·25전쟁이 발발하기 이전인 1948년에 일어난 사건이다. 그러나 제주 4·3, 여순군민항쟁 등은 6·25전쟁과 불가분의 관계를 맺는다. 강정구는 제주 4·3과 같은 '작은 전쟁'을 제외하고 한국전쟁을 6·25전쟁으로 국한하는 역사인식은, "6·25확대전쟁이 발발할 수밖에 없는 한반도의 구조적 조건을 설명에 포함시키지 않"는 오류를 범하는 것이라고 지적한다. 그에 의하면, 제주 4·3은 '제1단계 작은전쟁'에 포함된다.
50) 이 논문에서 다룰 오정희의 「유년의 뜰」은 전쟁의 후방을 배경으로 하고 있으며, 「중국인 거리」는 전후를 시간적 배경으로 한다. 이 논문에서 '전쟁'은 후방과 전방을 모두 포함할 뿐만 아니라, 시간적으로 1948년으로부터 전후의 시기까지를 포함한다.

표상된다. 공식적 기억은 주인공에게 사적인 기억인 아버지를 망각할 것을 요구한다. 유년인물은 사적 기억과 공식적 기억 중 어느 하나를 선택해야 하는 딜레마에 놓이게 된다. 양자 선택의 상황에서 인물은 사적 기억을 자발적으로 망각하고, 공식적 기억을 수용해 가는 과정을 밟아간다. 이 장에서는 공식적 기억의 수용 과정과 성장의 관계, 그리고 '기억의 장소'의 의미를 논구하고자 한다.

본론의 두 번째 장인 3. **대항 기억의 형성과 수난의 서사**에서는 현기영의 소설들을 살펴보고자 한다. 현기영의 소설에서 '제주 4·3'이 사적 기억에 해당한다. 현기영 소설의 인물은 사적 기억을 자발적으로 망각하고자 하는 의지와, 수난자로서의 제주도민의 정체성을 형성하고자 하는 의지 사이에서 갈등한다. 그러나 집단 기억, 대항 기억의 형성을 가능하게 하는 다양한 문화적 형식들에 의해 공동체의 정체성이 형성되며, 인물은 그 대항 기억을 공유하게 된다. 이 장에서는 집단 기억 및 대항 기억이 형성되는 과정을 살펴보고, 그것이 갖는 문학적 의의를 살펴보고자 한다.

본론의 마지막 장인 4. **이미지 기억의 각인과 여성의 서사**에서는 오정희의 소설들을 살펴보고자 한다. 오정희 소설에서 '여성의 기억'이 사적 기억에 해당한다. 오정희의 소설은 남성 작가들에 의한 여성의 재현이 '여성에 대한 이야기'임을 반증해준다. 오정희의 소설은 전쟁을 일상에 편재한 폭력성, 남성적 폭력, 가부장제 폭력으로 재현한다. 이 장에서는 여성의 기억이 이미지로 재현되는 이유와 '여성의 이야기'를 재현하는 여성 작가의 전략을 구명하고자 한다.

김원일, 현기영, 오정희는 각기 다른 방향에서 분단 극복의 가능성을 모색한 작가라고 평가할 수 있다. 공식적 기억과 사적 기억이 길항하고 대립하는 상황에서, 개인은 공식적 기억을 수용하는 길과 사적 기억을 고수하는 길 중 하나를 선택해야 한다. 이러한 선택이 개인의 현실 지향성 및 정체성과 깊은 관련을 맺을 것은 물론이다. 세 작가의 문학적 대응은 1970년대 문학의 세 반응을 압축적, 상징적으로 보여주는 사례라고 하겠다. 1970년대의 현실에서뿐만 아니라, 6·25전쟁을 재현하는 소설가의 작업에도 동일한 선택은 요청되었을 것이다. 김원일과 현기영은 각 선택을 대표할 만한 작가라고 판단되었다. 마지막 장에서 오정희의 소설을 다룬 것은, 그녀의 소설이 남성 작가에 의해 주변화 되었던 여성의 기억을 재현하고 있다고 판단하였기 때문이다.

각 장은 1항과 2항 두 부분으로 나뉘는데, 앞에서는 유년인물이 서술자로 등장한 소설에 주목하였고, 뒤에서는 성인 인물의 회상이 주를 이루는 소설을 대상으로 하였다. 왜냐하면 유년인물의 서술을 전면화 시키는 경우와 성인 인물의 회고적 서술에 의지하는 경우, 서술 방식에 따라 작가의 의도가 상이하다고 판단하였기 때문이다.

2. 공식적 기억의 수용과 화해의 서사: 김원일

김원일[51]은 1966년 단편 「1961·알제리아」로 등단한 이후, 「어둠의 혼」, 『노을』, 『마당깊은 집』, 『불의 제전』 등 6·25전쟁을 제재로 한 다수의 소설을 발표하였다. 김원일의 소설에서 6·25전쟁

---

51) 김원일은 1942년 3월 15일 경남 김해시 진영읍 진영리에서 부(父) 김종표와 모(母) 김말선의 3남 1녀 중 장남으로 태어났다. 진영에서 태어난 그는 1948년 서울로 이사를 오지만, 6·25전쟁의 발발과 함께 아버지가 단신 월북(越北)하자 고향으로 돌아간다. 그는 1954년 초등학교를 졸업하기까지 외할머니와 함께 진영에서 살다가, 초등학교 졸업 후 대구로 나와 가족과 합류한다.

이 차지하는 비중이 적지 않기 때문에, 기존 연구는 주로 분단문학의 시각에서 그의 소설을 다루어왔다.[52] 즉 그의 소설은 "리얼리즘에 입각하여 6·25전쟁과 분단에 대한 역사적·심리적 정황을 다"[53]루었으며, 유년기에 체험한 '가족사의 수난'[54]을 통해 분단과 전쟁의 비극을 그렸다고 평가되어 왔다. 또한 「어둠의 혼」을 비롯한 소설에서 '어린 소년'이 주인공으로 등장하여 그들의 눈에 비친 전쟁의 실상을 그리고 있기 때문에, 김원일 소설은 성장소설의 범주에서 논의되기도 하였다.[55]

　이 장에서는 김원일의 「어둠의 혼」과 『노을』을 살펴보고자 한다. 「어둠의 혼」은 좌익 아버지의 죽음을 목격하는 유년인물의 불안과 공포를 그린 소설이며, 『노을』은 성인 인물이 회상을 통해 부인(否認)하던 아버지와 화해하는 과정을 그린 소설이다. <1>에서는 주인공의 이동경로에 따른 주인공의 내면 심리를 분석함으로써, 유년인물의 '성장'이 공식적 기억의 수용과 동일한 함의를 가지고 있음을 밝히고자 하였다. <2>에서는 『노을』의 현재/과거의 교차 서술이 갖는 의미론적 구조와 특징을 규명함으로써, 성인 인물의 과거 회상의 의도와 그 전략이 갖는 의미를 밝히고자 하였다.

---

52) 대표적인 논의로 다음을 들 수 있다.
　　백낙청, 『민족문학과 세계문학』, 창작과비평사, 1985.
　　류보선, 「분단문학의 새로운 지평을 위하여」, 『문학사상』, 1989. 3.
　　신형기, 「분단사의 소설화에 대한 사색」, 『작가세계』, 1991. 여름.
　　정호웅, 「분단소설의 새로운 넘어섬을 위하여」, 『반영과 지향』, 세계사, 1995.
53) 하응백, 「들끓음의 문학, 혼돈의 문학」, 『오늘 부는 바람』, 문이당, 1997, 334면.
54) 류보선, 「어둠에서 제전으로, 비극에서 비극성으로」, 『작가세계』, 1991. 여름, 45면.
55) 권오룡, 「역사의 이성을 찾아서」, 『어둠의 혼』, 문이당, 1997.
　　이대영, 「김원일 장편소설 연구」, 『한국언어문학』 43, 1999. 12.
　　유임하, 「아버지 찾기와 성장체험의 서사화」, 『실천문학』, 2001. 여름.
　　김근희, 「김원일 소설의 성장주체 연구」, 『문창어문논집』, 2002, 299면.
　　허주현, 「김원일 성장소설 연구」, 경희대학교 대학원 석사논문, 2004.

(1) 사적 기억의 포기와 성장의 의미

1) 원체험의 변형과 성장의 서사

김원일은 동시대의 작가 중에서도 유난히 전쟁을 소재로 한 소설을 다수 발표하였으며, 특히 그의 소설에는 어린 시절의 체험이 직·간접적으로 드러난다는 특징을 보인다.[56] 자신이 소설을 쓰게 된 동기가 "어린 시절에 겪은 고향 이야기와, 그 시절의 전쟁을 무엇인가 나름대로 표현해 보고 싶다는 욕구"에서 비롯되었다고 말할 만큼, 그의 소설에서 고향 "경상남도 김해군 진영읍"[57]과 6·25 전쟁은 각별한 위상을 차지한다. 그는 자신의 소설의 "절반가량이 고향 이야기거나 장터거리의 이야기로, 50년대 전쟁 전후를 소재"로 하고 있다고 밝히며, "유년기와 소년기의 기억이 얼마나 큰 응집력으로 내 사고를 장악하고 있나를 절실히 느끼지 않을 수 없다"[58]고 고백한 바 있다.

또한 그는 청소년 시절의 꿈과 이상이, 작가의 한 평생에 걸쳐 변용된 모습으로 나타나기 마련이라고 말한다. 그러면서 자신의 초기 작품에도 문학을 하게 된 내적인 꿈의 단서, "바로 그런 글감, 그 속에 숨 쉬는 인물, 평생 동안 말하고 싶은 주제가 숨어" 있으며, 자신의 내면세계는 "가난, 열등의식, 전쟁, 장터거리, 추위, 결손가정, 고향, 들판, 굶주림, 월북자, 고학생, 죽음의 유혹"[59]과 같

---

56) 김현, 「이야기의 뿌리, 뿌리의 이야기」, 『문학과 사회』, 1989. 봄.
   김현은 김원일의 소설을 '가족소설'의 전형으로 보고, 「어둠의 혼」, 『미망』, 『마당깊은 집』 등에 작가의 가족사(개인사)가 어느 정도 투영되어 있는지를 밝히고, 그 의미를 추적한 바 있다.
57) 김원일, 『사랑하는 자는 괴로움을 안다』, 문이당, 1991, 65면.
58) 김원일, 『사랑하는 자는 괴로움을 안다』, 204면.

은 단어들로 요약될 수 있다고 말한다.

그러나 작가의 유년기 체험이 짙게 반영되어 있는 『노을』 이후의 소설과 대조적으로, 김원일의 초기 단편소설에는 작가의 자전적 체험이 거의 드러나지 않는다. 작가의 자전적 체험이 소설의 모티프로 등장한 것은 「어둠의 혼」이 발표된 1973년 이후의 시기이다. 즉 등단한 해인 1966년부터 1973년까지 발표된 김원일의 소설은 심리주의적·실험주의적 특성을 두드러지게 보일 뿐, 이 시기 소설에는 작가의 자전적인 면모가 거의 드러나지 않는다.[60] 그러나 전쟁 경험과 무관해 보이는 초기 단편 소설에도 작가의 6·25전쟁의 경험이 직·간접적으로 반영되어 있다. 이국 취향의 소설로 보이는 등단작 「1961·알제리아」(1966), 극단적 폭력이 전면화되어 나타나는 「절망의 뿌리」(1973)는 소설의 핵심에 전쟁의 폭력성이 도사리고 있음을 확인하게 해준다.[61]

「어둠의 혼」(1973)은, 작가의 원체험과 자전적 요소가 직접적으로 반영된 첫 작품이다. 이 소설은 어머니가 돌아오기를 기다리던 오후부터 지서 마당에서 아버지의 시체를 확인하는 몇 시간 동안, 주인공 '갑해'가 겪는 의식의 혼란과 갈등을 그리고 있다. 성인 인물의 서술이 잠시 등장하는 소설 끝부분을 제외하면, 유년인물의

---

59) 김원일, 『사랑하는 자는 괴로움을 안다』, 72~73면.

60) 하응백, 「들끓음의 문학, 혼돈의 문학」, 『오늘 부는 바람』, 문이당, 1997, 333~349면.
   하응백은 등단 이후 10년간을 김원일 소설의 '제1기'라 칭하는데, 이 시기 소설은 낭만주의에서 비롯된 이국적 취미, 상상의 사랑, 폭력성, 떠남의 모티프를 보인다고 평가한다.

61) 초기 단편소설의 특징은 '인물의 극단적인 성격'과 '이유 없는 폭력성'으로 요약될 수 있으며, 초기 단편소설의 '이유 없는 폭력'은 6·25전쟁에 그 뿌리를 두고 있는 것이라 보아야 한다. 그러므로 「어둠의 혼」은 초기 단편소설과 이질적인 작품이 아니라, 초기 단편소설의 연장선상에 놓인 작품이라고 보는 것이 타당하다. 본고에서는 유년인물의 체험과 기억에 초점을 맞추고자 초기 단편소설에 대한 논의는 다루지는 않는다. 김원일의 초기 단편소설과 「어둠의 혼」의 상관성에 대해서는 정재림, 「기억의 회복과 분단 극복의 의지」, 『현대소설연구』 30, 2006을 참고.

독백이 소설의 대부분을 차지한다.

> 그러자, 아버지가 죽었다는 실감이 비로소 내 마음에 소름
> 을 일으키며 파고든다. 이제부터, 앞으로 영원히 아버지는
> 내게 그런 말을 들려줄 수 없다. 나는 홀연히 떨기 시작한
> 다. 서른일곱 살 연기처럼 사라져버린 아버지. 이제 내가
> 죽기 전 만날 수 없게 된 아버지. 어린 나에게 너무 어려운
> 수수께끼를 남기고 돌아가신 아버지의 길지 않은 일생을
> 더듬을 때, 나는 알 수 없는 두려움에 떤다. 두려움과 함께
> 어떤 깨달음이 내 머리를 세차게 친다. 그 느낌은, 살아가
> 는 데 용기를 가져야 하고 어떤 어려움도 슬픔도 이겨내야
> 한다는, 그런 내용이다. 보이는 것, 보이지 않는 것 모든 것
> 이 안개 저쪽같이 신기한 세상, 내가 알아야 할 수수께끼
> 가 너무 많은 이 세상을 건너갈 때, 나는 이제 집안을 떠맡
> 은 기둥으로 힘차게 버티어나가지 않으면 안 된다. 이런
> 결심이 내 가슴을 적신다. 눈물을 그 느낌이 달랜다.[62]

"아버지가 죽었다는 실감이 비로소 내 마음에 소름을 일으키며
파고든다"와 같은 현재형의 문장, "이제부터", "이제" 등의 시간 부
사에서 확인할 수 있듯이, 소설은 유년인물에 의한 현재형의 시제
로 서술된다. 「어둠의 혼」의 유년인물에 의한 현재형 서술은, 유년
인물의 지각과 체험을 전경화(前景化)하는 효과를 가져온다.[63] 그
리고 유년인물의 체험이 전경화되기 때문에, "굶주림의 생리적 고
통"이 구체화되는 반면, "이념의 문제는 아이의 당혹되고 혼란된
눈의 시점에 의해서 안개처럼 불투명"[64]하게 제시되는 결과가 초

---

62) 김원일, 「어둠의 혼」, 『어둠의 혼』, 문이당, 1997, 236~237면.
63) 이채원, 「형성소설과 회상의 시학」, 서강대학교 대학원 석사논문, 2003, 86면.
64) 이재선, 『한국 현대소설사』, 민음사, 1991, 95면.

래된다. 하지만 유년인물의 시점을 취함으로써 어느 한편에 치우치지 않고 좌·우익을 객관적 시선으로 다룰 가능성을 얻는다.[65] 그러나 「어둠의 혼」 전체의 회상 주체는 소설 마지막 부분에 등장하는 성인 인물이다. 그렇기 때문에 유년인물의 독백처럼 느껴지는 현재형 서술 뒤에는 성인 인물의 지각과 인식이 숨어 있다고 보는 것이 타당하다.

> 아버지가 돌아가신 <u>그해 초여름</u>, 이 땅에 <u>전쟁이 났다</u>. 이모부님은 남쪽과 북쪽이 싸운 그 전쟁이 지금의 휴전선 부근에서 밀고 당길 이듬해 가을, 갑자기 별세하셨다. <u>나는 성년이 된 뒤</u>까지 이모부님이 왜 그때 아버지 시신을 내게 확인시켜 주었는지에 대해 여쭈어볼 기회를 놓치고 말았다.[66](밑줄: 인용자)

위의 인용문은 「어둠의 혼」의 끝부분이다. "전쟁이 났다", "별세하셨다"의 과거형 문장과 "그해"라는 시간 부사는 '경험하는 시간'과 '서술하는 시간'이 불일치함을 보여준다. 또한 "나는 성년이 된 뒤"라는 서술은, 성인 인물인 '서술하는 나'가 현재의 시점에서 과거의 일을 회상하고 있음을 분명히 드러낸다. 즉 「어둠의 혼」에서 유년인물의 현재형 서술이 주를 이루어 유년인물의 체험과 지각이 전경화되어 있음에도 불구하고, 소설 전체의 서술을 주관하는 것은 성인 인물의 지각과 인식이라고 보아야 한다.

그렇다면 「어둠의 혼」에서 유년인물의 현재형 시제를 전면화한

---

65) 조남현, 「소년의 회상과 그 회상」, 『소설문학』, 1987. 6. 125면.
유임하, 「아버지 찾기와 성장체험의 서사화」, 『실천문학』, 2001. 여름, 79면.
66) 김원일, 「어둠의 혼」, 『어둠의 혼』, 문이당, 1997, 236~237면.

의도는 무엇인가. 소설에서 유년인물의 지각과 체험을 전경화 시킴으로써, '경험하는 나'의 무지(無知)가 극대화되는 효과가 생겨난다. 소설 초반부에서 서술자가 지속적으로 강조하는 사실은, 자신이 아버지의 실체를 알지 못한다는 것이다.

> 병쾌 아버지를 포함해서 아버지를 따라다니며 그런 일을 했던 읍내 젊은이 일곱이 그렇게 죽었기에, 그 일에 앞장 섰던 아버지야말로 총살을 당할 게 분명하다.[67]

> 그런데, 아버지가 왜 <u>그 일</u>에 적극 나서게 되었는지 <u>나는 알 수 없다</u>. 사람들이 모두 쉬쉬하며 두려워하는 그 일에 아버지가 왜 발 벗고 나서서 뛰어들게 됐는지 <u>나는 그 내막을 모른다</u>.[68](밑줄: 인용자)

"좌익", "빨갱이"라는 갑해 아버지의 정체가 밝혀지는 것은 소설 중반부인데, 그 이전까지 '나'는 아버지가 관여하는 일을 "그 일", "그런 일"이라고 모호하게 말한다. 또한 아버지가 좌익에 가담한 이유를 자신은 "알지 못한다"는 사실을 자주 반복하여 말한다. 이는 아버지의 실체를 숨김으로써 독자의 궁금증을 증폭시키는 전략이기도 하지만, 좌익 아버지에 대한 '나'의 두려움과 아버지와 거리를 두고자 하는 인물의 무의식을 드러내는 장치이기도 하다.

> 재작년 겨울에 <u>무슨 법</u>이 만들어지고부터 아버지는 갑자기 집에서는 물론, 읍내에서 사라졌다. 사람을 피해 숨어

---

67) 김원일, 「어둠의 혼」, 213면.
68) 김원일, 「어둠의 혼」, 214면.

다니기 시작했다. 밤중에 살짝 나타났고, 얼굴을 보였다간 들킬세라 금방 사라졌다. 아버지가 <u>무슨 일을</u> 맡아 그러고 다니는지 <u>어머니도 잘 모른다.</u>[69](밑줄: 인용자)

'나'가 이데올로기의 대립을 미처 이해하지 못한 어린 소년임을 고려할 때, "모른다"는 '나'의 반응은 당연해 보이기도 한다. 하지만 "아버지가 무슨 일을 맡아 그러고 다니는지 어머니도 잘 모른다"는 진술은 의심스러운 부분이다. 성인인 어머니마저 좌·우익의 대립이나 아버지의 좌익 활동에 대해 무지하다고는 볼 수 없기 때문이다. 어머니는 모르는 것이 아니라, 이모부처럼 "알면서 모른 체하고 입을 봉"하고 있는 것이다.

그뿐만 아니라 '나'도 "장터마당", "공동 우물터"에서 동네 사람들의 수군거림을 여러 차례 들었으므로, 아버지의 좌익 활동을 모른다는 '나'의 진술 역시 사실이 아니다. 즉 '나'와 '어머니', '이모부'는 아버지의 실체를 모르는 것이 아니라, 정확히 말하면 알고 싶지 않은 것이다. 그렇다면 이들이 아버지에 대한 무지(無知)를 소망하는 이유는 무엇인가. 소설에서 아버지는 공산주의 이데올로기를 표상한다. 그렇기 때문에 아버지에 대한 "모른다"는 인물의 반응은 '나', '어머니', '이모부', 나아가 성인 인물의 좌익 이데올로기에 대한 거부와 부인을 암시한다. 이데올로기에 대한 거리두기가 "모른다"는 반응으로 나타난 것이다.

아버지는 이태 넘이 집을 비웠다. 경찰에 쫓겨 밤을 낮 삼아 어디론가 숨어 다녔다. 산도둑같이 텁석부리로, 선생님

---

69) 김원일, 「어둠의 혼」, 214면.

처럼 국민복을 입고, 경찰을 피해 문득 나타났다 잽싸게 사라져 버리는 <u>아버지의 요술도 이제 끝났다.</u> 그 요술의 뜻을 내가 미처 깨치기 전에 아버지가 돌아가신다는 게 슬플 뿐, 나는 당장 해결해야 할 절박한 괴로움에 떤다. <u>배가 지독히 고프다.</u>[70](밑줄: 인용자)

　'나'는 아버지로 표상된 이데올로기를 "요술"이나 "수수께끼"라고 부르며, 그것과 끊임없이 거리를 두고자 한다. '나'는 밤을 틈타 잠시 나타났다 사라지는 아버지의 행위를 "요술"이라고 부르는데, "요술"은 이성과 합리 바깥에 존재하는 영역이다. 그렇다면 좌익 아버지를 "요술"과 "수수께끼"로 표현하는 '나'의 무의식에는 아버지로 표상되는 이데올로기에 대해 무지하고자 하는 의지가 숨겨져 있다고 볼 수 있다. 왜냐하면 앎의 영역에서 아버지는 "빨갱이", "좌익"으로 자리매김 되며, 아버지의 행위는 "빨갱이 짓"으로 규정될 수밖에 없기 때문이다.

　'나'가 "아버지의 요술도 이제 끝났다"라고 진술한 후에, 배고픔의 절실함을 호소하는 이유도 여기에 있다. 위의 인용문에서 '나'는 아버지의 죽음을 슬퍼하다가 "나는 당장 해결해야 할 절박한 괴로움에 떤다. 배가 지독히 고프다"라고 말한다. 지독한 허기는 '갑해'의 실존적 상황이기도 하지만, 아버지에 대한 앎을 회피하기 위한 수단으로 기능하기도 한다. 왜냐하면 지독한 배고픔의 순간에는 빨갱이 아버지에 대한 망각이기 가능하기 때문이다. 그렇기 때문에 이모 집에서 국밥을 먹고 허기가 사라지자, '나'는 아버지와의 대면을 미룰 핑계를 찾지 못하고 지서로 향하게 된다.

---

70) 김원일, 「어둠의 혼」, 213~214면.

무지의 영역에 머물고자 하는 '나'의 소망과 반대로, 아버지는 아들에게 진정한 앎을 과제로 부여한다. '나'와 아버지가 주고받은 수수께끼는, 아버지가 요청하는 진정한 앎이 어떠한 것인지를 암시해준다. '나'는 아버지를 곯릴 목적으로 닭이 먼저냐, 달걀이 먼저냐는 질문을 던진다. 아들의 질문에 아버지는 "아무도 몰라"라고 답하며 다음과 같이 설명한다.

> 글쎄, 몇억 년쯤 거슬러 오르면, 암놈 수놈이 한몸이었을 때가 있었지. 원생동물 시기가 있었거든. 그땐 사람이 생겨나지 않았을 때였어. 그럴 때, 과연 어떤 게 먼저 세상에 나왔는지 아무도 알 사람이 없지. 그러니까 그 답은 모른다는 게 옳은 답이다. 아버지 대답에 나는 풀이 죽었다. 그래도 어데 모른다는 기 맞는 답일 수 있습니껴. 나는 조그만 소리로 말했다. 아니야, 넌 답이란 반드시 맞다, 아니면 틀렸다. 두 가지뿐인 줄 알지? 아버지가 물었다. 그래예, 모른다는 거는 답도 아이고 아무것도 아이라예. 모른다는 거는 증말 모르이까 모른다고 말하는 거지예. 내 말은 틀린 말이 아니었다. 아냐, 옛날 옛적, 닭과 달걀 중 누가 먼저 생겼느냐란 질문에는 모른다가 답일 수 있어. 더러는 모른다는 답이 백 점일 때도 있단다. 너도 다음에 크면 알게 되겠지만, 이 세상일에는 참으로 수수께끼가 많지. 어느 게 옳고, 틀린지 정답을 모르는 일이. 모두 제가끔 하는 일만이 옳은 일이라며 열심히 매달리니깐. 어떤 일에는 목숨까지 던져가며.[71]

아버지는 '맞다/틀리다'의 두 답만을 인정하는 이분법을 경계하며, 세상에는 이분법 외의 답이 존재할 수 있음을 말해준다. 그러나 아버

---

71) 김원일, 「어둠의 혼」, 223~224면.

지의 주장은 현실 상황에서 용납되지 않는다. 이데올로기의 극심한 대립으로 요약되는 6·25전쟁 전후(前後)의 상황에서, 현실은 개인에게 좌익이나 우익 어느 한쪽을 선택할 것을 강요한다. 이분법의 세계 안에서 좌익 행위는 "빨갱이 짓"으로 규정되고, "빨갱이"는 즉결 처형의 대상이 된다. '나', 어머니, 이모부는 이분법의 어느 한 편에 속해 있기 때문에, 아버지의 좌익을 받아들일 수 없는 것이다. 그래서 이들은 알면서도 "모른다"고 말하며 아버지의 문제에 대해 침묵한다.

'나'는 자신에게 부여된 과제 앞에서 주저하는 모습을 보인다. 어둠에 묻히는 꽃밭을 보며 "꽃밭만은 밤낮을 가리지 않고 밝았으면 싶다"고 진술하는 부분에서, '나'는 무지의 어둠에 저항하여 앎의 광명을 획득하고자 하는 의지와 소망을 보인다. 하지만 사물이 어둠에 의해 순식간에 잠식당하자 '나'는 두려움을 느낀다. 그리고 '공동 우물터'와 '장터마당'을 거치면서 밝음과 앎에 대한 '나'의 소망은 완전히 좌절되고 만다.

「어둠의 혼」을 성장소설로 유형화하는 연구들은 소설 마지막 부분에서 '나'가 보이는 의식의 변화에 주목하였다. 즉 '나'가 지서에서 아버지의 주검을 목격한 후 "집안을 떠맡은 기둥으로서 힘차게 버티어 나가"야 한다는 인식에 도달하며, 그럼으로써 "새로운 정체성을 획득"[72]하게 된다고 평가한다. 그러나 「어둠의 혼」의 '나'가 이룬 성장은 새로운 정체성의 확보가 아니라, 지배 이데올로기가 사적 기억을 억압하는 상황에서 지배 담론을 용인·수용하는 과정에 가깝다고 할 수 있다. 즉 '나'의 성장은 아버지로 표상되는

---

72) 최현주, 『한국현대 성장소설의 세계』, 박이정, 2002, 77면.

좌익 이데올로기를 무지의 상태에 방기함으로써 얻어지는 성장이다.

결국 "보이는 것, 보이지 않는 것 모든 것이 안개 저쪽같이 신기한 세상, 내가 알아야 할 수수께끼가 너무 많은 이 세상을 건너"는 때에, '나'는 "집안을 떠맡은 기둥으로 힘차게 버티어 나가"기 위해 아버지에 대한 사적 기억을 자발적으로 망각하기로 결정한 것이다.「어둠의 혼」에서 사적 기억이 억압되는 과정, 아버지를 망각하는 과정은 '나'의 이동 경로와 관련을 맺는다.

2) 장소의 이동과 지배 이데올로기의 승인

「어둠의 혼」에서 '갑해' 남매(나, 분선, 누나)는 오후 내내 양식을 구하러 간 엄마를 기다리지만, 해가 저물도록 엄마는 돌아오지 않는다. 배고픔과 불안으로 울먹이던 '나'는 엄마를 찾으러 장터 마당에 있는 이모 댁에 가보기로 한다. '나'는 '집'을 나와 '공동 우물터 → 다리 → 함안댁 → 판쟁이 집 → 장터마당'의 경로를 거쳐, 이모네 주막에 도착하게 된다.

대문 밖으로 나오기 전까지 '나'의 의식은 아버지에 걱정과 지독한 허기에서 벗어나지 않는다. '나'는 아버지에 대해 "증오와 연민"의 감정을 동시에 품고 있다. 즉 '나'는 따뜻하고 자상한 아버지를 그리워하는 동시에 "그런 일"에 미쳐 처자식을 내팽개친 아버지를 증오한다. 그렇지만 '나'가 집 밖으로 나오게 되면서 자애로운 아버지의 형상은 지워지고, 아버지가 "빨갱이"라는 사실만 부각된다. 왜냐하면 사적 공간인 '집'과 달리, 집 '밖'은 공적인 공간이기 때문이다. 사적인 공간인 '집'에서 아버지는 미운 동시에 그리운 아버지로 존재할 수 있다. 가장(家長)의 소임을 방기했다는 것 때문에 사적인 공간에서 아버지는 무책임한 가장으로 지탄을 받는 것이지, 아버지의 좌익 행위 자체가 문제가 되는 것은 아니다. 하지만 공적인 공간에서 아버지는 무책임한 가장이란 사실 때문이 아니라, "빨갱이"란 이유로 지탄과 증오의 대상이 된다. '나'가 집을 나서자마자 접하게 되는 것은 빨갱이 아버지에 대한 무성한 소문이며, 무시무시한 소문들은 아버지에 대한 애틋한 그리움을 잠재우기에 충분한 것들이었다.

특히, '공동 우물터'와 '장터마당'은 '나'의 성장과 인식에 변화를 가져오는 중요한 장소이다.

> 아버지가 드디어 잡혔다는 소문이 읍내 장터마당 주위에 퍼졌다. 아버지는 어제 수산리 그곳 장날 사거리에 사복 입은 순경에게 붙잡혔다 했다. 어제 저녁 늦게 읍내 지서로 오라에 묶여왔다는 것이다. 장터마당 주변 사람들은 오늘 중으로 아버지가 총살될 거라고 쑤군거렸다. 지서 뒷마당 느릅나무에 묶여 즉결 처분당할 거라 말했다.[73]

인용문에서 확인할 수 있듯이, '장터마당'은 아버지에 관한 소문과 이웃들의 평가가 전달되는 장소이다.[74] "~라고 말한다", "~라고 이야기한다"의 간접화법의 대화와 수군거림을 통해, '나'는 아버지에 대한 공동체의 평가를 알게 되고, 그럼으로써 아버지를 객관적으로 인식하게 된다. 또한 여자들이 모여 말을 주고받는 '공동 우물터'는 소문이 공유되고 유포되는 장소이다.

---

73) 김원일, 「어둠의 혼」, 213면.
74) 정주아, 「김원일 소설에 나타난 기억 방식 연구」, 서울대학교 대학원 석사논문, 2004, 16면.

나는 대문을 나선다. 공동 우물터에서 여자들이 떠드는 소
리가 들린다. 두레박이 돌벽에 부딪혀 물에 떨어지는 소리
가 들린다. 웃음소리도 들린다. 아낙네와 처녀들이 무슨 이
야기인가 재잘거리고 있다. 장터마당의 온갖 소문은 우물
터에서 퍼져나간다. 아버지가 읍내 지서로 잡혀왔다는 소
식도 우물터에서 번졌다. 나는 귀를 기울인다.[75)]

'장터마당'과 '공동 우물터'는 항간의 소문이 형성되고 유포되는
'기억의 장소'이다. 또한 기억의 장소에서 만들어진 소문들은 공동
체 성원에게 공유(公有)됨으로써 '집단 기억(collective memory)'이 된
다.[76)] "똑똑한 사람 죽는구먼. 우짜모 몇 해 사이 사람이 그렇게 빈
해 버릴 수가 있나. 아아들이 불쌍한 기라" 등의 장터마당의 대화
와 소문을 통해, '나'는 아버지에 대한 공동체의 평가를 수용하게
되는 것이다.

공동체의 기억, 집단 기억은 증오스럽지만 그리운 아버지라는
'나'의 '사적인 기억'과 대립하며, 나아가 '나'의 사적인 기억을 억
압한다. 왜냐하면 집단 기억의 장소인 장터마당이 지배 이데올로
기의 영향력 아래 놓여 있는 공간이기 때문이다. 공동체가 공유하
고 있는 집단 기억은 좌익을 "빨갱이"로 규정하고, 즉결 처형의 대
상으로 삼는 지배 이데올로기를 재생산한다. '장터마당'이나 '공동
우물터'가 지배 이데올로기의 영향에 놓여 있는 공간이기 때문에,
이 공간에서 주조되는 집단 기억은 '공식적 기억'과 일치하게 된다.
주인공 '나'의 주요 이동 경로를 다시 짚어보면 다음과 같다.

---

75) 김원일, 「어둠의 혼」, 222면.
76) 알박스는 '집단 기억'을 한 집단이 공통적으로 나누어 갖는 기억이라고 정의하며, 집단 기억이 공동체의
   결속 및 존속과 직결된다고 주장한다. '집단 기억'에 대해서는 이 책의 각주 39) 참고.

집 안		집 밖			
		공동 우물터	장터마당	이모 댁	지서마당
사적 기억의 공간	➡	집단 기억의 공유, 유포 장소	⇨ 집단 기억의 생성 장소	⇨	⇨ 공식적 기억의 집행 장소

여기서 대문을 경계로 하여 '나'의 태도가 달라지는 것에 주목할 필요가 있다. 사적인 공간인 집 안에서 '나'는 "꽃밭만은 밤낮을 가리지 않고 밝았으면 싶다"는 소망을 품어보지만, 공식적 기억의 장소인 '공동 우물터'와 '장터마당'으로 갈수록 아버지에 대한 두려움과 거부감을 드러낸다. '장터마당'과 '공동 우물터'의 소문을 통해 공동체의 집단 기억에서 아버지가 용납될 수 없는 존재라는 것을 인식했기 때문이다. 소문은 "사상인지 먼지에 미쳐"서 처자식마저 져버렸던 아버지가 경찰에 잡혔으며 오늘 중으로 즉결 처분될 것임을 알려준다. '장터마당'과 '공동 우물터'는 집단 기억이 형성되고 공유·유포되는 상징적 장소이며, 기억할 것과 망각할 것을 선택·결정하는 '기억의 정치'의 장(場)인 것이다.

집단 기억은 좌익 세력을 공동체의 존립을 위협하는 위험 세력으로 낙인찍고, 아들인 '나'에게 아버지를 망각할 것을 요구한다. 즉 '공동 우물터 → 장터마당 → 지서 마당'의 경로는 '나'가, 아버지의 존재가 망각의 대상임을 배워가는 과정과 일치한다. '공동 우물터'와 '장터마당'으로 표상된 집단 기억의 장소에서, '나'는 아버지가 망각하고 은폐해야 할 대상임을 배우게 된다.

마지막으로 공식적 기억의 집행되는 장소인 '지서'에서 아버지의 시체를 목격함으로써, '나'는 사적인 기억을 포기하고 공식적 기억을 수용하게 된다. 아버지가 지서에서 총살되었다는 사실은, 집단 기억과 공식적 기억이 일치하고 있음을 명백하게 보여준다. 아버지를 연민과 그리움의 대상으로 기억하는 '나'의 사적인 기억은 집단 기억, 공식적 기억과 배리된다. 즉 공식적 기억은 '나'의 사적인 기억을 용납하지 않으며, '나'에게 아버지를 망각할 것을 요구한다.

'나'의 가슴에 총부리를 겨누며 '나'에게 "빨갱이 자슥놈"이란 정체성을 부여하는 지서의 의용경찰원과, 대리 아버지의 역할을 하는 이모부 또한 아버지가 은폐와 망각의 대상임을 알려주는 기능을 한다. 실제의 아버지가 이상적(理想的)인 아버지라면, 이모부는 현실적인 아버지라고 할 수 있다. 이상적인 아버지는 세계가 단순한 이분법으로 통합되지 않음을 알려주지만, 가족의 생계에 대해서는 무력하다. 반면 현실적인 아버지인 이모부는 몇 해씩이나 집을 비우고 처자식을 돌보지 않는 아버지를 대신해서 가족에게 양식을 제공해 준다. '나'는 지서에서 나오던 이모부를 만나게 되는데, 이모부는 '나'에게 아버지의 시신을 보여준다.

> "이거다. 이기 니 아부지 시신이데이. 똑똑히 보거라. 이렇게 죽었으이께 앞으로는 아부지를 절대 찾아서는 안 된다. 인자 알겠제?"
> 이모부님이 내 손을 놓더니 가마니를 뒤집는다. 나는 달빛 아래 희미하게 드러나 아버지 얼굴을 본다. 아버지 얼굴을 피칠갑을 한 채 찌그러졌다. 눈을 부릅떴다. 턱은 부었고, 입은 커다랗게 벌어졌다. 아버지가 저렇게 변해버렸다는 걸 나는 믿을 수 없다. 아버지가 아닌, 다른 사람만 같다. 낡은 검정색 국민복 단추가 풀어진 사이로 보이는 아버지 가슴은 내가 어릴 적, 그 무릎에 앉아 재롱을 떨던 가슴이다. 이제

아버지 가슴은 그 두려운 보라색으로 변하고 말았다.[77]

성인 인물은 과거를 회상하며 "이모부님이 왜 그때 아버지 시신을 내게 확인시켜 주었는지"를 의아해한다. 하지만 이모부가 '나'에게 아버지의 시체를 보여준 이유는 분명하다. 이모부가 확인시킨 것은 공식적 기억을 거스른 자의 종말이며, 이모부가 하고자 했던 말은 공식 기억을 거스르지 말라는 '현실적 아버지'로서의 당부였다.

사적 공간인 '집'에서 출발해 집단 기억의 형성·유포 장소인 '공동 우물터'와 '장터마당'을 지나, 공식적 기억의 집행 장소인 '지서'에 도착하는 '나'의 경로는, 공동체의 구성원이 집단의 기억을 공유하게 되는 과정과 일치한다. 또한 「어둠의 혼」의 경우 집단 기억과 공식적 기억이 일치하므로, '나'의 성장과정은 공식적 기억의 수용 과정 혹은 사적 기억의 억압 과정과 일치하게 된다. '나'는 아버지가 무슨 죄를 지었는지 알지 못함에도 불구하고, 공동체의 담론을 통해 "빨갱이 짓을 하면 무조건 죽인다고, 빨갱이 짓 하려면 숫제 삼팔선을 넘어가야 마음 놓고 할 수 있다"는 사실을 받아들이게 된다. 그리고 '지서마당'의 아버지 시체를 확인함으로써, 집단 기억을 공유한 공동체 성원으로서의 '나'의 성장은 완성된다.

6·25전쟁과 좌익 아버지의 문제가 직접적으로 거론된다는 점에서, 「어둠의 혼」은 그 이전의 초기 단편 소설과 뚜렷한 차이를 보인다. 즉 「어둠의 혼」 이전의 소설에서는 작가의 원체험이 많은 변형을 거쳐서 형상화된 반면, 「어둠의 혼」에서는 6·25전쟁의 경험과 아버지가 소설의 주요한 소재로 등장한다. 그러나 금기의 아버지를

---

77) 김원일, 「어둠의 혼」, 235면.

현재의 시공간으로 불러들이는 '나'의 회상 작업을 "공식적으로 정당
성을 인정받은 역사에 저항하는 대립적 회상(Gegen-Erinnerung)"[78]으
로 간주하기는 어렵다. 왜냐하면 '나'의 회상에 의해 현재의 시공
간으로 불려나온 아버지는, 공식적 기억의 억압에 의해 다시금 망
각되어야 할 아버지로 규정되기 때문이다. 그러므로 제목인 '어둠
의 혼'은, 아버지의 죽음을 통해 역설적으로 살려낸 "혼의 아버
지"[79]를 뜻하는 것이 아니라, 생존을 위해 앎을 포기하고 무지를
선택한 '나'의 영혼에 대한 상징이라고 보아야 한다.

(2) 기억의 복원과 분단 극복의 가능성[80]

1) 귀향의 구조와 과거와의 조우(遭遇)

『노을』(1978)[81]은 "어둠의 시기"라 불리는 "김원일의 전반기 문
학세계의 결산"이라는 의미를 갖는다.[82] 『노을』에 대한 평가는 반
공주의의 시각을 드러낸 소설이라는 비판[83]과, 과거와의 대면을 통
해 분단 극복의 길을 제시한 소설이라는 옹호[84]로 크게 엇갈린다.

---

78) 정주아, 「김원일 소설에 나타난 기억 방식 연구」, 18면.

79) 이재선, 『한국 현대소설사』, 95면.

80) 〈(2) 기억의 복원과 분단 극복의 가능성〉의 내용은 본인의 다음 논문을 기초로 다시 정리한 것임을 밝힌다.
정재림, 「기억의 회복과 분단 극복의 의지: 김원일 초기 단편소설과 《노을》을 중심으로」, 『현대소설연구』
30, 2005.

81) 『노을』은 『현대문학』 273호~285호에 연재(1977.9~1978.9) 되었다가 1978년 단행본으로 출판되었다.

82) 윤재근, 「김원일의 『노을』」, 『현대문학』, 1981. 10, 279면.

83) 『노을』은 1978년 대한민국 반공문학상 대통령상을 수상한 작품이다.
김태현, 「반공문학의 양상」, 『그리움의 비평』, 민음사, 1991.

84) 홍정선, 「기억의 굴레를 벗는 통과제의」, 『노을』, 문학과지성사, 1987.
양진오, 「'좌익'의 인간화, 그 문학적 방식과 의미」, 『우리말글』, 2005. 12.
김병익, 「비극의 각성과 수용」, 『노을』, 문학과지성사, 1987.

그러나 『노을』에서 중점적으로 다루어지는 것은 이데올로기 자체가 아니라, "이데올로기에 휩쓸린 사람들의 모습과 그 후유증의 치유 방식"이므로 이 소설이 반공주의 소설인가, 아닌가는 중요한 문제가 아닐 수 있다.[85] 왜냐하면 『노을』은 이념 대립이 한 개인에게 남긴 상처의 깊이와, 그가 상처에서 벗어나는 과정을 세밀하게 그린 작품이기 때문이다.

『노을』은 전(全) 7장으로 구성되어 있다. 1장, 3장, 5장, 7장은 현재의 시점에서, 2장, 4장, 6장은 과거의 시점에서 서술되어 있다. 홀수장은 출판사 편집국장인 성인 '갑수'(43세)의 시각에서 서술되고, 짝수장은 만 14세의 어린 '갑수'의 시선으로 전개된다. 29년의 시간차를 두고 과거와 현재가 번갈아 서술되고 있는 것이다. 교차 서술의 기법은 "거의 비슷한 템포로 클라이맥스"로 전개됨으로써 "주인공의 의식에서 이루어지는 과거와 현재의 화해를 한층 극적"[86]으로 만들어 주며, "과거의 현재성을 시사"[87]하는 효과를 가져온다.

각 장을 주요 사건별로 정리해보면 다음의 <표>와 같다.

---

85) 홍정선, 「기억의 굴레를 벗는 통과제의」, 376면.
86) 권오룡, 「개인의 성장과 역사의 공동체화」, 『김원일 깊이 읽기』, 문학과지성사, 2002, 94면.
87) 권오룡, 「개인의 성장과 역사의 공동체화」, 349면.

〈표〉 장별 주요 사건 정리

현재(1977년 여름)			
1장	3장	5장	7장
1일 저녁-2일 저녁 서울 → 진영	2일 저녁-밤 진영 삼촌 댁	3일 아침-오후 삼촌 댁 → 장지(葬地) → 기차역 → 쇠전걸	4일 오전-오후 진영장 → 배도수 씨 댁 → 서울행 기차
- 삼촌의 부고 알리는 전보 도착 - 미루나무의 꿈을 꿈 - 출판사 사무 (현재의 사회적 분위기 암시) - '진영'에 도착하여 달라진 진영 읍내의 모습을 확인	- 동생, 숙모, 사촌동생을 만남 - '추노인', '치모'를 만나 대화 - 간첩 '진필제' 사건 회상	- '현구'와 산책 및 대화('쇠전걸'을 지남) - 장지에 다녀옴 - 치모와 대화에서 화를 냄 - 역에 나가지만 기차표를 끊지 못하고 돌아옴 - 쇠전걸을 걸으며 감회에 젖음	- 진영장에서 들렀다가 '배도수' 댁 방문(불쾌감과 아이러니) - 치모에게 봉기 후의 정황을 설명 - 배도수 씨를 용서하는 마음을 가짐 - '물금댁'을 방문함 - 전송을 받으며 서울로 떠남

과거(1948년 여름)		
2장	4장	6장
1일 정오-2일 오후	3일 새벽-4일 아침	5일 새벽-나흘 후
- '도수장'에서 아버지를 기다림(배고픔) - 아버지와 '여래천'에서 목욕. ㉠ 심부름으로 '물통걸' '허서기'에게 편지를 전함 - '또출이 할머니'의 불길한 꿈 이야기 ㉡ 삼촌과 추서방의 이야기를 엿들음 ㉢ '이중달'과 함께 있는 아버지를 목격함	㉣ 신문뭉치를 들고 들어오는 아버지를 보고, '미창' 벽 낙서에 대한 소문 들음 ㉤ 아버지에게 전하라는 '장선생'의 쪽지를 받음 ㉥ 대나무 밭에서 아버지 바지와 깡통을 찾음 - '배주사'댁 잔치에서 좌익을 잡는다는 이야기를 엿들음 ㉦ 벽보가 붙었다는 소문을 듣고 확인하러 감 ㉧ 이중달, 허서기가 잡힘. 어머니를 만남 ㉨ 큰 방에서 비밀 이야기를 엿듣다가 붙잡혀 아버지에게 매를 맞고 정신을 잃음	- 정신을 차렸다가 잃기를 반복 - 봉기가 일어나 배주사집, 지서가 불탐 - 아버지를 찾으러 나감 - 추 씨와 아버지, 추 씨와 삼촌의 대화를 들음 ㉩ 도수장을 엿봄 - 삼촌 집으로 감

　　『노을』은 '나'가 삼촌의 부고를 받아보는 때로부터 나흘 후 장례를 마치고 서울로 돌아오기까지를 시간적 배경으로 한다. 소설은

귀향의 구조를 취하고 있는데, '나'의 귀향은 과거의 사건과 직면하게 되는 '기억의 여행'이라는 성격을 띤다.[88] 그런데 고향과 과거에 감추어져 있던 것은 결국 아버지였기 때문에, '기억의 여행'은 아버지를 만나러 가는 귀향이라고 할 수 있다. 물론 귀향의 동기를 제공한 것은 삼촌의 죽음이며, 귀향의 표면적 목적 또한 삼촌의 장례이다. '나'를 고향으로 불러들인 것은 '금일삼촌별세급하향'이라는 삼촌의 죽음을 통보하는 전보(電報)이기 때문이다.

하지만 귀향의 본질적인 목적은 아버지와의 조우, 아버지의 장례에 있다고 말할 수 있다. '나'는 "고향을 등진 지 스물아홉 해, 삼촌 댁을 잠시 들린 지도 벌써 다섯 해가 지났"을 만큼 귀향을 의도적으로 회피해온 인물이며, 그곳을 떠나온 후 가급적이면 고향과 연루되지 않으려고 애를 쓰며 살아온 사람이다. '나'가 고향을 피해온 것은 고향이 '나'의 상처를 덧나게 하는 근원지이자, 상처의 기원인 아버지와 조우하게 되는 장소이기 때문이다.

백정 출신이라는 아버지의 신분과 아버지의 좌익 경력은, '나'가 고향과 아버지를 회피하게 만드는 원인으로 작용하였다. 그러나 귀향을 가로막는 근본 원인은 백정 집안이라는 사람들의 천대에 있는 것이 아니라, 1948년 진영 폭동에서 빨갱이 앞잡이로 악명을 떨친 아버지에게 있는 것이다. 소설의 시간적 배경을 이루고 있는 1970년대 후반은 반공(反共) 이데올로기가 지배적인 영향력을 행사하던 시기였다. 반공주의가 맹위를 떨치는 남한 사회에서 아버지의 좌익 행위는 금기와 은폐의 대상이 될 수밖에 없다. 그렇기 때

---

88) 홍정선, 「기억의 굴레를 벗는 통과제의」, 376면.

문에 '나'의 의식에서 좌익 아버지와 29년 전의 상처를 담고 있는 고향은 억압되고 은폐된다.

소설 초반부에 묘사되어 있는 출판사의 편집 분위기는 1970년대 말의 정치·사회적 현실을 보여주며, 좌익 아버지 때문에 생겨난 '나'의 피해의식을 암시해준다. 출판사 편집부장인 '나'는 앙드레 말로의 회상록 한국판 간행을 준비하면서, 원문 중에서 1972년 중공 방문과 관련한 껄끄러운 부분을 빼버리라고 담당자에게 지시한다. '나'는 "마르크시즘이니, 모사상이니, 계급투쟁이니 하는 대목"을 삭제하라고 말하며 "검열"과 "시국"을 탓하지만, 이러한 조심스러운 자신의 태도가 아버지의 좌익 행위에서 비롯된 "피해의식"의 소산임을 인식하고 있다. '나'는 "아버지 탓에 주눅 들어 살아온 나로서는 그런 부분에는 늘 신경이 쓰"이게 마련이며, '나'에게 최선의 삶은 가급적 아버지나 고향과 무관하게 살아가는 것이라고 고백한다.

하지만 '나'는 "악몽"을 꾸고 "진필제 간첩 사건"을 경험하며, 과거와 무관하고자 하는 자신의 소망이 현실적으로 불가능한 것임을 깨닫게 된다. '나'는 고향으로 떠나기 바로 전날, 다음과 같은 "악몽"을 꾼다.

> 그 지난날, 여래천 옆에 아버지가 일하던 도수장이 있었다. 여래천을 끼고 섰던 미루나무들이 지금도 그대로 있는지 알 수 없다. 나는 조금 전 꿈속에서 그 미루나무를 만났다. 꿈속에서 미루나무는 콩 넝쿨같이 자라 올랐다. 동화 속의 이야기처럼 몸통을 늘려, 마침내 높은 가지가 하늘에 구멍을 뚫었다. 하늘에 구멍이 뚫리자 회오리바람이 일고, 비가

아닌 피가 쏟아졌다. 피는 여래천으로 모여져 붉은 내를 이루어 흘러내렸다. 미루나무는 밑동까지 강풍에 휘둘기며 나뭇잎을 흩뿌렸다. 강풍에 피의 빗줄기가 퍼부었고, 내 눈물이 베개를 적셨다. 나는 꿈에서도 가위눌린 신음을 쏟아냈다.[89]

    악몽에서 깨어난 '나'는 "모처럼 그 악몽을 꾼다. 근래에 없던 꿈이다. 느닷없이 그 시절 사건이 꿈을 통해 내침해온 셈"이라고 말한다. 이 꿈은 압축과 전치의 메커니즘에 의해 이루어져 있는데, 꿈은 29년 전 고향에서의 사건을 재현한다. 그 옆에 있는 도수장과 그곳에서 벌어졌던 사건이, 여래천을 끼고 섰던 미루나무에 압축되어 있는 것이다. 즉 "도수장", "여래천", "미루나무"는 1948년 여름 아버지가 저지른 광적인 살육 행위를 가리키고 있는 것이다. 아버지가 잔인한 살육을 저지른 빨갱이 앞잡이라는 사실 때문에, '나'는 아버지를 의도적·자발적으로 망각하려고 노력해 온 것이다. 하지만 삼촌의 죽음을 계기로 귀향이 불가피해지자, 귀향에 대한 부담감이 또다시 악몽을 꾸게 한다. 그렇다면 '나'의 의도적 망각은 성공적이지 않다고 할 수 있다. 왜냐하면 적당한 자극이 주어지게 되면, 악몽은 다시금 "내침"해 오기 때문이다. 즉 '나'는 고향의 "짙은 그늘" 속에서 아버지의 "악령"과 함께 살아가는 것이다.
    정확히 말한다면 아버지는 망각된 것이 아니라 억압되어 있는 것이다. 그렇기 때문에 억압된 아버지는 '나'의 현실에 "망령"처럼 출몰한다. 특히, 2년 전의 "진필제 간첩 사건"은 아버지가 사라진 것이 아니며, 그가 언제라도 현실에 개입해 들어오는 존재임을 알

---

89) 김원일, 『노을』, 문학과지성사, 1987, 16~17면.

게 한 사건이다. '나'는 고향 어른인 '배도수'의 소개로 재일 교포 '진필제'의 저서 출판을 부탁받는다. '배도수'는 아버지를 좌익에 끌어들인 장본인이기도 하지만, 어린 시절 '나'의 취직을 알선해준 은인이기도 했기 때문에, '나'는 그의 부탁을 거절하지 못하고 '진 필제'의 저서 원고를 맡아둔다. 그런데 나중에 '진필제'가 간첩으로 밝혀져 '나'는 기관원에게 잡혀가 호된 봉변을 치르게 된다. 기관원이 다녀갔다는 아내의 말을 전해 듣고, '나'는 다음과 같은 반응을 보인다.

> 그제서야 내 마음 저 아래, 결코 남에게 보이고 싶지 않은 묵혀둔 얼굴 하나가 비를 만난 지렁이처럼 꿈틀대며 몸을 뒤척이더니 내 마음을 휘저었다. 평소에도 나는 그 얼굴을 두려워했다. 아니, 나는 그 얼굴을 잊으려 노력했다 말해야 옳았다. 핏줄로서 연민을 느끼며 잊으려 노력해온 그 얼굴은 다름 아닌 아버지 모습이었다. 나는 아버지 시체를 내 눈으로 직접 확인하지 못했으나 진영 장터 사람들은 아버지가 분명 함안 작대산 부근에서 죽었다고 말했다. 그런데 아버지 얼굴이 번개가 어둠을 가르듯 눈앞을 스쳐갔다 (…중략…) 형사라면 그 반대쪽에서 떠오를 얼굴이 당신뿐인데, 그 아버지가 망령이 되어 서울 어디에 불쑥 나타났다고 믿어지지 않았다.[90](밑줄: 인용자)

'나'는 기관원이 다녀갔다는 말을 듣고 두려워하던 얼굴, "잊으려 노력해온 그 얼굴", "다름 아닌 아버지의 모습"을 떠올리게 된다. 아버지를 망각하고자 하는 '나'의 소망에도 불구하고, 억압된

---

90) 김원일, 『노을』, 104면.

아버지는 "망령"이 되어 아들에게 돌아온다. 즉 '나'가 아무리 정치 현실과 무관하려고 노력하더라도, 예기치 않은 곳에서 아버지의 망령과 만나게 됨을 깨닫는다.

그렇기 때문에 아버지는 이미 죽었음에도 불구하고 죽지 않은 존재이다. 그는 적절한 조건만 주어지면 언제라도 '나'의 현실에 개입하는 "악령"이요, "망령"이기 때문이다. 아스만(A. Assmann)은, 진정한 망각은 정당한 "망자추모"[91)]의 과정을 거칠 때에 가능하다고 역설한다. 아버지는 월북 도중에 자살했다고 알려져 있을 뿐이므로, '나'의 가족은 아버지가 묻힌 장소나 기일(忌日)을 알지 못한다. 가족들은 기일을 모른다는 핑계로 오랫동안 아버지의 제사를 지내지 않아 왔다. 그뿐만 아니라 5년 전 호적상 사망신고를 하기 전까지 아버지는 행방불명으로 처리되어 법률상 생존자로 존재해 왔다. 이러한 정황을 고려할 때, 귀향은 삼촌의 장례와 아버지에 대한 추모에 목적을 둔 행위이다. 소설에서 삼촌의 장례 일자와 아버지의 기일이 같은 날로 설정된 것도 이 때문이다.

망자에 대한 추모(追慕)는, 사자(死者)를 불러내고 기억해 내는 절차를 거쳐서 완성된다. 즉 망자를 추모한다는 것과 그를 기억한다는 것은 같은 의미일 수 있다. 그렇기 때문에 귀향하는 '나'에게 부여된 임무는 아버지를 회상하는 것, 곧 아버지의 삶을 재구성해 내는 일이라 할 수 있다. 그래서 짝수장(2, 4, 6장)은 아버지를 기억해 내는 것, 아버지의 역사를 재구성하는 일에 할애된다. 짝수장은 유년인물을 내세워서 아버지의 모습을 생생하게 그려 보인다. 그런

---

91) 알라이다 아스만, 『기억의 공간』, 45면.

데 「어둠의 혼」의 유년인물이 아버지에 대한 무지를 가장하는 특징을 보였다면, 『노을』의 유년인물은 "빨갱이" 아버지의 실체를 서서히 깨달아 가는 특징을 보인다.

앞의 <표> ㉠~㉛은 빨갱이라는 아버지의 정체성을 드러내는 사건들이다. '나'는 이러한 사건을 통해 아버지가 "좌익의 앞잡이"라는 것을 알게 된다. ㉠에서 '나'는 아버지의 심부름으로 수리조합 '허서기'에게 편지를 전하러 가면서 아버지의 행적에 의심을 품는다. ㉡에서 삼촌과 추 씨의 대화를 들으며 아버지가 "설령 진짜 좌익은 아니더라도 그 일에 앞잡이가 되어 싸다니고 있음을 그제서야 짐작"하게 된다. ㉢은 좌익 활동가로 알려진 '이중달'과 함께 아버지가 등장하는 것을 보고 아버지의 좌익 활동을 확신하는 단계이다. ㉣에서는 신문뭉치와 ㉥의 대나무 밭에 버려진 아버지의 바지와 깡통을 보고, 벽보 선동이 아버지의 소행임을 유추하게 한다. 이를 통해 '나'는 아버지가 좌익에 깊이 관여하고 있음을 확신하게 된다. ㉦에서 '나'는 비밀 이야기를 엿듣다가 아버지에게 매를 맞게 되는데, 호된 매질을 당하면서 아버지의 정체성을 재차 확인하게 된다. 그리고 마지막으로 '나'에게 원상으로 남아 악몽으로 재현되는 ㉧의 장면을 떠올리게 된다. 이와 같이 짝수장에서 '나'는 외면하고 회피하던 아버지를 회상·재구성하고 있다.

짝수장의 목표가 아버지의 발견에 있다면, 홀수장의 목표는 아버지를 용서하고 아버지와 화해를 이루는 데에 있다고 할 수 있다. 그렇지만 짝수장의 목표와 홀수장의 그것은 분리되지 않는다. 왜냐하면 아버지에 대한 용서는 아버지를 기억해낸 이후에야 가능하기 때문이다. 그래서 짝수장/홀수장, 과거/현재가 서로에게 영향을 주는 가운데 기억이 되살아나게 된다. 특히, 어린 시절을 보낸 장소들은 기억을 불러일으키는 원동력으로 작용한다. 왜냐하면 장소는 "기억의 버팀목"이며, "기억을 명확하게 증명"[92]하는 기능을 하기 때문이다. 홀수장의 성인 인물은 특정 장소에 도착해서 과거의 기억과 만나는 경험을 하게 된다. "쇠전걸", "움집터", "장터마당" 등은 '나'를 과거로 인도하는 '기억의 장소'이다.

진영에 도착하던 첫날, '나'는 달라진 진영의 풍물에서 낯선 느낌을 받는다. 그러다가 "무심결에 쇠전걸 뒤 어두운 들녘에 눈"을 주면서 어둠에 묻힌 기억들을 더듬어가기 시작한다. 도수장 앞에 위치한 "쇠전걸"은 백정이라는 아버지의 직업과 도수장에서의 아버지의 살육이 각인되어 있는 장소이기 때문이다. 둘째 날에는 회상이 더욱 활성화된다. 옛날에 없던 슬레이트와 기와지붕의 낯설음 속에서 "집집마다 나름대로 예전 기억을 떠올려주는 집들"을 발견하고, "천주교회당 벽에 붙은 찢어진 좌익 벽보 앞에서 사시나무처럼 떨었던 옛 기억조차 현장감이 없이 아슴아슴 떠오"르는 단계로까지 회상이 진행된다. "새마을 노래"와 낯선 얼굴들의 등장으로 회상이 다시 주춤해지지만, 예전에 살던 움집터를 발견하고 회상은 다시 활발해진다.

『노을』의 '나'는 과거의 회상을 통해, 망각·은폐되었던 아버지와 관련된 과거의 기억을 회복하게 된다. 주인공 '갑수'의 기억이 회복되기 위해서는 '기억의 장소'인 고향의 방문이 필수적으로 요구되는데, 삼촌의 죽음은 그 계기로 작용한다. 하지만 앞서 살펴본

---

92) 알라이다 아스만, 『기억의 공간』, 391~392면.

바와 같이, 고향 방문의 진정한 목적은 아버지를 기억하고 추모하는 데 있었다. 하지만 아버지의 과거를 복원하는 주인공의 기억 행위에 주인공의 (무)의식적 의도가 간섭하고 있음을 간과해서는 안 된다. '갑수'는 "악몽"과 "진필제 간첩 사건"을 겪으면서, 아버지가 자신의 의도적 망각에 의해 제거될 수 없는 대상임을 깨닫고, 아버지와의 화해를 통해 망각이 완성될 수 있음을 알게 된 것이다.

2) 재구성된 아버지의 역사

『노을』은 상처의 진정한 극복이 의도적 망각에 의해서 가능한 것이 아니며, 망각은 과거와의 대면을 통해 완성된다는 점을 보여준다. 앞에서 밝혔듯이 귀향의 계기는 삼촌의 죽음이지만, 귀향의 진정한 목적은 아버지의 추모에 있다. 그런데 고향과의 대면을 회피해오던 '나'가 갑작스레 과거(아버지)와의 대면을 소망하는 이유는 무엇인가.

일차적으로 삼촌의 죽음으로 경험 기억의 위기가 초래되었기 때문에, '나'는 과거와의 대면을 시도하는 것이다. '나'는 삼촌의 부고를 접하며 "쓸쓸함"과 동시에 "개운함"의 감정을 느꼈다고 고백한다. "쓸쓸함"이 친지의 죽음에서 비롯된 자연스러운 감정이라면, "개운함"은 죄의식의 기원이 사라진 데서 비롯된 감정이다. 왜냐하면 삼촌의 죽음으로 1948년 폭동과 직접 관련된 모든 인물이 사라지게 되었기 때문이다. 직접 가담자인 아버지와 삼촌이 죽었고, 어머니는 병으로 말문을 닫았으며, 이중달의 아내는 침묵으로 일관하는 상황이기 때문에, 이제는 아버지의 좌익 경력을 증언할 직접 경험자가 사라진 것이다.

하지만 직접 체험세대의 사멸은 경험 기억의 위기라는 문제를 낳는다. 경험세대의 소멸은 심적인 부담감과 죄의식의 기원이 사라진 것이기도 하지만 동시에 '나'의 정체성의 위기라는 문제와 연결된다. 왜냐하면 직접 경험세대의 상실은 '나'의 역사적 기원의 소멸을 의미하기 때문이다. 그렇기 때문에 '나'는 경험 기억의 위기 상황에서 자신의 기원인 아버지의 역사를 재구성해야 하며, 다음 세대에게 아버지의 역사를 전달해야 한다. '나'가 아버지를 회상하기 위한 '기억 여행'에 자신의 장남인 '현구'를 동반하는 것도 이 때문이다.

예전 모습을 그대로 간직하고 있는 탱자나무 오솔길을 돌아 나오며, '나'는 아들 '현구'에게 자신의 어린 시절 이야기를 들려주기 시작한다. 이 부분에서 '나'는 회상의 주체인 동시에 기억 전달의 주체로 기능하고 있다. '나'는 '현구'에게 배고픔과 아버지의 죽음으로 요약되는 어린 시절의 이야기를 들려준다. 그런데 배고픔에 대한 '나'의 이야기는 사실 그대로이지만, 아버지와 관련된 이야기에는 거짓말이 포함되어 있다. 즉 '나'는 아버지의 역사를 재구성하여 전달하면서, 이야기에서 아버지의 잔인성이나 "거칠은 성정과 난삽한 행실", 백정이라는 천민 신분은 제외시킨다. 또한 아버지의 좌익 행위에 대해서도 "그 시절은 세상이 온통 광란에 들떠 할아버지 같은 사람도 많았"다고 전함으로써, 아버지의 행위에서 이념적인 부분을 제거하고자 애쓴다.

그러나 은폐와 허구가 포함된 이야기임에도 불구하고, '나'는 아버지의 과거를 재구성하여 아들에게 전달하여 아버지에 대한 추모의 의무를 다하게 된다. 아버지에 대한 추모 행위가 완성되었기 때문에, 아들과의 대화 직후에 '나'는 여래천 개울에서 아버지와 목욕하던 29년 전의 추억을 기억해낸다.

> (가)
> 내 눈에 여래천 개울이 얼룩져 흔들린다. 햇살에 반짝이는 물줄기 속에 아버지의 옛모습이 떠오른다. 그해 여름, 아버지와 나는 여기서 목욕을 했다. "갑수야, 애비 등 좀 밀어도고…… 서론 분만 밀어라." 그날따라 왠지 정답던 아버지 목소리가 지금도 내 귀에 되살아난다.[93]

아버지에 대한 추모가 이루어졌기 때문에, 아버지에 대한 기억 중 유일하게 행복했던 여래천에서의 목욕 장면이 회상된 것이다. 이 회상에서 '나'는 아버지를 잔인한 빨갱이가 아닌, 자애로운 아버지로 회복시킨다. 또한 "여래천 개울"이 학살의 장소가 아닌, 아버지와의 추억이 담긴 장소로 회고된다. 즉 '나'는 아버지를 기억하고 추모함으로써 상주(喪主)의 역할을 다 하고 있는 것이다. 또한 그럼으로써 아버지에 대한 증오와 원한은 아버지에 대한 이해로 바뀌게 된다. 위의 인용문에서 "그해 여름", "그날"로 회상되던 날의 정황은 <2장>에 자세히 서술되어 있다.

> (나)
> 아버지와 나는 윗몸에 물을 끼얹으며 더위를 식혔다.
> "갑수야, 애비 등 좀 밀어도고."
> "배고파 심이 있어야 밀지예."
> "쪼매 있으모 내가 소괴기 국밥 한 그륵 믹인다 캤잖나."

---

93) 김원일, 『노을』, 217면.

"그라모 스무 분만 밀어주까예?"

"엇따, 자슥, 억시 따지네. 그라모 서른 분만 밀거라."

나는 아버지 등에 붙어섰다. 아버지 등판에는 용이 문신으로 새겨져 있었다. 나는 물속에서 아버지의 넓은 등판을 밀었다. 미끄러워 손끝이 겉돌았으나 나는 기분이 좋았다. 이럴 때는 나는 겨우 피붙이로 아버지를 확인하는 셈이었다. 엄마가 없는 지금은 이 등판이 갑득이와 내가 기댈 수 있는 유일한 살임을 믿을 수밖에 없었다.[94]

인용문(가)는 '서술하는 나'에 의해 회상된 과거이고, 인용문(나)는 '경험하는 나'에 의해 현재형으로 서술된 부분이다. 『노을』에서 '나'의 아버지가 자애롭고 인자한 "피붙이"로 묘사된 것은 이 부분이 유일한데, 이 목욕 장면에서 '나'는 아버지를 "갑득이와 내가 기댈 수 있는 유일한 살"로 느끼고 있다.

그런데 인용문(가)와 인용문(나) 사이에는 29년의 시간 차이가 존재한다. 아버지를 용서하고 아버지와 화해를 이루기 위해서, '나'는 인용문(나)의 장면을 회복해야 하며 그 아버지를 기억해 내야만 했다. 왜냐하면 인용문(나)에서 전면화되어 있는 것은 아버지와 '나'의 혈연적 유대감이기 때문이다. 즉 "피붙이"로서의 아버지, "기댈 수 있는 유일한 살"로서의 아버지로 기억되어야 아버지와의 화해는 가능해진다. 왜냐하면 "당신 이외 어느 누구도 나에게 아버지가 될 수 없"다는 사실에 근거할 때만 아버지의 모든 죄가 용서될 수 있기 때문이다. 즉 '나'는 아버지의 빨갱이 행적을 기억해낸 후, 거기에서 이데올로기적 측면을 제거함으로써 아버지와의 화해에 이르게 된다.

---

94) 김원일, 『노을』, 38면.

아버지와의 화해가 이루지자, "미루나무"가 등장하는 꿈의 의미가 되새겨지게 된다.

> 높게 뻗어 오른 미루나무는 여름 아침 햇살에 짙푸른 자태가 자못 당당하다. 고향을 떠나 헤매어 산 이십구 년 동안 나는 꿈속에서 얼마나 많은 횟수로 저 방둑의 미루나무와 아버지를 만났던가 하는 감회에 젖는다. 꿈속에서 미루나무는 베개를 적시는 내 눈물을 닦아주며 늘 그때의 상처를 달래주었다. 어떤 때는 미루나무 잎새가 바람을 타며 풍금 소리처럼 들려주는 말이기도 했지만, 때론 그 미루나무 아래 피 흘리며 죽어가던 아버지가 들려주는 목소리이기도 했다. "갑수야, 마 잊아뿌리라. 그 옛날 이바구는 잊아뿔고 살거라. 자슥새끼한테 숨카뿔고, 남은 평생을 읊던 이바구로 알고 살아라."[95]
> 얼굴을 핏물로 뒤집어써 누군지 알아 볼 수 없는 몸뚱이 여럿이 동아줄에 거꾸로 매달려 있었다. 벌거벗은 알몸이 푸줏간 갈고리에 매달린 육괴 같았다. 거꾸로 늘어진 머리와 팔을 타고 피가 떨어졌고 시멘트 바닥은 피로 흥건했다.[96]

위쪽 인용문의 꿈은 삼촌의 부고를 받던 날 꿨던 꿈과 다소 차이가 있지만, 두 꿈이 의미하는 바는 동일하다. "곧게 자라나 있는 미루나무와 하늘에서 쏟아져 내리는 피", "피가 이룬 붉은 내"는, '나'가 도수장에서 목도한 잔인한 장면들을 압축·지시하는 사물이다. 그리고 꿈에서 푸줏간 갈고리에 걸려 있는 사람들의 알몸뚱이는 "곧게 자라나 있는 미루나무"로, 도수장 시멘트 바닥을 적시

---

95) 김원일, 『노을』, 216~217면.
96) 김원일, 『노을』, 285면.

던 피는 "여래천을 물들이는 붉은 피"로 전치(轉置)되어 있다. 여래 천과 미루나무가 등장하는 꿈은, 아래쪽 인용문의 잔혹한 살인 장 면을 재현하고 있는 것이다.

즉 미루나무가 등장하는 꿈은 29년 전 도수장에서 아버지가 벌 였던 살육을 재현하고 있기 때문에, 이 꿈은 동화(童話)와 같은 형 식을 갖추고 있음에도 불구하고 '나'에게 악몽인 것이다. 그런데 위쪽 인용문에서 '나'는 꿈속의 미루나루가 자신의 상처를 어루만 지고 달래주었다고 말한다. 상처를 재현하고 환기하는 미루나무 꿈에서, '나'가 위안과 위로를 얻는 까닭은 무엇인가. 그것은 '나' 가 아버지의 목소리를 빌어서 자신의 소원을 충족시키고 있기 때 문이다. 즉 "갑수야, 마 잊아뿌리라. 그 옛날 이바구는 잊아뿔고 살 거라. 자슥새끼한테 숨카뿔고, 남은 평생을 옰던 이바구로 알고 살 아라"라는 목소리는 아버지의 당부가 아니라, 자기 보존을 위한 자 아의 외침인 것이다.

그리고 과거와의 화해는 '노을'에 대한 '나'의 인식이 변화하는 것으로 마무리된다. 고향을 떠나면서 '나'는 이전처럼 노을의 빛깔 에서 죽음과 공포의 '핏빛'을 보는 것이 아니라, "내일 아침을 기다 리는 오색찬란한 무지갯빛"을 보게 된다.

「어둠의 혼」과 『노을』은 좌익 아버지를 둔 유년인물의 혼란과 불안을 보여준다. "빨갱이" 아버지와 그 아들의 기억은 이전의 소 설에서 소외되고 은폐되었던 사적 기억들이다. 김원일은 주변화되 어 있던 인물들의 사적 기억을 다루고, 이들의 개별적 기억을 통해 6·25전쟁을 재현하고자 한다.

「어둠의 혼」과『노을』의 인물들은 사적 기억과 공식적 기억 중 하나를 선택해야 하는 상황에 놓여 있다. 공식적 기억은 '좌익' 아버지로 표상되는 사적 기억을 포기하고 공식적 기억을 수용할 것을 강요한다. 「어둠의 혼」의 유년인물은 공식적 기억을 선택하는 하는데, 그의 선택은 이동 경로와 밀접한 관련을 맺는다. 그렇기 때문에 「어둠의 혼」의 성장은 사적 기억을 포기하고 공식적 기억을 수용한다는 의미의 성장이라고 할 수 있다.

『노을』의 주인공은 금기의 대상인 아버지와 고향을 은폐하고 망각하고자 해왔다. 그런데 삼촌의 죽음을 계기로 고향에 돌아가게 되고, 고향에서 머물면서 아버지와의 화해에 이르게 된다. 그것은 자애롭고 인자한 혈육의 아버지를 떠올림으로써 가능할 수 있었다. 하지만 재구성된 아버지의 역사에서 이데올로기의 문제는 제거되어 버린다.『노을』의 주인공 역시 사적 기억의 일부분을 포기하고 아버지(과거)와 화해에 이르게 된 것이다.

3. 대항 기억의 형성과 수난의 서사: 현기영

'제주의 작가', '4·3의 작가'로 불리는 현기영[97]에게 고향 제주와 제주 4·3[98]의 영향은 지대하고 지속적인 것이라고 할 수 있다.

---

[97] 현기영은 1941년 1월 16일 제주읍 변두리의 중산간 마을인 노형리 함박이굴 부락에서 부(父) 현규호와 모(母) 양순완 사이의 장남으로 출생했다. 그는 1975년 동아일보 신춘문예에 단편소설 「아버지」가 당선되어 소설을 쓰기 시작하였고, 현재까지 창작집 『순이삼촌』(창작과비평사, 1979), 『아스팔트』(창작사, 1986), 『마지막 테우리』(창작과비평사, 1994), 장편소설 『변방에 우짖는 새』(창작과비평사, 1983), 『바람 타는 섬』(창작과비평사, 1989), 『지상에 숟가락 하나』(실천문학사, 1999)를 상자한 바 있다.

[98] '제주 4·3'은 '4·3항쟁', '4·3 양민학살' 등으로도 불리나 후자의 용어는 일정한 가치를 포함하고 있는 개념이다. 현기영의 입장은 중립적이고 민중수난적인 시각에서 민중주체적인 것으로 변화된다고 평가되지만, 이 책에서는 중립적 성격을 강조하기 위하여 '제주 4·3'이라는 용어를 사용한다.

등단작인 「아버지」로부터 1999년 발표된 『지상에 숟가락 하나』에 이르기까지 현기영의 소설은 제주 4·3의 기억에서 벗어나지 않고 있기 때문이다. 그런 이유로 연구자들은 그의 소설에서 제주 4·3이 소재의 차원을 넘어 중심 주제로 다루어져 왔다는 사실에 동의해왔다.[99]

현기영의 작가의식에 주목한 연구자들은 그의 소설에 대체로 긍정적인 평가를 부여해왔다. 정호웅은 현기영 소설의 근간(根幹)에 "정직하고 치열한 진실탐구의 정신"과 "비타협의 근본주의"[100]가 작동하고 있으며, 그것이 은폐되고 왜곡된 과거를 복원시키는 성과를 가져왔다고 평가하였다. 염무웅 역시 이완이나 변화 없이 제주 4·3의 소설적 형상화에 천착한 현기영을 "확고부동한 리얼리스트"[101]라고 고평하였다. 하지만 작가의 관심이 지나치게 폐쇄적이고 지엽적이라는 점, 제주 4·3에 대한 문학적 천착이 "한풀이식의 동어반복"[102]에 머물고 있다는 점은 비판을 받기도 했다.

그러나 한국 근대사에서 제주 4·3이 갖는 상징성을 고려할 때, 제주 4·3에 대한 작가의 집요한 관심과 문학적 형상화가 한계라고 단정하기는 어려울 듯하다. 특히, 현기영의 소설이 '공식적 기억'과 '사적 기억(혹은 집단 기억)'이 첨예하게 대립되는 양상을 그

---

99) 다음은 현기영 소설에 관한 대표적인 학위논문인데, 이 논문의 연구자들 역시 현기영 소설에서 제주 4·3이 갖는 중요성을 부인하지 않았다.
   이계영, 「현기영 소설 연구」, 중앙대학교 대학원 석사논문, 1993.
   이기세, 「현기영 소설 연구」, 경희대학교 대학원 석사논문, 2001.
   이창훈, 「현기영 소설 연구」, 경희대학교 대학원 석사논문, 2003.
   김수미, 「현기영 소설 연구」, 제주대학교 대학원 석사논문, 2005.

100) 정호웅, 「근본주의의 정신사적 의미: 현기영론」, 『작가세계』, 1998. 봄호.

101) 염무웅, 「역사의 진실과 소설가의 운명」, 『실천문학』, 1994. 가을, 332면.

102) 양문규, 「현기영론: 수난으로서의 4·3의 형상화의 의미와 문제」, 『현역중진작가연구Ⅲ』, 국학자료원, 1998, 212면.

릴 뿐만 아니라, 부당한 '공식적 기억'에 대한 문학적 대응을 보여준다는 의의를 갖는다. 이 장에서는 「아버지」, 「순이삼촌」, 「해룡이야기」를 살펴보고자 한다.

(1) 공식적 기억의 억압과 알레고리의 의미

1) 억압된 기억과 금기로서의 아버지

작가의 관심이 지나치게 지엽적이라는 비판과 관련하여, 현기영은 제주 4·3에 대한 자신의 천착이 근대사의 비극적 심층을 탐색하기 위한 전략이라고 역설한 바 있다.

> 나의 문학적 전략은 변죽을 쳐서 복판을 울리게 하는 것,
> 즉 제주도는 예나 지금이나 한반도의 모순적 상황이 첨예
> 한 양상으로 축약되어 있는 곳이므로, 고향 얘기를 함으로
> 써 한반도의 보편적 상황의 진실에 접근해보자는 것이다.
> 그것은 지금도 변함없이 유효한 전략임이 분명하다.[103]

현기영은 자신의 문학적 전략을 "변죽을 쳐서 복판을 울리게 하는 것"이라고 설명한다. 즉 "한반도의 모순적 상황이 첨예한 양상으로 축약되어 있는 곳"인 제주도의 지정학적(地政學的) 특수성을 근거로 하여, 그는 변방 제주도의 특수하고 개별적인 이야기가 분단국가의 모순을 극명하게 드러내는 효과적인 전략일 수 있음을 역설한다. 해방기 제주도의 정치적·경제적 실상을 고려할 때, "제주도가 구체적 지명인 동시에 분단과 동족상잔, 지배권력의 야

---

103) 현기영, 「내 소설의 모태는 4·3항쟁」, 『역사비평』, 1993. 봄. 163면.

만적 폭압과 외세의 무자비한 냉전논리, 요컨대 민족모순이 최고
조의 파괴적 광기 속에 관철된 민족사의 핵심 현장"[104]이며, 그렇
기 때문에 "4·3은 미군정 아래에서 우리 민족이 안고 있던 모순
이 집약적으로 표출된 사건"[105]이라는 상징적 의미를 갖게 된다
는 것이다.

이와 같은 제주 4·3의 상징성을 고려한다면, 현기영의 제주 4·
3에 대한 집요한 관심을 한계로 지적하는 견해는 재고될 필요가
있다. 현기영의 문학은 '공식적 기억'과 '사적 기억(혹은 집단 기
억)'이 첨예하게 대립되는 양상을 보여주며, 민중의 '집단 기억'이
'대항 기억'으로 전환되는 과정을 보여준다. 반공체제의 엄존 하에
공식적 기억은 제주 4·3에 대한 해석의 권한을 독점하여 관리해
왔다.[106] 공식적 기억은 제주 4·3을 1948년 4월 3일에 제주도에서
발생한 '공산폭동', '도내 14개의 지서가 방화, 파괴되고 경찰관 4
명이 피살된 좌익폭동'으로 규정하고, 법적인 규제와 물리적 탄압
을 수단으로 하여 공식적 기억에 거스르는 도전을 불허해왔다. 그
럼으로써 공식적 기억의 억압에 의해 양민의 무고한 희생은 은폐
되거나 외면될 수밖에 없었다.[107] 이런 점에서 현기영의 제주 4·3

---

104) 염무웅, 위의 글, 335면.

105) 김종민, 「제주 4·3항쟁: 대규모 민중학살의 진상」, 『역사비평』, 1998. 봄. 27면.

106) 제주 4·3의 진상규명이 처음으로 요청된 것은 1960년 4월 혁명 직후였다. 그러나 법제적 차원에서 진
    상규명이 이루어진 것은 1999년이다. 1999년 12월 '제주 4·3사건 진상규명 및 희생자 명예회복에 관
    한 특별법'이 제정됨으로써 제주 4·3에 대한 진상조사가 이루어지게 되었다. 제주 4·3의 역사적 전개
    와 의미에 관해서는 다음의 자료를 참고하였다.
    김종민, 「제주 4·3항쟁」, 『역사비평』, 1998. 봄.
    김영범, 「기억에서 대항 기억으로, 혹은 역사적 진실의 회복」, 『민주주의와 인권』, 전남대 5·18연구소,
    2002. 10.
    김성례, 「국가폭력과 여성체험」, 『창작과 비평』, 1998. 겨울.

107) 제민일보 4·3취재반과 제주 4·3특별법 진상위원회의 조사결과에 의하면, 제주 4·3의 희생자 수는
    대략 15,000명에서 30,000명으로 추정되는데 이는 당시 제주도 인구의 1/10에 해당한다. 공비의 숫자

문학은 공식적 역사에 의해 억압된 사적 기억들을 복원하고 형상화했다는 의의를 갖는다.

　제주 4·3에 대한 관심은 현기영의 등단작 「아버지」(1975)로부터 확인된다. 그러나 제주 4·3을 직접적으로 거론할 수 없는 1970년대 말의 정치적 상황 때문에, 제주 4·3의 문제가 모호한 배경으로 등장하고 어린 소년의 의식 세계가 전면화된다. 소설에 구체적인 시공간이 제시되어 있지 않지만, '산폭도' 아버지, '산불'의 이미지는 소설의 시공간이 제주 4·3임을 짐작하게 한다. 도입부에 등장하는 성인 인물의 서술은 소설 전체가 고향에 대한 기억의 알레고리임을 암시한다. 성인 서술자는 "열 살 때 고향을 등진 후 여지껏 찾아가 본 일이 없다. 게다가 어지간히 방심한 상태가 아니면 고향 추억에 잠기는 일도 퍽 드문 편이다"[108]라고 고백한다. 무의식적 방심 상태에서만 고향에 대한 추억이 이루어진다는 사실은, 고향에 대한 기억이 무의식의 차원에 억압되어 있다는 증거로 볼 수 있다. 소설에서 고향은 아버지와 등가의 관계에 놓이는데, 아버지에 대한 양가감정 때문에 고향은 회피의 대상이 되기도 한다.

> 검은콩 낱알 만하게 생긴 상상의 점이 자라나기 시작한 건, 그러니까 아버지가 다녀간 후의 일이다. 떠난 지 하루도 채 못 되었는데 <u>나는 벌써 아버지를 기다리기 시작한 거였다.</u> 아버지는 어디 가 있을까? 한밤중에 어디서 오는 걸까? 우리와 같이 이사하려고 곧 올 테지. 이번에 오면 다

는 500명 이하였으므로 무고한 양민이 대량 참사를 당한 것이다. 1948년 11월 중순부터 1949년 3월까지의 '초토화 작전'에서 중산간 마을에 불을 지르고, 무장대에 동조한 것으로 추측되는 양민을 학살함으로써 피해가 커졌다고 한다.

108) 현기영, 「아버지」, 『순이삼촌』, 창작과비평사, 1975, 261면.

시는 못 가게 할머니랑 같이 떼쓰고 막아야지. <u>그렇지만</u>
<u>나는 아버지가 무섭다.</u> 소리 없이 울기만 하는 걸 보면 할
머니도 아버지가 무서운 게다. 어떻게 할까? 어떻게 할까?
그러나 나는 아버지를 기다렸다.[109](밑줄: 인용자)

　서술자는 아버지가 떠난 지 하루도 되지 않아 "아버지를 기다리
기 시작"하면서도, "아버지가 무섭다"라고 토로하며 아버지에 대
한 모순된 반응을 보인다. 서술자에게 아버지는 기다림과 그리움
의 대상인 동시에 두려움과 공포의 대상인 것이다. 서술자가 아버
지를 무서워하는 것은 아버지가 토벌대에게 쫓기는 "산사람", "산
폭도"이기 때문이다. "산폭도" 아버지는 금기와 억압의 대상이기
때문에 밤을 틈타 몇 달에 한 번 집에 찾아오고, 아버지가 집에 오
는 밤이면 할머니는 '나'에게 아버지의 말소리가 들리지 않도록 손
으로 '나'의 귀를 덮어준다.
　도입부는 고향에 대한 회상이 전개되는 과정을 보여줌으로써,
아버지가 왜 억압과 금기의 대상이 되는지를 암시한다. 고향은 "먹
칠 같은 어둠으로 지워진 마을"을 연상시킨다. "먹칠 같은 어둠으
로 지워진 마을"에서 연상은 "햇볕에 내다 넌 넓은 광목천같이 희
게 표백"된 학교 운동장으로, 다시 운동장 위의 "불에 타죽은 산폭
도"의 시체로 이어진다. 산폭도의 시체가 누구의 것이라고 아무도
말해주지 않지만, '나'는 그것이 자신의 아버지라고 생각한다. 그
런데 '나'의 연상은 산폭도의 시체에서 끝나지 않고 '완실이 소년'
으로 이어진다.

---

109) 현기영, 「아버지」, 267면.

이렇게 맨 먼저 마을 어귀의 운동장을 생각하고 아버지를 생각한 다음이라야 어떻게 겨우겨우 추억에 빠져들면서 나는 운동장 옆 돌담길을 걸어서 성씨도 없고 자랄 줄도 모르는 옛 동무 완실이 소년이 홀로 사는 동네 깊숙이 들어가게 된다.[110]

'잿더미 고향 마을 → 흰 운동장 → 산폭도의 시체(아버지)'의 순서로 회상이 진행되다가, 추억의 맨 마지막 자리에서 '나'가 '옛 동무 완실이 소년'을 만나게 되는 이유는 무엇인가? 유년인물의 독백을 통해서, '나'가 완실이와 싸움을 벌여 그의 머리에 상처를 입혔다는 사실과 그의 형이 "산사람을 두 마리"나 죽인 토벌대라는 정보가 제공된다. "산폭도"의 아들이라는 점, 완실이에게 상처를 입혔다는 점 때문에, '나'는 완실이를 피해 다닌다. 하지만 헤엄을 치던 '나'는 완실이에게 발각되어 연못에서 빠져나오지 못하는 신세가 된다.

도입부를 제외한 소설 전체는 돌멩이를 들고 '나'를 주시하는 완실이와 '나'의 팽팽한 대립, 그리고 연못에서 빠져나오지 못하고 공포스러워 하는 '나'의 내면의식을 그리는 데 할애된다. 하지만 '나'와 완실이의 대립과 갈등은 개인적인 원한 이상의 의미를 갖는다. 왜냐하면 소설에서 완실이/'나'의 대립항 뒤에는 완실이 형(토벌대)/아버지(산사람)의 대립항이 존재하기 때문이다. 그런데 주목할 점은 아버지/완실이 형의 두 항 모두가 '나'의 공포를 불러일으킨다는 것이다. 돌멩이를 움켜쥐고 '나'를 감시하는 완실이도 공포의 대상이지만, 아버지는 '나'를 연못에 갇히게 하는 근본 원인으로 작용하므로 역시 두려움의 대상이 되는 까닭이다.

---

110) 현기영, 「아버지」, 262면.

원(圓) 안에 나는 움쭉달쭉 못하고 갇혀버렸다. (원의 주인
은 나였는데······) 물 가운데를 벗어날 수 없는 나는 옛날
죄수처럼 원형의 커다란 칼을 써버린 셈이다. 몸은 굳게
닫쳐 썩은 물과 싸우고 있다. 구멍이란 구멍, 수없이 열려
있던 땀구멍 같은 것들이 입을 오므리고 굳게 닫혔다. 그
렇지만 얼마나 견뎌낼 수 있을 건가? 물에 뜬 나무토막처
럼 점점 썩어가리라. 닫친 구멍들이 물에 영합하여 열리게
될 때가 반드시 오고 마는 거다. 문덩문덩 썩어가리라. 벌
써 연못들은 썩어서 악취를 풍기는데. 이제 비밀은 푹푹
썩은 냄새가 났다.[111]

  "토벌대"와 "산폭도"의 대립항을 고려할 때, 완실이와 '나'의 갈
등은 개인적인 감정에서 비롯된 것이 아니다. 둘의 갈등은 공권력
과 그에 반하는 민중의 대립을 암시한다. "산사람들"이 내려오는
'산'과 근접해 있는 연못의 지리적 위치, '연못' 물속에서 아버지에
대한 회상이 활성화된다는 점을 미루어 볼 때, 완실이와 '나'가 공
권력과 민중의 비유임을 알 수 있다.
  현기영은 소설 「아버지」와 관련해서 "입산자를 아비로 둔 한 소
년이 연못의 깊은 물 한 가운데로 갇혀 있고 토벌대 형을 둔 다른
소년이 돌멩이를 쥐고 못 나오게 감시하는 그 연못은 4·3당시의
갇혀 있는 제주섬의 극한 상황"[112]을 상징한다고 해설한 바 있다.
그러나 연못이 아버지에 대한 기억이 활성화되는 장소이며, 토벌
대 동생인 완실이에 의해 감시당하는 공간이라는 점, 연못의 '원
(圓)'을 '나'의 사적 기억에 대한 알레고리로 해석하게 한다. 즉 연

---

111) 현기영, 「아버지」, 274면.
112) 현기영, 「내 소설의 모태는 4·3항쟁」, 『역사비평』, 1993. 봄, 165면.

못을 금기의 대상인 아버지를 자유롭게 상상할 수 있는 사적 기억의 공간으로 해석할 수 있다는 것이다. 그러나 사적 기억의 공간 역시 공권력의 감시로부터 결코 자유로울 수 없으며, 그렇기 때문에 마지막에서 '나'는 "아버지, 오지 말아! 오지 말아!"라고 절규하며 아버지를 부인하게 된다.

'잿더미 고향 마을 → 흰 운동장 → 산폭도의 시체(아버지)'의 뒤에 완실이가 떠오른다는 것은 금기의 아버지를 회상하는 일이 자유롭지 않다는 사실을 짐작하게 한다. 즉 완실이로 상징되는 공권력의 감시에 의해 사적 기억마저 억압되고 있음을 보여준다. 이처럼 「아버지」는 사적인 기억이 억압되는 상황을 연못의 알레고리를 통해 보여주고 있으며, 소설에 등장하는 억압되고 파편화된 이미지와 서술 또한 유년인물의 억압된 기억의 양상과 대응관계에 놓인다고 볼 수 있다.

2) 강요된 망각과 실어증의 상황

「아버지」의 "산폭도" 아버지는 '나'의 생물학적 기원일 뿐만 아니라 제주민의 기원이라는 의미를 갖는다. 해방 직후의 혼란기에 남한 정부는 반공주의를 새로운 정체성으로 내세우며 국가의 형성을 도모하였는데, 단일정부를 주장하며 선거를 거부한 제주도는 국가 정체성을 오염시키는 오염원으로 지목받는 처지에 놓이게 된다.[113] 그렇기 때문에 제주 4·3을 "주민저항운동"이나 "반제 자주화의 민족통일운동"[114]으로 해석하는 입장에 선다면, 산폭도 아버

---

113) 김성례, 「국가폭력과 여성체험」, 342면.
114) 김영범, 「기억에서 대항 기억으로, 혹은 역사적 진실의 회복」, 69~70면.

지는 제주 민중의 기원으로 해석될 수 있다. 그러나 "산폭도" 아버지는 중앙권력과 대립되는 존재이기 때문에 존재의 기원임에도 불구하고 부정과 부인의 대상, 공포의 대상이 될 수밖에 없다.

완실이나 완실이 형으로 표상되는 공권력 역시 '나'에게는 두려움과 공포의 대상이다. 공권력은 '나'를 가공할 공포로 몰아넣을 뿐만 아니라, '나'의 사적 기억을 억압하기 때문이다. 그러나 '나'는 두 대립항(산폭도/토벌대) 중 어디에도 속하지 않는 특징을 보인다. 산폭도와 토벌대 둘 모두에게 공포를 느끼는 '나'의 모습은, 좌익과 우익 이데올로기 중 어디에도 속하지 못한 채 고통당하는 제주도민의 모습을 상징적으로 보여준다. 그러므로 '경험하는 나'의 내면에 초점을 맞추어 유년인물의 공포를 전면에 내세운 이 소설의 서술방법은, 제주 4·3을 피해자, 수난자의 입장에서 다루고자 하는 작가의 의도와 관련된다고 할 수 있다. 연못에 갇힌 '나'의 고통은 산폭도/토벌대 둘 중 어디에도 속하지 않았음에도 불구하고 이중의 희생을 당하는 제주도민의 모습을 상징적으로 보여주기 때문이다.

또한 「아버지」는 이데올로기의 대립에 의해 이중으로 희생당하는 제주도민의 상황뿐만 아니라, 사적인 기억이 통제되고 억압받는 상황을 비유적으로 보여준다. 연못은 금기의 아버지를 자유롭게 상상할 수 있는 사적 기억의 공간이었지만, 소설은 그 장소마저 공식적 기억과 공권력으로부터 자유롭지 못하게 됨을 보여준다. 사적 기억의 상징인 연못마저 토벌대 동생인 완실이에게 감시되고, 완실이의 "더러운 발의 명령에 나는 순순히 복종"할 수밖에 없게 된다. 공식적 기억의 감시와 처벌에 대한 '나'의 두려움은 낙서 지우기를 통해 드러난다.

나는 또 동네 구석구석 찾아다니며 내가 쓴 낙서를 골라내
어 사금파리로 아주 꼼꼼하게 지워버리고 있었다. 아이들
이 몰래 와서 뜬숯으로 내 낙서를 새까맣게 지우기 전에,
아이들이 나를 내쫓기 전에 나 스스로 떨어져 나가는 거
다. 공회당 뒷벽이 낙서가 제일 많았다.[115]

'나'는 완실이 패거리와의 싸움 이후, 아이들이 자신을 내쫓을
것을 두려워하며 사금파리로 자신의 낙서를 지우러 다닌다. 아이
들에 의해 지워지는 '나'의 낙서는 공식적 기억에 의해 배제될 위
기에 처한 사적 기억의 운명을 보여준다. 자발적인 낙서 지우기는
제주 4·3의 사적 기억이 공권력과 공식적 기억에 의해 망각을 강
요받고 있음을 보여준다. '나'는 소설 마지막 부분에서 완실이에게
복종의 의사를 밝히고, 폭도 대장이 되어 무리를 이끌고 오는 아버
지의 '환각'을 경험하면서 "아버지, 오지 말아! 오지 말아!"라고 절
규한다.

하지만 다른 한편 이 소설은 산폭도의 시체로 표상되는 금기의
기억, 사적 기억이 결코 망각될 수 없는 성질의 것임을 암시하고
있다. 왜냐하면 산폭도의 송장이 "나의 눈 망막에 아주 철인(鐵印)
으로 새겨"져 있는 것이기 때문이다. 의식 속에서는 "먹칠 같은 어
둠으로 지워진 마을"로 존재하지만, 무의식에 잠재되어 있는 까닭
에 "어지간한 방심한 상태"에는 자유롭게 회상되는 것이다.[116]

---

115) 현기영, 「아버지」, 270면.

116) 공식적 기억의 압력으로부터 자유로울 수 없는 제주도민과 작가 자신의 처지라는 주제는 소설 「실어증」
(1975)에서도 확인된다. 작가는 「실어증」에서 '언로의 일방통행'만이 존재하는 폭력적 상황에서, "속으
로는 이렇게 생각할지언정 결코 그걸 입 밖에 내는 법이 없"는 상황의 답답함을 '실어증'의 병리현상으
로 짚어낸다. "탄력성 없는 실어증의 혀와 두 입술"은 제주4·3의 진실과 비밀을 털어놓을 수 없는 제
주민과 작가 자신의 자의식에 대한 비유일 것이다.

현기영은 제주 태생 작가로서의 소임을 한(恨) 맺힌 죽음들을 신원(伸寃)하는 '무당'의 역할에 비유하며 다음과 같이 표현한 바 있다. "나의 일련의 소설들은 한 마디로 억울하게 죽은 그 숱한 영혼을 진혼하려는 뜻에서 쓰여졌다. 죽은 자를 진혼하는 것은 산 자의 의무요, 억울하게 죽은 자를 진혼하지 못하면 산 자는 해코지를 받게 마련이라고 나는 믿는다."[117] 그러므로 그에게 억압되고 망각된 제주 4·3을 문학적으로 형상화하는 작업은, 어두운 과거에서 벗어나는 길이자 억울한 죽음을 당한 원혼을 진혼하는 방법인 것이다.

그러나 등단작인 「아버지」에는 제주 4·3의 정황이 구체적·직접적으로 드러나 있지 않다. 유년인물의 내적 독백이 서술의 주를 이루고 있어 연못 안에 갇힌 유년인물의 심리적 공포만이 부각되기 때문이다. 그렇지만 "산폭도" 아버지와 "토벌대"를 동시에 두려워하는 유년인물의 고통을 통해, 토벌대(군·관)/산폭도 어디에도 속하지 못한 채 이중의 희생을 감내해야 하는 제주도민의 처지를 상징적으로 보여준다. 이는 현기영이 제주 4·3을 수난자, 희생자의 입장에서 보고 있음을 입증해준다. 또한 '연못'에 갇혀 나오지도 들어가지도 못하는 유년인물의 공포를 통해서, 공식적 기억에 의해 사적 기억이 통제되고 억압받는 모습을 보여준다.

---

117) 김연수 대담, 「언어도단의 역사 앞에서 무당으로서 소설쓰기」, 『작가세계』, 1998. 봄, 41면.

(2) 대항담론과 역사적 주체로서의 정체성

1) 여성 수난서사와 반성적 성찰

중편 「순이삼촌」(1978)과 단편 「해룡 이야기」(1979)에 오면, 현기영은 초기의 실험주의 소설 경향의 모호성과 추상성을 벗어버리고 제주 4·3의 문제를 소설의 전면에 내세우게 된다. 두 작품은 '순이삼촌'과 '어머니'로 대표되는 여성 수난의 역사를 되짚어 봄으로써, 제주 4·3의 현재적 의미를 탐색한 소설이다. 「아버지」에서 유년인물의 내적독백에 의해 서술이 주도된 것과 달리, 「순이삼촌」, 「해룡 이야기」에서는 성인 인물의 회고적 서술이 주를 이룬다. 그리고 성인 인물이 현재의 입장에서 30여 년 전의 제주 4·3을 회상하는 구조를 취하기 때문에, 객관적인 과거의 의미화가 이루어지고 현재 시점에서의 반성이 가능해진다.

「아버지」의 '나'가 열 살 이후에 고향을 방문하지 않았던 것처럼, 「순이삼촌」의 '나'도 바쁜 일상을 핑계로 고향을 외면하고 살아온 인물이다. '나'는 고향 어른들의 호출을 받고 8년 만에 고향에 가게 되는 낭패스러움을 다음과 같이 표현한다.

> 그런데 8년 세월에 비하면 김포공항에서 단 오십분 만에 훌쩍 날아간 고향은 참으로 가까운 곳이었다. 기내에 퍼져 틀틀거리는 엔진 폭음에 귀가 먹먹해져서 <u>잠시 멍한 방심 상태에 몸을 맡기고 있는데</u> 별안간 기체가 덜컹하길래 눈을 떠보니 제주공항이었다는 식으로 나는 고향에 닿았다. 정말 눈 깜짝할 새에 고향땅 한복판에 뚝 떨어진 거였다. <u>그건 흡사 나 자신이 고향을 찾은 게 아니라 거꾸로 고향</u>

<u>의 나를 찾아온 것처럼 어리둥절하고 낭패스러웠다.</u> 뭐랄까, 아무 예비 감정도 없이 고향과 맞닥뜨린 셈이랄까. 나는 비행기 안에서 좀 진지하게 생각하지 못하고 멍하니 허송한 오십분이 못내 후회스러웠다. 괜히 비행기를 탔다 싶었다. 기차를 타고 배를 타야 하는 건데 8년만의 귀향을 직장 통근시간에 불과한 단 오십분에 끝내다니.[118](밑줄: 인용자)

'나'는 비행기로 50분 만에 도착하는 귀향의 편리함에 당혹스러움을 감추지 않는다. '나'에게 고향은 "기차를 타고 완행을 타서 반도(半島) 끝까지 가 거기서 다시 배를 타고 밤을 지새우며 밤항해를 해야 하는 수륙 천 오백리 길. 차멀미, 배멀미에 시달리며 소주에 젖"으며 "주저주저" 찾아가야 하는 곳이었다. "수륙 천 오백리 길"은 '나'와 고향 사이의 심리적 거리를 나타낸다. 고향은 '나'가 살고 있는 서울에서 가장 멀리 떨어져 있는 장소이자, '나'의 의식의 맨 밑바닥에 존재하는 장소이다. '나'는 원거리(遠距離)를 핑계로 귀향의 회피를 정당화해 올 수 있었다.

그런데 "멍한 방심 상태"에서 50분 만에 고향에 도착하게 되자 '나'는 몹시 당황한다. 여기서 '나'는 자신이 고향을 방문한 것이 아니라, "멍한 방심 상태"에서 자신이 '고향'의 방문을 받은 듯한 전도된 감정을 갖게 된다. "흡사 나 자신이 고향을 찾은 게 아니라 거꾸로 고향이 나를 찾아온 것처럼", 고향을 기억하는 데 있어서 주체가 되는 것이 '나'가 아니라 고향 자체인 것처럼 느끼는 것이다. "멍한 방심 상태"에서 맞닥뜨린 고향 앞에서 '나'는 철저히 무

---

118) 현기영, 「순이삼촌」, 33~34면.

력하고 수동적인 입장을 취할 수밖에 없다. 일반적으로 고향은 유년의 즐거움이 담긴 행복의 근원지이자 유토피아로 기능하지만, '나'에게 고향은 "깊은 우울증과 찌든 가난밖에 남겨준 것이 없는 곳"으로 기억될 뿐이다.

> 내게 고향이란 무엇이었나. 나에게 깊은 우울증과 찌든 가난밖에 남겨준 것이 없는 곳이었다. 관광지니 어쩌니 하지만 그것도 지역 나름이어서 나의 향리인 서촌(西村)은 이렇다 할 관광자원도 없고 하늬바람이 몰아쳐 귤농사도 안 되는 한촌이었다. 적어도 내 상상 속에서 나의 향리는 예나 제나 죽은 마을이었다. 말하자면 삼십년 전 군 소개작전에 따라 소각된 잿더미 모습 그대로 머리에 떠오르는 것이었다.[119]

'나'에게 고향은 가난한 유년 시절과 끔찍했던 양민학살을 떠올리게 하기 때문에 회피의 대상이 되어 왔었다. 제주도 중산간에 위치해 있던 고향 마을은 1948년 당시, 군 소개작전(疏開作戰)의 일환으로 잿더미로 변해 사라져 버렸다. "소각된 잿더미 모습"으로 회상되는 고향은 그날 죽은 500여 명의 살상자를 연상시킨다. 그래서 '나'는 유년기의 불행을 연상시키는 고향을 잊기로 작정하고, 제주도 사투리의 흔적까지 없애며 완벽한 서울 사람으로 살아왔다. 그러나 서울의 대기업 부장으로 출세한 '나'의 기억에서 고향은 완전히 망각되지 않고 무의식의 차원에 남아 존재해 왔다. "멍한 방심 상태"에서는 언제라도 '고향'의 기억과 마주치게 되는 것이 그 증거일 것이다.

---

119) 현기영, 「순이삼촌」, 34면.

표면적으로 볼 때, '나'의 귀향을 촉발하는 계기는 할아버지의 '제사'이다. 고향 어른들은 "음력 섣달 열여드레인 할아버지의 제사"와 "가족묘지 매입 문제"를 이유로 '나'를 불러들인다. 김윤식이 지적한 대로, 현기영은 제주 4·3이라는 주제적 생경함을 덜어내고자 "인간에 의해 발명된 것 중에서 가장 오래되고 따라서 가장 합리적인 감정 및 정서 처리 장치의 일종"[120]인 '제사 모티프'를 끌어들인 것으로 보인다. 하지만 주인공의 귀향을 초래한 근본원인이 제사가 아니라 '순이삼촌'의 존재와 그 죽음이라는 점에 주의를 기울일 필요가 있다. 「순이삼촌」 전체의 서사는 '순이삼촌'의 의문의 죽음을 추적하는 구조이며, 그녀의 죽음은 제주 4·3에 대한 이야기를 본격적으로 촉발하는 계기로 작용한다는 것이다.

표면적으로는 고향에 대한 회상이 비행기 도착과 더불어 "별안간" 이루어진 것처럼 보인다. 제주도에 도착한 '나'는 "낯익은 제주도 특유의 겨울날씨"를 온몸으로 느끼며 "어린 시절의 그 음울한 겨울철로 돌아온" 듯한 착각에 빠진다. 또한 고향 사투리를 들으며 "내 입가에도 은연중에 고향 사투리가 떠올라 뱅뱅 맴돌았다"고 고백하기도 한다. 하지만 8년 동안 귀향을 거부할 만큼 고향을 잊고 살고자 했던 '나'의 행동과, "잊어먹고 있던 낱말들이 심층의식 깊은 데서 하나하나 튀어나올 때"마다 "쾌재"를 부르는 '나'의 모습은 모순되어 보인다. 고향의 풍물과 사투리가 과거의 기억을 전면화시키는 매개체 역할을 한 것은 사실이지만, 그보다 더욱

---

120) 김윤식, 「창작방법 논의에 대하여」, 『현대문학』, 1980. 4, 324면.
김윤식은 「순이삼촌」 창작의 성공 요인을 '여로형'과 '관혼상제형'의 구조에서 찾았다. 김윤식에 따르면 익숙한 '여로형'과 '관혼상제형'의 구조를 취함으로써, 제주 4·3의 주제가 불러일으키는 생경함을 성공적으로 잠재우고 주제를 효과적으로 전달했다는 것이다.

중요한 것은 '순이삼촌'이 '나'의 집에 머물렀던 일 년간의 시간이다. '나'가 '순이삼촌'의 등장으로 서울말 일색의 자신의 언어생활과 고향을 감추려고만 했던 자신의 처세술을 반성했다는 사실로 미루어 볼 때, 일 년의 시간은 무의식적 기억이 회복되는 잠재기였다고 보아야 한다.

'순이삼촌'이 고향의 과거를 환기시키는 매개체로 작용할 수 있었던 것은 그녀가 '인격화된 기억' 그 자체이기 때문이다. '순이삼촌'은 제주 4·3으로 남편과 자식을 잃고 스물여섯에 홀몸이 되어 삼십 년을 과부로 지내왔다. 그녀는 소개작전과 양민학살이 있던 날 도피자 가족과 함께 옴팡밭으로 끌려가지만, 사격 직전에 기절하는 바람에 살아남았다. 하지만 그녀는 참혹한 학살장면을 목도(目睹)하고 시체 틈바구니에서 살아남은 충격으로 평생 동안 '신경 쇠약'과 '환청', '지독한 결벽증'에 시달려야 했다. 그렇기 때문에 양민학살에서 기사회생(起死回生)한 '순이삼촌'은 살아남은 부락민들에게 제주 4·3을 상기시키는 매개체로 기능한다.

'순이삼촌'이 일을 도우러 '나'의 서울집에 찾아오면서 가족 사이에 여러 가지 불화가 생겨난 것도, 그녀가 '인격화된 기억', '살아 있는 기억'으로 존재하기 때문이다. '순이삼촌'은 식구들이 자신을 "밥 많이 먹는 식모"라는 소문을 냈다고 주장하고, 이로 인해 '순이삼촌'과 '나'의 가족 간에 갈등이 시작된다. 비록 소문이 '순이삼촌'의 환청과 결벽증에서 비롯된 오해였음이 밝혀지지만, '나'는 이를 계기로 제주 4·3의 비극성을 상기할 뿐 아니라 자신의 서울생활을 반성하게 된다. 즉 '순이삼촌'의 사투리를 들으면서 "서울말 일색도의 내 언어생활이란 게 얼마나 가식적이고 억지춘향식"이었던가를 깨닫고 "여태 막연히 기피증 현상으로만 나타나던 고향에 대한 선입견을 대폭 수정"하기로 결심한 것이다. '순이삼촌'은 '나'에게 잊고 싶은 고향이 잊을 수 없는 곳, 잊어서는 안 되는 곳임을 깨닫게 한다.

그런데 제삿날 큰아버지를 통해 '순이삼촌'의 소식을 듣게 된다. '나'의 집에서 돌아온 지 얼마 안 돼서 '순이삼촌'이 자신이 평생 일궈먹던 '옴팡밭'에서 자살하고 말았다는 것이다. "표면상 아무 뚜렷한 이유도 없는 죽음"이지만 그럼에도 불구하고, 그녀의 자살 시점이 '나'의 집에서 돌아온 직후라는 사실로 인해 '나'는 심한 "가책과 후회의 감정"을 느낀다.

> 그러다가 당신은 끝내 일 년을 다 못 채우고 고향에 내려온 것인데 내려온 지 한 달도 못되어 이 일이 발생했으니, 나로서는 일말의 가책을 안 느낄 도리가 없었다. <u>아니, 양심의 가책이라는, 내가 무슨 잘못이 있나.</u> 나도 골치를 썩이며 당신에게 꽤 하느라고 하지 않았던가. 당신은 한 마디로 불가항력이었다.[121](밑줄: 인용자)

'나'는 "혹시 항상 원만치 못했던 일 년 동안의 서울 우리 집 생활"이 신경쇠약 악화의 원인이 되었을지도 모른다며 죄책감을 느끼지만, 동시에 신경쇠약이 원래부터 고질적이었음을 떠올리며 자신의 무고함을 항변하는 이중적인 태도를 보인다. 그런데 '나'를 비롯한 친지들이 느끼는 "양심의 가책"은, 친지를 제대로 돌보지 못했다는 윤리적인 책임감에서 비롯된 감정이 아니다. '순이삼촌'

---

121) 현기영, 「순이삼촌」, 48면.

의 죽음이 부락민 전체로 하여금 양민학살을 망각하고 지낸 자신의 죄를 상기하게 하기 때문에, 친지들이 양심의 가책을 받는 것으로 보아야 한다. 500여 명이 한꺼번에 총살을 당한 '옴팡밭'을 떠나지 못하고, 신경쇠약과 환청의 후유증에 시달리며 살아가는 '순이삼촌'은 '나'를 비롯한 부락민들에게 양민학살을 잊지 못하게 하는 '기억의 환기자'로 기능하는 것이다. 그렇기 때문에 '나'는 "순이삼촌은 한달 보름 전에 죽은 게 아니라 이미 삼십 년 전 그날 그 밭에서 죽은 게 아닐까"라는 "야릇한 착각"에 빠진다.

이처럼 「순이삼촌」은 양민학살의 상처와 고통에서 벗어나지 못하고, 결국 자살하고 마는 '순이삼촌'을 내세워 제주 4·3의 비극과 사건의 현재적 의미를 조명하였다. '순이삼촌'은 부락민에게 제주 4·3의 비극성을 환기시키는 '인격화된 기억'이었던 것이다. '인격화된 기억'인 '순이삼촌'의 존재와 죽음은, 제주 4·3을 망각하고 살아가는 부락민에게 과거의 기억을 환기하는 역할을 한다.

「해룡 이야기」 역시 고향을 잊고 살아가는 성인 인물의 회고와 반성적 고백이 서술의 주를 이룬다는 점에서 「순이삼촌」과 구조적 유사성을 갖는다. 또한 두 작품은 전쟁의 피해자로서의 여성 인물을 전면에 내세운다는 점에서도 유사해 보인다. 하지만 「해룡 이야기」의 '어머니'는 전쟁폭력의 피해자일 뿐만 아니라, 가부장제 폭력의 희생자라는 점에서 차이점을 갖는다. 소설은 손주의 돌잔치를 위해서 상경한 어머니가 행방불명되면서 시작되는데, '나'는 어머니의 연락을 기다리며 어머니가 겪어온 수난의 삶을 되돌아보고 자신의 편견을 반성한다.

그 무섭던 소까이(疏開). 온 섬을 뺑 돌아가며 중산간 부락이란 부락은 죄다 불태워 열흘이 넘도록 섬의 밤하늘을 훤히 밝혀 놓던 소까이. 통틀어 이백도 안 되는 무장폭도를 진압한다고 온 섬을 불지르다니, 그야말로 모기를 향해 칼을 빼어든 격이었다. 그래서 이백을 훨씬 넘어 5만이 죽었다. 대부분 육지서 들어온 토벌군들의 혈기는 그렇게 철철 넘쳐 흘렀다. 특히 서북군은 섬을 바다 속으로 가라앉힐 만큼 혈기방장하였고 군화 뒤축으로 짓뭉개어 이 섬을 지도상에서 아주 없애버릴 만큼 냉혹했다. 월남 파병 소대장이었던 중호는 그것이 말이 소개이지 실은 초토작전임을 익히 알고 있었다. (…중략…) 폭동 진압에서 5만 넘어 죽었다니![122]

위의 인용문에서 '나'는 흥분된 어조로 '토벌군', '서북군'에 대한 분노와 적개심을 표현하고 있다. 그러나 서북군에 대한 적개심은 당위적인 감정에 그칠 뿐이며, 실제 삶에서 '나'는 "피해의식에 찌든 소시민에 불과"하다. '나'는 "그 악몽의 현장, 그 가위눌림의 세월"로 표상되는 고향이 출세를 방해할 것이라고 판단하여 고향을 철저히 숨겨온 인물이다. 또한 "촌스러운 고향 사투리를 훌훌 떨쳐버리고 남다른 정열로 열심히 서울말"을 익혔고, 서울 여자와 결혼하여 본적까지 옮겨 서울 사람 행세를 해온 사람이다.

고향을 철저히 망각하고자 하는 '나'의 일련의 행동들은 어머니에 대한 반발에 그 뿌리를 두고 있다. 초조하게 어머니의 연락을 기다리던 '나'에게 반복적으로 떠오르는 장면은 "어머니의 흰 저고리 앞섶을 붉게 물들이던 30년 전의 그 핏빛"이다. 그날은 도피자 가족으로 몰린 어머니가 죽음을 모면했던 날이었다. 그런데 어머

---

122) 현기영, 「해룡 이야기」, 125~126면.

니의 기사회생은 '나'와 가족들에게 치욕을 안겨 주었다. 왜냐하면 어머니는 "반반한 외모" 덕분에 한 서북군의 눈에 들어 살아났고, 그와 일 년 남짓 살림을 차렸기 때문이다. 양민학살의 주범인 서북군과 살림을 차렸다는 것 때문에, 어머니는 시댁과 자식 앞에 떳떳하게 서지 못하고 비난을 받으며 평생을 살아온 것이다. '나'에게는 어머니의 선택을 이해하고자 하는 마음과, 어머니를 향한 증오와 반발심이 공존해 왔다.

> 그럼, 목숨을 살릴 수 있는 기회를 모질게 뿌리치고 죽어야 옳았단 말인가. 말도 안 되는 소리. 비록 살림 차린 원수 같은 서북군이지만, 그것이 그후 서른 해 동안의 홀어멍 생활로도 지울 수 없는 그리 더러운 얼룩이란 말인가? 밭일만 하는 중산간 부락으로 시집 올 때 그만두었던 잠녀(潛女) 물질을 다시 시작하여, 청춘과수의 더운 몸을 바닷물결에 식히고, 간장 썩는 한숨을 호이호이 숨비질 소리에 날려보내며, 죽을 목숨을 삼십년 더 버텨온 당신을 누구라 더럽다 할 것이냐! 남의 얘기하기 좋다고 입방아 찧는 당숙네라면 몰라도 자식새끼라고 하는 나까지 그런 생각을 품어야 될 말인가. 내가 불효막심한 자식이다![123]

즉 어머니는 전쟁 폭력의 피해자일 뿐만 아니라 가부장제 이데올로기의 희생자이기도 한 것이다. 가부장제 이데올로기는 어머니의 선택을 부정(不淨)한 행위로 낙인찍으며, 전쟁 종료 후에도 어머니가 가족 공동체 안으로 들어오는 것을 허락하지 않는다. 공동체의 정체성을 지켜내기 위한 보루로 여성의 정조(貞操)를 강조하는

---

123) 현기영, 「해룡 이야기」, 137면.

가부장제 이데올로기의 논리로는 부정한 어머니를 받아들일 수 없는 것이다.[124] 따라서 어머니는 정조를 내주고 목숨을 건진 죄인이라는 치욕을 견디며 살았던 것이다.

그러나 어머니를 향한 '나'와 친지들의 적개심과 분노는 잘못된 방향으로 분출된 것이다. 왜냐하면 분노는 전쟁과 학살을 일으킨 주범들에게 돌려져야 하는 것인데, 국가 권력에 대한 두려움으로 친지들은 대신 어머니에게 분통을 터뜨리는 것이기 때문이다. 전쟁 폭력의 주체인 국가권력에 이의를 제기할 경우 '빨갱이'로 몰릴지도 모른다는 불안감이 그들의 적개심을 희생자인 어머니에게 집중되도록 한 것이다. 즉 어머니를 향한 분노는 가해자에게 직접적인 적개심을 표출할 수 없는 상황에서 생겨난 "엉뚱한 부작용"인 셈이다.

'나'는 어머니의 행방불명을 계기로 하여 이중의 수난자인 어머니의 비극을 인식하게 되며, 적개심의 온당한 대상을 찾지 못하고 피해자에게 분노를 터뜨리는 제주민의 소극적인 역사인식을 반성하게 된다. 어머니를 향한 적개심이 어디에서 비롯되었는지를 자각한 '나'는, 나아가 모든 불행을 "팔자소관"으로 치부하는 섬사람의 운명론을 비판한다.

> 천재변과 같이 막강한 가해자들, 그들에게 분노와 증오를 품는다는 것은 마치 천둥벼락에게 적개심을 품는 것과 다를 바 없이 허망한 노릇이었다. 고향 섬 해변을 수시로 침범하여 섬 여자를 약탈, 겁간, 살인을 자행하던 왜구들이 전설 속에서는 해룡(海龍)으로 묘사된 것도 바로 이러한 연유가 아니었을까? 인력으로 어찌할 수 없는 초월적인 존재

---

124) 김성례, 「국가 폭력과 여성체험」, 351면.

인 해룡. 해룡에게 먹히는 사람들은 다 팔자소관일 뿐, 해
룡에 대한 적개심은 털끝만큼도 없다.[125]

'나'는 왜구를 비롯한 막강한 피해자들을 "해룡"으로 형상화하
는 섬사람의 상상력 또한 피해의식과 소극적인 역사의식에서 비롯
된 결과물이라고 지적한다. '나'는 가해자를 향한 적개심과 분노를
드러내지 못하고, 대신 모든 것을 "팔자소관"으로 치부하는 섬사
람의 운명론을 비판한다. 가해자를 "해룡"으로 재현하는 상상력에
는 분노나 증오의 감정이 수반되지 못하고, 오직 "덜덜 떨리게 두
려"운 공포심이 초래될 뿐이라는 것이다. 또한 어머니를 공동체에
서 배제하고 처벌했던 가족들의 의식에도 가해자에 대한 공포와
무력감이 존재하고 있음을 인정한다.

「해룡 이야기」는 "겁낼 게 아니라 불같이 노여워하고 무섭게 증
오"함으로써 "주눅 든 피해의식"을 극복할 수 있다는 인식, 이제부
터 친구들과 모여 "막연히 육지 토벌군이니 서북군이니 할 게 아
니라 구체적인 인명과 사례를 알아"보겠다는 다짐으로 끝난다. 「해
룡 이야기」의 '나'는 전쟁과 가부장제 폭력으로부터 이중의 고통
을 당해온 어머니의 수난사를 돌아봄으로써, 국가폭력과 가부장제
이데올로기의 폭력성, 제주민의 소극적 역사인식을 반성한다.

앞에서 살펴본 바와 같이, 「순이삼촌」과 「해룡 이야기」에서는
성인 인물의 회고가 서술의 주를 이룬다. 회고적 서술을 통해 과거
사건의 전모가 객관적으로 그려질 뿐만 아니라, 회상 주체의 반성
적 성찰이 가능해진다. 성인 인물이 '순이삼촌'과 '어머니'의 수난

---

125) 현기영, 「해룡 이야기」, 138면.

의 일생을 회상함으로써, 제주 4·3의 비극성을 구체화하고 자신의 기원을 망각하고 회피해온 자신의 일상적 삶을 반성하게 된다.

여성 인물의 수난에 초점을 맞추어 제주 4·3을 재현하는 것은, 제주 4·3의 비극을 드러내기 위한 유효한 전략이라 할 수 있다.126) 「순이삼촌」에는 '토벌군/산사람', 「해룡 이야기」에서는 '토벌군/산사람' 외에 '서울/제주도'가 대립항으로 설정되어 있다. 희생자, 수난자인 '섬사람'에게 '토벌군'과 '산사람'은 둘 다 가해자이다. "허울 좋은 이념 때문에 폭동을 일으켜 살인, 방화를 일삼던 장본인"인 '산사람'이나 무고한 양민을 공비(共匪) 취급하여 학살한 '토벌군'이나, 제주도민의 입장에서는 마찬가지의 가해자일 뿐이다. 특히, 두 대립항 모두에서 배제되어 다중의 수난을 당하는 여성 인물의 이야기는 이데올로기 대립의 철저한 희생자인 제주도민의 상황을 상징적으로 보여주기에 적절하다.

한편, 「해룡 이야기」에서는 '서울/제주도'의 또 다른 대립항을 설정함으로써, 서울 사람들의 편견과 무관심을 비판하며, 동시에 일신의 안전을 위해 과거를 망각하고 살아가는 서울 지향의 제주 출신 인물들을 비판한다. 「순이삼촌」과 「해룡 이야기」는 성인 인물의 회상을 통해, 제주 4·3의 비극을 환기함으로써 수난자로서의 제주도민의 정체성을 확고히 할 뿐만 아니라 역사의 비극을 망각한 채 살아가는 인물들의 현재적 삶을 반성하게 한다.

---

126) 권명아는 여성의 수난으로 한국사의 비극을 형상화하는 경향이 한국문학에서 빈번히 확인되며 이는 여성주의적 시각에서 일정한 한계를 갖는다고 지적한 바 있다. '여성 수난사'에 대해서는 다음을 참고.
권명아, 「여성 수난사 이야기, 민족국가 만들기와 여성성의 동원」, 『여성문학연구』 7, 2002.
권명아, 「여성·수난사 이야기의 역사적 층위」, 『상허학보』 10, 2003.

2) 대항 기억의 형성과 망각의 거부

「순이삼촌」의 등장인물들은 망각을 거부하고 공동체의 집단 기억을 '대항 기억'으로 형성하려는 의지를 보여준다. 특히, 제삿날의 논쟁은 구성원 간의 집단 기억 및 대항 기억이 형성되는 과정을 가시적으로 보여준다. '나'는 어릴 적 제사 때마다 터지던 곡성과 어른들이 반복해 들려주던 이야기의 지겨움을 다음과 같이 이야기한다.

> 한날한시에 이 집 저 집 제사가 시작되는 것이었다. 이날
> 우리 집 할아버지 제사는 고모의 울음소리부터 시작되었
> 다. (…중략…) 아, 한 날 한시에 이 집 저 집에서 터져 나오
> 던 곡성소리, 음력 설달 열여드렛날, 낮에는 이 곳 저 곳에
> 서 추렴 돼지가 먹구슬나무에 목매달려 죽는 소리에 온 마
> 을이 시끌짝했고 5백위도 넘는 귀신들이 밥 먹으러 강신하
> 는 한밤중이면 슬픈 곡성이 터졌다. (…중략…) 우리는 한밤
> 중의 그 지긋지긋한 곡성소리가 딱 질색이었다. 자정 넘어
> 제사 시간을 기다리며 듣던 소각 당시의 그 비참한 이야기
> 도 싫었다. 하도 들어서 귀에 못이 박힌 이야기. 왜 어른들
> 은 아직 아이인 우리에게 그런 끔찍한 이야기를 되풀이해
> 서 들려주었을까.[127]

대표적인 사자추모(死者追慕)의 형식인 제사는 고인(故人)을 잊지 않기 위한 문화적 행위이다. 소설에서 '곡성소리'로 시작되는 제사는 무고한 양민학살을 잊지 않기 위한 문화적 장치로 활용된다. 또한 어른들이 들려주는 "소각 당시의 그 비참한 이야기", "하도 들어서 귀에 못이 박힌 이야기"는 과거를 망각에서 건져내어 다음

---

127) 현기영, 「순이삼촌」, 49면.

세대로 전승하기 위한 기성세대의 노력이다. 어른들이 들려주던 이야기는 철저히 피해자의 시각에서 구술·전승되기 때문에, 피해자로서의 화자와 청자를 하나의 집단으로 묶어주는 역할을 한다. 이야기의 구비·전승은 피해자로서의 부락민에게 집단 정체성을 부여해주며, 이것은 '대항 기억', '대항담론' 형성의 토대가 된다.[128]

그러나 '집단 기억'은 확고부동한 불변의 것이 아니며 복수 형태로 존재한다는 특성을 갖는다.[129] 신세대인 '나', '길수 형'과 '당숙'을 비롯한 구세대간의 논쟁, 제주 출신 친척들과 이북 출신 고모부의 논쟁은 집단 기억의 특성과 대항 기억의 형성과정을 확연하게 보여준다. 당숙으로 대표되는 직접 경험자들은 양민을 도피자로 몰아 무자비한 살상을 감행한 제주 4·3을 잊지 말아야 한다는 점에는 동의하지만, 학살의 주동자를 찾아 잘잘못을 가려야 한다는 '길수 형'의 주장에는 반대한다. 큰 당숙은 "거 무신 쓸데없는 소리고! 이름은 알아 무싱거 허젠? 다 시국 탓이엔 생각하고 말지 공연시리 긁엉 부르럼 맹글 거 없져"라고 반박한다. 당숙 세대의 어른들은 비극의 원인을 전쟁 상황의 '시국(時局)'에 돌리면서 과거 청산을 회피하는데, 이는 반공 이데올로기와 관련한 불안감 때문이다. 즉 당숙 세대의 어른들이 여전히 반공 이데올로기의 위력으로부터 자유롭지 못함을 보여준다. 그러나 '길수 형'은 시일이 좀 더 지나면 가해자와 피해자 모두가 죽게 되어 과거의 진실이 망각

---

128) 제주 4·3이란 주제에서 벗어나지 않는 현기영의 소설은 '제사', 망각되지 않기 위해 반복되는 제삿날의 담화와 같은 기능을 수행한다. 그러므로 현기영의 문학적 작업은 제주 4·3을 망각으로부터 건져내고, 나아가 문학적인 대항담론을 형성하기 위한 제주 출생 작가의 '제의' 행위라고 할 수 있다.

129) '집단 기억'은 특정 집단의 구성원 사이에 공유된 기억이다. 하지만 집단 기억은 확고부동한 불변의 것이 아니기 때문에 하나의 공동체일지라도 복수의 집단 기억을 가질 수 있다.

에 묻힌다며 자신의 소신을 굽히지 않는다. '길수 형'과 '당숙'의 논쟁은 세대에 따라 집단 기억의 세부가 달라질 수 있음을 확인하게 해준다.

또한 「순이삼촌」이 피해자의 항변에 머물지 않고 "절제된 사실주의의 정신을 구현"[130]하는 데 성공할 수 있었던 것은, 가해자의 논리를 옹호할 고모부를 등장시켰기 때문이다. 평안도 출신의 고모부는 서북군으로 입도(入道)하여 고모와 결혼했다가 제주도에 뿌리를 내리게 된 인물이다. 할아버지는 제주도민 전체가 빨갱이로 내몰리는 상황에서 가족의 안전을 도모하기 위해 서북군 사위를 맞아들인 것인데, '나'의 친족들은 토벌군 소속의 고모부 덕분에 양민학살의 참화를 피하게 된다. 고모부가 친족의 안위를 보장하는 안전막의 역할을 했음에도 불구하고, 제주 4·3과 관련한 논쟁이 과격화되자 가해자인 고모부와 토착민인 친족들의 입장이 양분되기 시작한다.

고모부는 토벌군과 서북군의 비인도적 행동을 인정하면서도, 양민학살이 "작전지역 내의 인원과 물자를 안전지역으로 후송하라는 뜻이 인원을 전원 총살하고 물자를 전부 소각"하라는 공문의 오판(誤判)에서 비롯되었다며 군관(軍官)의 입장을 옹호한다. 특히, 책임자 처벌을 주장하는 '길수 형'의 의견에 대해 심한 거부감을 나타낸다.

---

130) 양문규, 「현기영론: 수난으로서의 4·3의 형상화의 의미와 문제」, 205면.

"기쎄, 조캐, 지나간 걸 개지고 자꾸 들춰내선 멀하간? 전
쟁이란 다 기런 거이 아니가서?"
순간 오십줄 나이의 고모부 얼굴에서 삼십년 전의 새파란
서북청년의 모습을 힐끗 엿본 느낌이 들었다. 가슴이 섬찟
했다. 야릇한 반발감이 뾰죽하게 일어났다.[131]

　　고모부의 갑작스러운 사투리는 그의 입장 변화를 보여준다. 바
로 직전까지 제주 사투리로 대화를 진행하던 고모부는, 첨예하게
대립되는 사안이 등장하자 평안도 사투리로 토벌대의 입장을 변론
하기 시작한다. 사투리는 그 방언을 사용하는 집단의 자기 동일성
을 강화해주는 역할을 하는데, 그렇다면 고모부의 평안도 사투리
는 그의 정체성이 변하고 있음을 확인하게 해준다. 제주도 사투리
를 구사하는 부분에서 고모부는 제주도민의 정체성을 확보하고 있
는 것이지만, 평안도 사투리를 사용하는 부분에서는 토벌군의 정
체성을 유지하고 있는 것이 된다.[132] 소설은 가해자인 고모부의 논
리를 끌어들임으로써 가해자와 피해자의 담론 속에서 제주 4·3의
진상을 객관적으로 그려내고 있을 뿐만 아니라, 동일한 공동체일
지라도 복수의 집단 기억이 존재할 수 있음을 보여준다.
　　가해자와 피해자의 입장, 기성세대와 신세대의 입장이 대립되

---

131) 현기영, 「순이삼촌」, 65면.
132) 「순이삼촌」에는 '우리'라는 단어가 자주 사용된다. '우리'라는 대명사에 의해 묶일 수 있는 집단은 제주
　　4·3의 피해자인 제주도민이다. 즉 무차별 학살을 당했거나, 그러한 위기를 모면하고 살아남은 사람들
　　이 '우리'라는 대명사로 묶여지는데, 그들은 자신을 피해자, 수난자로 인식하고 동일한 집단 정체성을 공
　　유하는 것이다. 사투리의 사용과 친족 집단 중심의 공동체, 제주 4·3의 피해가 광범위 했다는 점 때문
　　에, 제주도민의 집단 정체성은 다른 집단에 비하여 더욱 확고하다고 할 수 있다. 소설에서 확인되듯이,
　　기념(제사)은 통합이 아닌 배제를 지향한다. 왜냐하면 특정 집단의 정체성을 형성하기 위해서는 배타적
　　행위가 필수적으로 요청되기 때문이다. 친족 공동체, 제주도민의 정체성 형성, 집단 기억의 형성에서 배
　　제되는 인물은 서북군 출신의 '고모부'이다. '고모부'는 가해자의 입장을 변호하기 위해 삽입된 인물이
　　지만, 또한 친족 공동체의 정체성을 강화하기 위해 요청된 인물이기도 하다.

는 제삿날의 논쟁은 기억 투쟁의 각축장이다. 아스만에 의하면, 기억에는 왜곡, 축소, 도구화의 위험이 항존하며 이러한 문제는 공공의 비판, 성찰, 토론을 통해서 해결된다.[133] 기억의 투쟁은 '해석'을 놓고 벌이는 투쟁이며, 그것은 정체성 확보의 문제이자 가치의 정당화라는 문제로 연결된다. 제삿날에 모인 친지들은 자신의 입장에 따라, 제주 4·3의 '무엇을, 어떻게, 얼마나 기억할 것인가'를 결정한다. '무엇을, 어떻게, 얼마나 기억할 것인가'라는 문제는 제주 4·3을 '어떻게 해석할 것인가'와 동일한 의미를 갖는다. 서로의 해석을 조정하는 대화와 토론을 통해서, 집단 기억이 형성되며 그것은 다시 수난자로서의 부락민의 정체성을 강화시켜 주는 역할을 한다.

또한 「순이삼촌」은 '대항 기억'의 형성에 있어서 토론과 논쟁이 중요한 역할을 담당하며, '제사'나 '위령제', '위령비' 등이 대항 기억을 다음 세대로 전승하기 위한 필수적인 문화적 형식임을 확인하게 한다. '나'가 보이는 행동의 변화는, 대화와 토론이 집단 정체성의 형성에 주된 요인으로 작용함을 확인하게 한다. 8년 만에 고향에 도착한 '나'는 처음에 제주 4·3에 대해 수동적인 자세를 취한다. 하지만 길수 형과 당숙, 길수 형과 고모부의 논쟁을 들으며 점차 적극적인 자세를 취하게 된다. 토벌군을 두둔하는 고모부에게 "당시 삼십만 도민 중에 진짜 빨갱이가 얼마나 된다고 생각햄수꽈?"라고 묻고, "비무장공부란 것이 뭐우꽈? 무장도 안한 사람을 공비라고 할 수 이서마씸? 그 사람들은 중산간 부락 소각으로 갈

---

133) 알라이다 아스만, 『기억의 공간』, 17면.

곳 잃어 한라산 밑 여기저기 동굴에 숨어살던 피난민이우다"라고 거세게 항변하기도 한다. 소설 마지막 부분의 논평은 '나'가 제주 4·3을 부당한 양민학살로 결론내리고 있음을 확인하게 해준다.

> 작전 명령에 의해 소탕된 것은 거개가 노인과 아녀자들이 었다. 그러니 군경 쪽에서 찾던 소위 도피자들도 못 되는 사람들이었다. 그런 사람들에게 총질을 하다니! 또 도피 생 활을 하느라고 마침 마을을 떠나 있어서 화를 면했던 남정 네들이 군경을 피해 다녔으니까 도피자가 틀림없겠지만 그들도 공비는 아니었다. 사실 그들은 문자 그대로 공비에 게도 쫓기고 군경에게도 쫓겨 할 수 없이 이리저리 피해 도망 다니는 도피자일 따름이었다.[134]

위의 인용문과 같이, '나'는 서술자적 논평을 통해 제주 4·3에 대한 자신의 해석을 제시한다. 피해자의 대부분은 노인과 아녀자 였으며 군경에게 쫓기던 도피자 역시 공비가 아닌 도망자였다는 것이다. 즉 소개작전으로 인한 희생자의 대다수는 좌·우익 이데 올로기와 무관한 양민이라는 점을 확실히 한다. 그렇다면 '나'는 제주 4·3을 '대량양민학살'로 해석하고 있는 것이며, 이러한 해석 은 제주 4·3을 "공산폭동"으로 규정한 공식적 기억과 정면으로 대립되는 것이라고 할 수 있다. 그러므로 「순이삼촌」의 논쟁 주체 들은 수난자, 피해자의 입장에서 '제주4·3은 양민대학살'이라는 대항 기억을 형성하고, 그럼으로써 진실을 은폐하고 있는 공식적 기억을 비판하는 것이다.

---

134) 현기영, 「순이삼촌」, 61~62면.

그러나 누가 뭐래도 그건 명백한 죄악이었다. 그런데도 그 죄악은 30년 동안 여태 단 한 번도 고발되어 본 적이 없었다. 도대체가 그건 엄두도 안 나는 일이었다. (…중략…) 고발할 용기는커녕 합동위령제 한번 떳떳이 지낼 뱃심조차 없었다. 하도 무섭게 당했던 그들인지라 지레 겁을 먹고 있는 것이었다. 그렇다. 그들이 원하는 것은 결코 고발이나 보복이 아니었다. 다만 합동위령제를 한번 떳떳하게 올리고 위령비를 세워 억울한 죽음들을 진혼하자는 것이었다.[135]

나아가 '나'는 '합동위령제'를 지내고 '위령비'를 세워 억울한 죽음들을 진혼해야 한다고 역설한다. '합동위령제'나 '위령비'는 진혼을 위한 수단일 뿐만 아니라, 시간의 지평을 초월하여 집단 기억을 다음 세대에 전승해줄 문화적 장치이기 때문이다.[136] 즉 '합동위령제'나 '위령비'와 같은 문화적 형식을 갖추어야 '대항 기억'의 전승이 가능하기 때문에, '나'는 '합동위령제'나 '위령비'의 제작의 중요성을 역설하는 것이다.

과거의 회상은 "과거의 뒤죽박죽으로 엉킨 체험을 이야기로 질서화하는 가운데 자신의 영속성, 다시 말해 정체성을 구성"[137]하는 특징을 보인다. 「순이삼촌」과 「해룡 이야기」의 인물 회상 역시 집단의 정체성을 형성하고 강화하는 기능, 수난자로서의 제주도민의 정체성을 형성하여 공식적 기억에 저항한 '대항 기억'을 형성해가는 역할을 한다고 평가할 수 있다.

현기영의 관심은 공식적 기억에 의해 억압된 제주 4·3의 기억

---

135) 현기영, 「순이삼촌」 72면.
136) 집단 기억은 "물질적·상징적 형식을 통해 보존되어온 전승"을 원천으로 삼아 형성되고 지속되기 때문이다.(전진성, 『역사가 기억을 말하다』, 52면.)
137) 최인자, 「성장소설의 문화적 해석」, 『문학과 논리』, 태학사, 1995, 71면.

을 문학적으로 형상화하여 잊힌 것을 복원하는 데 집중되어 있다고 할 수 있다. 본장에서 살펴본 「아버지」, 「순이삼촌」, 「해룡 이야기」의 주제 또한 제주 4·3에서 벗어나지 않고 있다.

등단작인 「아버지」에는 시공간적 배경이 모호하게 처리되어 제주 4·3의 정황이 직접적으로 드러나지 않는 특징을 보인다. 이는 작가가 제주 4·3의 담론화를 금기시하던 1970년대 중반의 정치·사회적 현실로부터 자유롭지 못하다는 반증일 수 있다.[138] 그러나 「아버지」는 아버지와 완실이(완실이 형) 모두에게 공포를 느끼는 유년인물의 내면을 전면화함으로써, 수난자로서의 제주도민의 처지를 상징적으로 보여주며, 공식적 기억에 의해 사적 기억이 억압되는 현실을 효과적으로 드러낸다.

「아버지」가 유년인물의 내면 의식을 내세워 제주민의 불안과 공포를 그린다면, 「순이삼촌」과 「해룡 이야기」는 성인 인물의 반성적 회고를 통해 제주 4·3의 전모를 객관적으로 보여준다. 두 작품에서 여성 인물의 수난사가 공통적으로 그려지는데, 여성 인물의 수난사는 '산사람', '토벌대' 모두로부터 소외되어 고통을 받는 제주도민의 처지를 효과적으로 형상화하기 위한 서술 전략이다. 여성의 한 많은 인생은 무고한 양민을 희생시킨 토벌대의 과잉진압을 효과적으로 고발할 뿐만 아니라, 수난자로서의 제주도민의 정체성을 형성하고 강화하는 기능을 한다.

이상에서 살펴본 현기영의 소설은 제주도민을 수난자의 형상으

---

138) 현기영의 「순이삼촌」은 제주 4·3을 문학적으로 다룬 첫 작품이라는 문학사적 의의를 갖는다. 곽학송의 「집행인」(1969)이 제주 4·3을 소재면에서 다룬 바 있지만, 「집행인」은 토벌대원의 눈, 가해자의 시각으로 제주의 비극을 다루고 있다.

로 재현한다는 특징을 보인다. 이는 제주 4·3을 은폐하고 부인하는 국가폭력의 주체를 비판하고 공식적 기억에 이의를 제기하는 기능을 한다.[139] 또한 「순이삼촌」에서 분석한 바와 같이, 공식적 기억에 대항하는 '대항 기억'을 형성하고 전승하기 위해 문화적 형식과 장치가 필수적으로 요구됨을 보여준다.

4. 이미지 기억의 각인과 여성의 서사: 오정희

1968년 『중앙일보』 신춘문예에 「완구점 여인」이 당선되면서 창작활동을 시작한 오정희는 작품을 발표할 때마다 평단의 꾸준한 관심을 받아왔다.[140] 오정희 소설에 대한 연구는 주제적 측면,[141] 여성주의적 측면,[142] 정신분석적 측면,[143] 기법 및 문체적 측면[144]

139) 현기영의 소설에서 제주도민이 피해자, 수난자로 재현되는 것은, 제주 4·3을 '양민대학살'로 규정하는 작가의 역사인식에 대한 반영이다. 1980, 90년대에 이르면 현기영은 제주 4·3을 '양민학살'에서 '제주 4·3항쟁'으로 재규정하고 그러한 역사인식을 소설에 반영하지만, 1970년대의 관심은 은폐된 진실의 폭로에 있었기 때문에 무고한 양민의 피해와 희생을 내세운다.

140) 오정희 소설을 대상으로 한 학위 논문은 100편을 상회한다. 대표적인 논문으로 다음을 참고.
  이가원, 「오정희 소설의 인물연구」, 명지대학교 대학원 박사논문, 2004.
  류지용, 「오정희 소설 연구」, 고려대학교 대학원 박사논문, 2005.
  김민옥, 「오정희 소설에 나타난 공간의 의미」, 충북대학교 대학원 박사논문, 2009.
  김미정, 「오정희 소설의 '시간-이미지' 연구」, 전북대학교 대학원 박사논문, 2011.

141) 김 현, 「살의의 섬뜩한 아름다움」, 『불의 강』, 1977.
  권영민, 「현실적 상황과 소설적 상상력」, 『문학과 지성』, 1978. 봄.
  김치수, 「전율, 그리고 사랑」, 『유년의 뜰』, 문학과지성사, 1981.
  김주연, 「말의 순결, 그 파탄과 회복」, 『세계의 문학』, 1981. 가을.
  김병익, 「세계에의 비극적 비전」, 『월간조선』, 1982. 7.
  권영민, 「동시대인들의 꿈 혹은 고통」, 『문학사상』, 1982. 12.
  성민엽, 「존재의 심연에의 응시」, 『바람의 넋』, 문학과지성사, 1986.
  이남호, 「휴화산의 내부」, 『문학의 위족』 2, 민음사, 1990.
  오생근, 「허구적 삶과 비판적 인식」, 『야회』, 나남출판, 1990.
  최윤정, 「부재의 정치성」, 『작가세계』, 1995. 여름.
  박혜경, 「신생을 꿈꾸는 불임의 성」, 『불의 강』, 문학과지성사, 1995.

142) 성민엽, 「존재의 심연에의 응시」, 『바람의 넋』, 문학과지성사, 1986.
  고정희, 「소재주의를 넘어서 새로운 인간상의 실현」, 『문학사상』, 1990. 2.

에서 다양하게 이루어져 왔다. 그러나 오정희 소설 연구에 자주 활용되는 '애매성', '모호성', '난해성' 등의 수사는, 그녀의 소설이 일관적 해석의 잣대로 분석되기 어려운 텍스트의 잉여를 내장하고 있음을 증명해준다.

김윤식은 오정희 소설에서 전쟁 상황이라는 비극적 현실이 철저히 내면화되어 "배경의 의미"[145]만을 가질 뿐 탐구대상으로 인식되지 않는 특징을 보인다고 지적하였다. 그러나 전쟁을 주요 배경으로 하는 「유년의 뜰」, 「중국인 거리」, 「바람의 넋」은 오정희 소설에서 전쟁이 차지하는 비중이 적지 않음을 입증해준다. 전쟁체험이 오정희의 문학에서 시원(始原)에 해당할 만큼 중요한 사건이며, 그것이 작가의 부정적이고 비극적인 세계관의 형성에 결정적인 동인으로 작용하고 있음에 주목할 필요가 있다.[146]

권택영, 「여성적 글쓰기, 여성으로서의 읽기」, 『후기 구조주의 문학이론』, 민음사, 1992.
황도경, 「여성의 글쓰기와 꿈꾸기, 그 여성성의 지평」, 『문학정신』, 1992. 5.
하응백, 「여성의식의 응축과 확산」, 『문학정신』, 1992. 5.
김경수, 「여성성의 탐구와 그 소설화」, 『문학의 편견』, 세계사, 1994.
_____, 「여성 소설의 제의적 국면」, 『문학의 편견』, 세계사, 1994.
심진경, 「오정희 초기 소설에 나타난 모성성 연구」, 『한국문학과 모성성』, 태학사, 1998.
_____, 「여성의 성장과 근대성의 상징적 형식: 오정희의 유년기 소설을 중심으로」, 『여성문학연구』, 1999.
143) 김 현, 「요나콤플렉스의 한 증상」, 『월간문학』, 1969. 10.
임금복, 「한국적 외디푸스 콤플렉스의 초상」, 『비평문학』, 1993. 10.
차미령, 「원초적 환상의 무대화」, 『한국학보』, 2005.
144) 황도경, 「빛과 어둠의 문체」, 『문학사상』, 1991. 1.
_____, 「「유년의 뜰」의 회상 형식 및 문체」, 『이화어문논집』, 1992. 3.
_____, 「불을 안고 강 건너기」, 『문학과 사회』, 1992. 5.
성현자, 「오정희 「별사」에 나타난 시간구조」, 『개신어문연구』, 1986.
145) 김윤식, 「창조적 기억, 회상의 형식: 오정희 소설에 대하여」, 『소설문학』, 1985. 11.
146) 이혜원, 「도도새와 금빛 잉어의 전설을 찾아서」, 『작가세계』, 1995. 여름, 19면; 「오정희 작가연보」, 위의 책, 참고.
   이혜원은 자전적 체험과 친연성을 보이는 「유년의 뜰」, 「중국인 거리」를 통하여 유년기에 경험한 전쟁이 작가의 창작에 지대한 영향을 끼치고 있음을 확인할 수 있다고 하였다. 오정희는 1947년 11월 9일 서울 사직동에서 태어났는데, 어머니가 임신 중이던 때 전쟁이 발발하여 피난을 가지 못했다. 1951년 1월 후퇴하는 국군을 따라 피난길에 올랐다가, 충남 홍성군 홍주읍 오관읍에서 피난살이를 했다. 1955년이 장에서는 「중국인 거리」(1979), 「유년의 뜰」(1980), 「바람의 넋」 (1982)[147] 세 편의 소설을 살펴보고자 한다. 세 작품의 인물은 전쟁 상황에 놓여 있거나 전쟁과 깊은 관련을 맺고 있는데, 이들은 전쟁 과 관련하여 어떤 기억을 잃어버렸고 그 기억을 되살리고자 노력 한다는 공통점을 보인다. (1)에서는 「유년의 뜰」과 「중국인 거리」 를 분석하면서 전쟁의 혼돈이 '이미지 기억'으로 재현되는 양상을 검토할 것이고, (2)에서는 「바람의 넋」의 세밀한 분석을 통해 '현재 형'으로 존재하는 전쟁, 재현이 불가능한 전쟁의 고통을 살펴보고 자 한다.[148]

(1) 이미지 기억과 여성 정체성

1) 가부장제의 혼란과 여성 정체성

「중국인 거리」와 「유년의 뜰」의 가장 근원적인 문제는 '아버지 부재'의 상황이다. 「유년의 뜰」은 '아버지 부재'의 상황에서 시작 하여 변소의 문틈으로 아버지의 귀환을 확인하는 장면으로 끝난

4월 징집되었던 아버지가 돌아와 석유회사 인천 출장소 소장으로 취직하자, 4년간의 피난살이를 마치고 인천시 중앙동으로 이사하였다. 자유공원 아래 조그만 일본식 집에서 살게 되었는데 이 동네는 중국인과 양공주, 피난민이 모여 사는 동네였다. 오관리 피난생활과 인천 중앙동 시절은 「유년의 뜰」과 「중국인 거리」에 직간접적으로 반영되어 나타난다.

147) 「중국인 거리」는 1979년에 발표되었고, 「유년의 뜰」과 「바람의 넋」은 각각 1980년과 1982년에 발표 되었다. 하지만 세 작품이 '유년3부작'이란 별칭으로 불릴 만큼 내적인 연관성을 갖고 있으며, '전쟁을 어떻게 기억할 것인가'라는 1970년대 유년기 전쟁체험 세대의 문제의식을 공유하고 있다는 점에서 함 께 분석의 대상으로 삼았다.

148) 〈4. 이미지 기억의 각인과 여성의 서사〉에 실린 내용은 본인의 다음 논문을 기초로 다시 정리한 것임을 밝힌다.
정재림, 「기억의 회복과 여성 정체성: 오정희 「유년의 뜰」과 「바람의 넋」을 중심으로」, 『어문논집』 51, 2005.
_____, 「오정희 소설의 이미지 기억 연구」, 『비교한국학』 14, 2006.

다. 휴전 직후를 배경으로 하는 「중국인 거리」는 아버지가 전쟁터에서 돌아와 가족과 함께 '중국인 거리'로 이사하는 데서 소설이 시작되지만, 소설에서 아버지의 존재는 미미하여 존재감이 느껴지지 않는다. 아버지는 가족 부양의 최종 책임을 맡고 있는 가장(家長)이기 때문에, '아버지 부재'의 전쟁 상황은 가족의 생존 위기를 초래한다. 또한 아버지는 법이나 질서의 다른 이름이므로, '아버지 부재'의 상황은 무질서와 혼란이 초래되는 근본 계기로 작용한다.

「유년의 뜰」의 '노랑눈이' 가족에게는 윤리와 도덕이 실종되어 있다. 밥집에서 일을 거드는 것으로 시작하지만 차차 화장이 짙어지고 수상쩍은 외박이 잦아지는 '어머니', 오빠의 눈길을 피해 밤마다 저잣거리를 '언니', 채마밭에 돌아다니는 닭을 훔쳐와 가족에게 먹이는 '할머니', 식탐에 들려 어머니 지갑에 손을 대는 '노랑눈이', 어머니에 대한 불만으로 동생들에게 폭력을 행사하는 '오빠'로 이루어진 가족은 윤리 부재의 상황을 대변해준다. 따라서 아버지의 부재는 가족 윤리를 붕괴시키는 근본 원인으로 지목될 수 있다.

「유년의 뜰」의 '나'는 아버지의 얼굴이 기억나지 않는다는 사실을 반복적으로 언급한다.[149] 5살 이후 3년이 넘도록 아버지를 만나보지 못한 '나(노랑눈이)'가 "아버지의 얼굴"을 떠올리지 못하는 것은 자연스러운 현상이라고 볼 수도 있다. '나'에게 아버지는 "얼굴"과 같은 구체적 실체로 떠오르는 것이 아니라, 감각적이고 파편적인 이미지를 통해 "문득" 환기될 뿐이다. '나'에게 아버지는 "막연

---

[149] 주목해 볼 점은 「어둠의 혼」과 「아버지」의 서술자와, 「유년의 뜰」의 서술자가 아버지에 대해 취하는 태도가 극명한 차이를 보인다는 것이다. 앞의 두 소설의 서술자에게 아버지는 두려움의 대상인 동시에 그리움의 대상이다. 하지만 「유년의 뜰」의 서술자의 관심은 아버지가 생각나지 않는다는 자신의 기억, 그리고 아버지에 대한 자기 기억의 사실 여부에 집중되어 있다.

히 따스하고 부드러운 것, 보다 커다란 것, 땀으로 젖어 있던 등허리"와 같은 파편적 인상과 감각으로 기억될 뿐이다. 그런데 '나'는 자신이 갖고 있는 아버지에 대한 감각적 이미지마저 허구일지 모른다고 말한다. 경험적 진실이라 믿고 있는 감각적 이미지들이, 가족들의 말의 영향을 받아 사후적으로 만들어진 허구적 기억일 가능성을 배제할 수 없기 때문이다.

또한 떠오르지 않는 아버지의 얼굴은 가부장제 질서의 균열과 붕괴를 알려주는 표지(標識)이며, "우리 모두 아버지가 영영 돌아오지 않기를 바라거나 돌아오지 않을 사람으로 치부"하고 싶은 '노랑눈이' 가족의 의지에 의해 지워진 얼굴이다. 그러나 다른 한편 전쟁 상황은 "여성의 존재론적 인식의 출발점"[150]이 되기도 한다. 왜냐하면 가부장제 질서가 균열을 일으키는 전쟁의 상황은 여성에게 잠재적으로 존재해오던 역할들을 시험해 볼 가능성을 제공하기 때문이다. 균열의 틈새에서 '나'의 '어머니'는 "나팔꽃처럼 보얗게 피어나는" 얼굴로 외박을 일삼으며, '순자엄마'는 "읍의 미장원에서 머리를 지져 붙이고 올망졸망한 다섯 아이를 버려둔 채 도회지로 달아나" 버린다.

그러나 아버지의 부재가 가부장제 질서의 완벽한 파탄을 의미하는 것은 아니다. 오히려 아버지의 부재는 현존보다 더 강력한 영향력을 행사하기 때문이다.

방안은 조용했다. 할머니도 어머니도 더 입을 열지 않았다. 아버지의 생각을 하는 것이리라. 날로 희미해지고 멀어져 가

---

150) 이재원 外, 「분단 현실과 '여성적 성장'의 의미」, 『독일어문학』 27, 2004, 121면.

는 아버지의 모습은 어두운 밤, 망령처럼 성큼 벽 틈으로 스
며 당당히 우리 사이를 비집고 드러눕는 것이었다.
나는 아버지의 얼굴을 기억할 수 없었다. 내가 떠올릴 수 있
는 것은 땀으로 펑 젖은 셔츠의 등과 더 짙은 얼룩으로 젖어
있던 겨드랑이를 보이며 트럭에서 내리던 모습뿐이었다.[151]

    아버지가 집을 비운 지 벌써 몇 해가 지났지만, 할머니와 어머니
는 잠자리에 누워 아버지를 생각한다. 그래서 '나'는 아버지가 "벽
틈"으로 스며들어와 여전히 가족들 사이에 "망령처럼" 존재한다고
말한다. 아버지의 재등장은 적법한 상속자인 장남을 통해 이루어
진다. 큰오빠는 아버지가 부재하는 가정에서 "은연중 가장의 위치
로 부상"하여 아버지의 역할을 대신한다. 그러나 오빠의 직무대행
은 성공적이지 못하다. 오빠는 밖으로 나돌기를 좋아하는 여동생
을 때려 코피를 쏟게 하는 "폭군"의 면모를 보이기도 하지만, 그는
"막 넓게 퍼지기 시작한 완강한 어깨 위로 아직 연약하고 섬세한
목과 작은 머리통이 불균형하고 어색"한 소년, 자신의 연약함과 미
성숙함을 들키고 마는 "작은" 폭군에 불과하다.[152] 엄밀히 말해서
오빠는 아버지의 역할을 수행하는 데 실패한 것이다. 그래서 오빠
는 "아버지가 돌아오시면 뭐라고 하실 거예요?"라고 어머니를 질
책하지만, 자신 역시 추궁의 대상에서 예외가 아님을 자각하며 어
머니의 불안과 두려움을 공유한다.
    「유년의 뜰」에서 아버지의 역할을 담당하는 사람은 부네의 아버

---

151) 오정희, 「유년의 뜰」, 『유년의 뜰』, 문학과지성사, 1981, 33면.
152) 오빠의 아버지 대행이 온전치 못할 것이라는 점은 그의 신체에 예견되어 있다. "막 넓게 퍼지기 시작한
완강한 어깨 위로 아직 연약하고 섬세한 목과 작은 머리통이 불균형하고 어색하게 얹혀 있"는 오빠를
보며, '노랑눈이'는 오빠가 "내게 어린애처럼 연약해 보이고 불투명하고 애매해 보이기도 했다"고 말한다.

지인 "외눈박이 목수"이다. 오빠의 실패와 대조적으로, 외눈박이 목수는 아버지의 역할을 성공적으로 수행한다. '나'의 '어머니'나 언니의 무분별한 출분을 제지하고, '나'를 사회화시키는 것은 '유년의 뜰'에 편재해 있는 목수의 '시선'이기 때문이다. 목수네 집으로 이사를 온 가족들은 뜰을 지날 때마다, "얼결에 주인집 방문을 흘긋거리고 그러면 영락없이 방문에 붙인 조그만 유리 조각에 바짝 눈을 대고 이쪽을 내다보는 안집 여자와 눈이 마주쳐 똥이라도 피하듯 공연히 진저리를 치"곤 한다. '유년의 뜰'에는 외눈박이 목수의 시선이 가득하다. 안집 여자의 눈, 목수의 '연장망태', '쇠불알 통 같은 자물쇠'가 외눈박이 목수의 '눈'과 동일한 기능을 한다. 외눈박이 목수의 상징을 이해하기 위해서, 먼저 목수와 부네의 관계를 살펴볼 필요가 있다.

> 사람들은 그녀, 부네의 아비, 그 늙고 말없는 외눈박이 목수가 어떻게 그의 바람난 딸을 벌건 대낮에 읍내 차부에서부터 끌고 와 어떻게 단숨에 머리칼을 불밤송이처럼 잘라 댓바람에 골방에 처넣고, 마치 그럴 때를 위해 준비해 놓은 듯 쇠불알통 같은 자물쇠를 철커덕 물렸는지에 대해 오랫동안 이야기했다. (……) 더욱이 얘깃거리가 된 것은 읍에서부터 개처럼 끌려오는 과정이 부네 편에서도, 아비 편에서도 있을 법한, 아이고 아버지 용서해주오, 한마디 말도, 분노의 씨근거림도 없이 시종 묵극으로 일관되었다는 것이었다. 사람들은 도시 알 수 없다는 표정으로 수군거렸다. 늘 말이 없고 침울한 외눈박이 목수는 많은 딸 중 부네를 각별히 아꼈고, 목수 일을 젖혀둔 채 보름이고 한 달이고 객지로 떠돌았던 것은, 살림을 차렸다는 소문만으로 돌아오지 않는 부네를 찾기 위해서였다는 소문이었다.[153)]

외눈박이 목수는 바람난 딸을 잡아다가 뒤뜰 골방에 가둔다. "바람난 딸"이라고는 했지만, 소설 속 어디에도 부네가 아버지의 노여움을 사게 된 이유는 명시되어 있지 않다. 골방 문은 한 번도 열린 적이 없고, 부네의 부모조차 딸의 비행에 대해 함구하고 있기 때문이다. 추측에서 비롯된 소문만 무성한데, 사람들은 부네가 바람을 피워 아비 없는 아이를 가졌거나, 문둥병과 같은 몹쓸 병에 걸렸거나, 미쳤기 때문에 골방에 갇혔을 것이라는 추측을 내놓는다. 겉으로 무관해 보이는 위의 죄목은 속성상 한 계열로 범주화될 만한 것들이다. 문란한 성관계, 혼전임신, 치료 불가능한 질병, 광기는 모두 이성의 타자들이란 유사성을 공유한다.[154] 그런 까닭에 '외눈박이 목수'와 '부네'의 관계는 가족 내의 실제 아버지와 딸 이상으로 해석될 필요가 있다. 아버지는 '집'을 짓는 것을 업으로 삼는 '목수'이며, '노랑눈이'네가 얹혀살고 있는 '집'의 주인이기도 하다.[155] 부네라는 이름 역시 상징적인데, 부네는 '婦女'로도 해석되지만 '否女'라는 의미로 읽힐 수 있다.

'婦女'는 남성의 거울로 기능하는 여성, 그래서 남성의 자기 동일성을 강화하는 데 일조하는 여성적 정체성을 상징하는 이름이다. 그러나 '부네'가 '否女'로 의미화된다면 정반대의 해석이 가능하게

---

153) 오정희, 「유년의 뜰」, 20~21면.

154) 푸코에 의하면, 고전주의 시대에 광인들을 대대적으로 감금한 사건이 있었다고 한다. 흥미로운 점은 병자, 약자, 난삽한 사람들, 신성모독자, 반항적 아이들, 무책임한 환자와 같은 전혀 이질적인 집단이 모두 '광인'으로 취급되었다는 점이다. 이성적 행동규범에서 벗어난 비이성이란 공통점 때문에 전혀 이질적인 이들을 '광인'이라는 하나의 표상으로 묶을 수 있었던 것이다(M. 푸꼬, 김부용 역, 『광기의 역사』, 인간사랑, 1991, 참고).

155) '집'의 상징성에 대해서는 김열규, 「여성과 집에 관한 시론」, 『家와 家門』, 서강대학교 인문과학연구소, 1989 참고.
"집은 윤리관이며 사적 규범의 시작이자 끝이기도 했던 것이다. 한국인들은 집을 지으면서 실상 인간 존중 그것을 지었고 인간 규범을 지었던 것이다."

된다. 남성의 자기 동일성을 강화시키는 '婦女'는 "각별히 아낄"만한 딸로 사랑받게 되지만, 아버지가 부여한 여성 정체성을 거부하는 '否女'로서의 딸은 처벌과 감금의 대상이 되기 때문이다. 아버지의 법을 거스른 딸은 아버지가 부여한 이름(婦女)을 빼앗기고, '否女(not婦女=not woman)'라고 불리게 된다. 그렇다면 '목수/부네'의 관계를 단순히 아버지/딸의 관계로 제한하고 말아서는 안된다. '목수/부네'는 '남성/여성', '이성/광기'라는 다층적인 의미로 해석될 필요가 있다. 그렇기 때문에 이성과 법의 상징인 아버지 목수와, 아버지의 법을 부인한 딸 '부네' 사이의 대화는 이루어지지 않는다.156) 딸인 '부네'가 아버지의 법을 거부한 이상, 아버지와 딸 사이의 화해로운 공존은 불가능하다. 왜냐하면 '否女'는 그것 자체로 아버지의 세계를 와해하고 붕괴하는 효과를 가져오기 때문이다. 그래서 소설이 보여주는 바와 같이 '否女'는 은폐되거나 죽을 수밖에 없다.

부네는 한참 동안이나 골방에 갇혀 있다가 자살하게 된다. 부네가 죽자 그녀의 아버지는 공들여 관을 짜고, 부네는 아버지가 짠 관에 담겨 마침내 '집'을 빠져 나간다. 그리고 처녀로 죽은 혼백을 제대로 보내기 위해 죽은 지 백일이 되던 날, 뱀에 물려 죽은 사내와 결혼을 한다. 부네로 꾸며졌던 지푸라기 인형을 태우면서 안집 여자는 "다시는 짐승으로 인간으로도 몸을 받아 이승에 나오지 마라"고 기원한다. 부네는 관에 담겨 다시 나올 수 없게 못질이 되고, 집밖으로 나가고도 부족해서, '노오란 연기'로 흩어진다. 부네가

---

156) 그래서 끌고 가는 목수와 끌려가는 딸 사이에는 "한마디 말도, 분노의 씨근거림도 없이 시종 묵극"으로 일관할 수밖에 없었다. 이성인 아버지와 비이성인 딸의 대화는 불가능하다. 푸코는 둘 사이에는 '비이성의 침묵' 혹은 '이성의 독백'만이 가능하다고 말한다.

사라지는 과정은 아버지의 질서를 위협한 '좀女'가 어떻게 처벌되는지를 보여준다. 그런데 문제적인 것은, 부네의 관한 '나'의 기억이 믿을 만하지 못하다는 점이다.

> 그리고 그들은 부네를 잊었다. 골방의 문이 닫히는 순간, 자물쇠가 덜컥 걸리는 순간부터 부네는 완전히 다른 세계로 들어가 버린 것이다. 자물쇠는 혹시 그녀가 끌려 들어오기 훨씬 전부터 완강히 채워져 있었고 그녀는 공기처럼 가볍고 투명해져서 창호지 가는 올 사이로 스며들어가 버린 것은 아닐까.
> 나는 부네가 방에 갇힌 것이 우리가 이곳으로 이사 오고 난 후의 일인지 그 전의 일인지 기억이 아리송했다.
> 이사 오던 첫날 이미 방에 갇힌 것이 이미 자물쇠가 잠겨 있는 것을 본 듯도 했고 더 곰곰이 생각해 보면 개울의 다리 위로 머리채를 잡혀 목을 늘어뜨리고 오던 부네와 그의 아비 모습이 어제 일처럼 떠오르기도 했다.[157]

'나'는 '부네'를 실제로 본 것 같기도 하고 못 본 것 같기도 하다고 말하며, 자신의 기억이 불분명하다는 점을 자주 언급한다. 그러나 어떤 점에서 '나'의 기억은 중요하지 않다고 말할 수 있다. 왜냐하면 '나'의 기억이 부네의 존재를 증명하는 필수조건이 아니기 때문이다. 즉 부네의 존재를 입증하고 환기시키는 것은 '나'의 눈이 아니라, 부네의 방문에 채워져 있는 '쇠불알통 같은 자물쇠'이다. 마을사람 중 어느 누구도 골방 문이 열리는 것을 보지 못했지만, 거기에 걸려 있는 무시무시한 '자물쇠'를 통해서 부네가 거기에 실

---

157) 오정희, 「유년의 뜰」, 21~22면.

재(實在)한다는 사실을 받아들이는 것이다.

'유년의 뜰'에서 벌어지는 '아버지와 딸의 드라마'는, 아버지의 법 아래에서 여성의 욕망이 억압되어 무의식으로 처리되어가는 과정과 그 효과를 비유적으로 보여준다. 그리고 '나'는 '목수/부네'를 바라보면서 성장에 이르게 된다. 소설에서 '나'의 성장은 성(性)의 발견과 동시에 이루어진다.

> 부네의 방은 박명 속에 어슴푸레 잠겨들었다. 햇빛은 이제 우리 방 서쪽 창에만 조금 남아 있을 뿐이었다. 맴돌던 고추잠자리는 담장 너머 피마자 이파리로 옮겨 앉았다.
> 나는 방으로 들어와 옷을 벗고 거울 앞에 섰다. 몸의 근육을 조금도 긴장시키지 않고 축 늘어뜨리고 불룩 튀어나온 배와 작고 주름진 가랑이를 물끄러미 보며 나는 까닭 없이 흐느꼈다.
> 깊은 밤, 안채에서 느닷없이 곡성이 터졌다.
> 딸이 죽었댄다. 혀를 물고 자살을 했대. 약을 달여 들어가니 글쎄 벌써 죽어 있더라지 뭐냐.[158]

'나'가 벗은 몸을 거울에 비추어 보며 까닭도 없이 "흐득흐득" 흐느끼던 날 밤, 부네는 혀를 깨물고 자살을 한다. 벗은 몸을 거울에 비추어 보며 우는 장면과, 부네의 자살이 아무런 인과성이 없이 연속적으로 서술되어 있다. "까닭 없이"라고 말하긴 했지만, '나'가 흐느끼는 것은 여성의 운명, 아버지의 딸로서 산다는 것의 함의를 깨달았기 때문일 것이다. 즉 '나'는 아버지 세계로의 진입을 위해서, 아버지의 법이 용납하지 않을 '부네'의 삶을 포기해야만 한다

---

158) 오정희, 「유년의 뜰」, 50면.

는 사실을 깨닫는 것이다. 그것은 이제까지 집착하고 동경하던 부네를 버려야만 한다는 것을 의미한다. 그러므로 부네의 죽음은, '나'가 아버지의 세계에서 용납될 수 없는 욕망을 스스로 포기하였음을 상징적으로 보여준다. 그럼으로써 '나'는 상징질서로 진입하기 위한 첫발을 내딛는 셈이다.

이처럼 「유년의 뜰」은 전쟁이라는 '아버지 부재' 상황이 여성 인물에게 정체성을 모색할 계기로 기능한다는 것과, 그러나 '부재하는 아버지의 효과'로 인해 여성 정체성의 모색이 좌절됨을 확인하게 한다. 전쟁이 가져온 아버지의 부재는 일시적일 뿐이며, 아버지는 언젠가 돌아오기 마련이기 때문이다.

「중국인 거리」는 "전쟁으로 부서진 도시"를 배경으로 모성적 삶을 거부하던 '나'가 그것을 자신의 운명으로 받아들이게 되는 과정을 보여준다. 일곱 번째 아이를 임신하고 "으윽으윽 구역질"을 하는 어머니의 "동물적인 삶"에 거부감을 느끼고, 자신이 "의붓자식이었기를, 그래서 맘대로 나가버릴 수 있기"를 소망하는 소녀 '나'가 소설의 주인공이다. 모성에 대한 거부는 생물학적 어머니에 대한 거부를 의미하는 것이 아니라, "모성적 육체에 갇힌 삶에 대한 거부", "여성의 육체를 통제하는 가부장제적 질서에 대한 무의식적·의식적 거부"를 뜻한다고 보아야 한다.[159]

매기 언니는 가부장제 질서가 부여한 여성적 삶을 거부한 존재라는 점에서, 「유년의 뜰」의 부네와 유사한 인물이다. 가부장제 질서가 흔들리는 전후의 상황에서 '나'와 '치옥이'의 동경의 대상, 성

---

159) 심진경, 「오정희 초기소설에 나타난 모성성 연구」, 251면.

장의 모델이 되는 것은 매기 언니이다. '나'는 자신이 "의붓자식이 었기를, 그래서 맘대로 나가 버릴 수 있기"를 바랄 정도로 가부장제 사회로부터의 일탈을 소망한다. 어린 소녀들은 미제 유리병, 화장품, 페티코트, 속눈썹 등을 호기심 가득한 눈으로 바라보며 "난 커서 양갈보가 될 테야"라고 다짐한다. 하지만 부네가 아버지에 의해 처벌되고 제거된 것처럼, "천하의 망종"이라 불리던 매기 언니 역시 남성에 의해 죽임을 당한다.

> 나는 문득 나무토막이 부서지는 둔탁하고 메마른 소리에 눈을 떴다. (…중략…) 죽었다는 소리가 웅성거림 속에서 계시처럼 들렸다. 모여 선 사람들은 이어 부르는 노래를 하듯 입에서 입으로 죽었다는 말을 옮기며 진저리를 치거나 겹겹의 둘러싼 틈으로 고개를 쑤셔 넣었다. 나는 턱을 달달 떨어 대며 치옥이는 집 이층 시커멓게 열린 매기언니의 방과 러닝셔츠 바람으로 베란다의 난간을 짚고 아래를 내려다보고 있는 검둥이를 보았다.[160]

매기 언니의 죽음은, 가부장제 사회가 모성성 이외의 성적 정체성을 추구하는 여성을 어떻게 처벌하는지를 자명하게 보여준다. 가부장제 사회의 혹독한 처벌을 확인했기 때문에, '나'는 매기 언니의 죽음 이후로 "치옥이네 집에 숙제를 하러 가거나 놀러가지 않"게 된다. 그리고 어머니의 여덟 번째 아이의 출산과 함께 경험되는 "초조(初潮)"를 경험하며 "이해할 수 없는 절망감과 막막함"을 느끼며 '여성적 삶'을 수용하게 된다.

---

160) 오정희, 「중국인 거리」, 『유년의 뜰』, 문학과 지성사, 1981 92면.

「유년의 뜰」과 「중국인 거리」의 어린 소녀들에게 아버지의 부재는 가난과 결핍을 초래하는 원인이기도 하지만, 가부장제 질서가 균열된 상황에서 자신의 정체성을 모색하고 도모하는 조건이 되기도 한다. 어린 소녀들은 가부장제 질서의 바깥에 존재하는 바람난 딸 '부네', 기생 '할머니', 양공주 '매기 언니'를 동경의 눈으로 바라보며 성장한다. 하지만 '부네'와 '매기 언니'에 대한 가부장제의 처벌을 목도하면서, 아버지의 질서 안으로 편입하게 된다.

그러나 '목수/부네의 드라마'를 보면서 이룬 어린 소녀들의 '성장'이란, 아버지에게 순응하는 '婦女'되기의 절차라는 의미 이상을 갖기 어렵다. 여성의 성장을 아버지의 세계로의 편입과 등가의 것으로 처리하는 것은 "생리적 성별 위에 덧붙여진 사회적 성차별의 이데올로기를 문제삼"으며 "문학과 사회에 편재해 있는 남성의 성차별주의 이데올로기에 대한 공격"[161]을 일차적 목표로 삼는 페미니즘의 입장과 상반된 위치에 놓여 있는 것처럼 보인다. 즉 겉으로 보기에 「유년의 뜰」과 「중국인 거리」는 남성 중심의 가부장제를 인정하고 수용하는 것처럼 보인다. 그러나 텍스트 내부에 잠재된 목소리들이 남성 중심의 이데올로기의 허구성을 폭로하고 있다는 점을 간과해서는 안 된다.

텍스트에 잠재된 다른 목소리가 드러나는 방식을 할머니의 정체성을 통해 확인해 볼 수 있다. 겉으로 보면, 할머니가 '노랑눈이'네 가족으로 편입되는 과정은 남성 중심 가부장제의 우월성을 옹호하는 것처럼 보인다. 외할머니는 외할아버지의 첩이었는데, 할아버

---

161) 김경수, 『페미니즘과 문학비평』, 고려원, 1994, 1~2면.

지가 죽고 전쟁 통에 갈 곳이 없어지자 외할머니는 피한방울 섞이지 않은 딸(본처의 딸)네 집에 와 살게 된다. 외할머니가 '노랑눈이'네 처음 도착하던 모습과 나중에 할머니가 보이는 모습은 상당히 대조적이다. "꽃봉지"처럼 곱고 우아하던 외할머니는 그악스럽고 생존력 강한 할머니로 변하는데, 주목할 점은 할머니의 정체성이 변하는 시점이 '노랑눈이'네 집으로 온 이후라는 사실이다. 생존이 위협되는 전쟁 상황에서 '기생'이라는 정체성이 위협을 받자, 할머니는 다른 정체성 속으로 들어가서 그 역할을 수행하는 것이다.[162] "꽃잎"처럼 예쁜 기생에서, 훔친 닭을 잡아 가족을 먹여 살리는 억척스러운 어머니로의 변신이다. 가부장제의 질서가 할머니의 정체성을 재규정해 주었다고 할 수 있다.

그렇기 때문에 할머니의 성격 변화는 남성 중심의 질서가 얼마나 확고한지를 입증하는 것처럼 보인다. 하지만 정체성의 변화라는 문제는 가부장제 사회에 엉뚱한 의문점을 제공하게 된다. 즉 할머니의 경우처럼 정체성이 교체 가능한 것이라면 본질적이거나 고정적인 정체성이란 허구가 아닌가라는 의문을 제기하게 된다는 것이다. "사회적 정체성을 구성하는 과정은 언어가 아버지의 법 내부에 존재하는 예견된 장소에 우리를 위치시키는 과정"[163]이며, 그래서 정체성이란 허구적이며 가변적인 것에 지나지 않는다는 페미니즘의 주장을 반증하는 것이 된다.

담론과 이데올로기 사이의 관계 역시 남성 중심의 이데올로기에

---

162) 출산과 양육을 담당하는 '어머니', 집안의 살림을 도맡아 처리하는 '아내', 생산의 역할만을 담당하는 '씨받이'와 달리, 기생은 철저히 비생적인 존재이다. 그러므로 가부장제의 잉여인 '기생'은 먹고 사는 문제가 급선무인 전쟁 상황에서 불필요한 존재로 전락하게 된다.

163) 팸 모리스, 강희원 역, 『문학과 페미니즘』, 문예출판사, 1997, 183면.

이의를 제기하는 역할을 한다. '나'는 아버지를 실제로 보아서 기억을 하는지, 아니면 아버지에 대한 말들을 토대로 아버지에 대한 기억을 재구성하게 되었는지 확신하지 못한다. 또 '나'가 부네를 실제로 보아서 아는 것인지, 아니면 부네에 대한 소문이 '나'의 기억을 조작했는지 알 수 없다며 불안해한다. 기억에 대한 불안은 담론과 지식의 전도 가능성에 대한 불안이기도 하다. 즉 자신이 진리로 믿고 있는 지식이나 이데올로기가 사람들의 소문과 같은 담론에 의해 조작된 허구적인 것들일지도 모른다는 의심을 버리지 못하는 것이다.

불확실한 기억에 대한 의구심은, 결국 아버지가 자신의 지배 권력을 효과적으로 유지하기 위해 담론을 조작했을지도 모른다는 불안, 그래서 진리로 믿어지는 아버지의 법이 거짓일지도 모른다는 두려움을 반영한다. 「유년의 뜰」은 겉으로는 아버지의 법을 진리로서 순순히 인정하는 듯하지만, 다른 한편으로 계속하여 담론과 지식의 전도 가능성을 암시함으로써 아버지에 대한 강한 불신을 가져오는 효과를 발휘한다.

무엇보다도 위협적인 것은 부네의 존재와 그녀의 처리방식이다. 아버지와 부네의 싸움에서, 투쟁은 아버지의 명백한 승리로 마무리된 것처럼 보인다. 아버지의 법이 성공적으로 부네를 처벌하고 추방한 것이 사실이기는 하다. 아버지는 멋대로 집을 나간 딸을 잡아와서 자신의 집에 은폐했다가, 죽은 후에는 자기가 짠 관에 가둔다. 다시 돌아오지 못하도록 관에 못질을 해서 추방하고, 불태워서 노오란 연기로 흩어버린다. 즉 아버지는 '부네(婦女)'되기를 거부한 딸, '부네(否女)'를 완벽하게 자신의 세계 바깥으로 내쳐버렸고 그

내침은 성공적인 것처럼 보인다는 것이다.

그러나 억압된 것들이 항상 그러하듯이, 부네는 현실세계에서 사라졌기 때문에 더욱 무시무시한 존재가 되어 현실세계로 귀환할 수 있게 된다. 완벽하게 상징질서 바깥으로 내던져 졌지만, 그것은 '아버지의 세계'의 결함을 인정하는 결과를 가져오게 되고, 그래서 아버지의 세계에 조그만 균열만 생겨도 부네는 각종 광기와 비정상의 모습으로 출몰해 아버지의 세계를 위협하게 된다. 그러므로 겉으로 부네의 추방은 아버지의 승리처럼 보이지만, 부네에게 강력한 힘을 허용하는 아버지의 실패였다고 할 수 있다.

2) 담론적 기억의 거부와 기억의 이미지화

「유년의 뜰」과 「중국인 거리」에서 전쟁 경험은 이데올로기적인 측면에서 다루어지지 않고 일상적인 국면에서 다루어진다. 그런 이유로 오정희 소설에서 전쟁은 단순한 배경으로 기능하는 듯한 인상을 준다.[164] 하지만 소설에서 전쟁은 '아버지의 부재'를 초래하여 여성 인물로 하여금 정체성을 모색하게 하는 근본 요인으로 작용하므로 전쟁을 단순한 배경으로 치부할 수는 없다.

물론 소설에서 전쟁이 명확한 실체로 파악되지 않고 있다는 것은 사실이다. 전쟁의 경험은 명확한 언어로 표현되지 않으며 이미지로 재현되는 경우가 많다. 「중국인 거리」의 '중국인 거리'는 전후 상황과 유년의 기억을 표상하는 상징적 공간이다. '중국인' 거리라는 이름과 무관하게, '중국인 거리'는 다국적 인종의 집합소이

---

164) 김윤식·정호웅, 『한국소설사』, 435면.

다. 길을 중심으로 늘어선 집들에는 이주민(피난민)과 양공주가 뒤섞여 살고, 언덕 위에는 중국인들이 사는 집이 있다. 백인과 흑인, 혼혈아도 '중국인 거리'의 구성원이다. 또한 이곳은 삶과 죽음이 교차하는 공간이다. 이곳에서 고양이와 소의 죽음, '매기언니'와 할머니의 죽음, 동생의 탄생이 엇갈린다. 그러므로 내국인/이방인, 인간/비인간,[165] 죽음/삶의 이분법적 경계가 무너진 전후의 혼란스러움이 '중국인 거리'라는 장소로 표상된다고 할 수 있다.

그리고 '중국인 거리'로 표상된 전후의 혼란스러움은 '노란색 냄새'의 이미지로 재현된다. 중국인 거리에 도착했을 때, '나'는 '이상한 혼란'을 경험한다. 이상한 혼란을 초래한 것은 "무척 친숙하고, 내용은 잊힌 채 분위기만 남아 있는 꿈과도 같은 냄새"이다.

> 아, 그제야 나는 그 냄새의 정체를 알 수 있었다. 그 냄새는 낯선 감정을 대번에 지우고 거리는 친숙하고 구체적으로 내게 다가왔다. 그것은 나른한 행복감이었고 전날 떠나온 피난지의 마을에 깔먹여진 색채였으며 유년(幼年)의 기억이었다.
> 민들레꽃이 필 무렵이 되면 나는 늘 어지럼증과 구역질로, 툇돌에 앉아 부걱부걱 거품이 이는 침을 뱉고 동생은 마당을 기어 다니며 흙을 집어 먹었다. 할머니는 긴 봄 내내 해인초를 끓였다.[166]

---

165) 메기 언니의 딸 '제니'는 백인 혼혈아인데, 5살이 되도록 말을 하지 못하고 스스로 옷을 입거나 먹지 못한다. 할머니는 제니를 '짐승의 새끼'라고 부른다.
166) 오정희, 「중국인 거리」, 『유년의 뜰』, 문학과지성사, 1981, 76면.

'노란빛의 냄새'의 정체는 해인초 끓이는 냄새였는데, 피난지를 채우고 있던 냄새가 이사를 온 중국인 거리에서도 맡아지자 '나'는 일시적인 혼란을 경험한다. 해인초 끓이는 냄새가 피난지와 중국인 거리를 연결해 주었기 때문에, '나'는 낯선 장소에서 친숙한 느낌을 받게 된 것이다. 이 냄새는 피난지 시절에서 중국인 거리 시절까지의 '나'의 유년기를 상징한다. '노란색 냄새'는 전후의 가난으로 인한 허기와 결핍감을 환기한다. 그런데 '노란색 냄새'는 대상의 속성을 구체화하는 은유가 아니라, 몽환적이고 모호한 분위기를 만들어 구체성의 상실을 야기하는 은유라는 점에서 독특하다. 즉 '노란색 냄새'의 비유는 "내용은 잊힌 채 분위기만"을 제공하는 셈이다.

> 노오란 햇빛이 다글다글 끓으며 들어와 먼지를 떠올려 방 안은 온실과도 같았다. 나는 문의 쇠장식에 달아오른 뺨을 대며 바깥을 내다보았다. 그리고 다시 중국인 거리의 이층집 열린 덧문과 이켠을 보고 있는 젊은 남자의 얼굴을 보았다. 그러자 알지 못할 슬픔이, 비애라고나 말해야 할 아픔이 가슴에서부터 파상(波狀)을 이루며 전신으로 퍼져 나갔다. (…중략…) 그럴 수밖에 없는 것이 나는 이층집 창문에서 비롯되는 감정을 알 수도, 설명할 수도 없었으며, 그 순간 나무덧문이 무겁게 닫혀지고 남자의 모습이 사라졌기 때문이었다.[167]

위의 인용문은 중국인 남자가 등장하는 부분을 묘사한 것이다. '나'는 '노오란 햇빛'이 끓는 방의 창문을 통해, 중국인 거리의 이

---

167) 오정희, 「중국인 거리」, 83면.

충집에 사는 중국인 남자의 얼굴을 본다. '나'는 그의 얼굴을 보며 "슬픔", "비애라고나 말해야 할 아픔"의 감정을 느끼지만, 자신의 감정을 의미화, 언어화하는 데는 실패하고 만다. 언어로 설명되기 이전에 이미 "나무덧문이 무겁게 달혀지고 남자의 모습이 사라"져 버리기 때문이다. 남자의 얼굴에서 비롯된 감정이 언어로 설명되지 못하듯, '노란색 냄새'의 이미지도 언어로 의미화되지 못한 채 신비한 분위기로만 남게 된다.

또한 '노란색 냄새'는 서술자의 유년기 전쟁 경험에 대한 비유로 볼 수 있으므로, 서술자가 전쟁체험을 기의 없는 기호, 내용이 부재한 분위기로 회상한다고 할 수 있다. 이는 '나'에게 전쟁이 모호하고 혼란스러운 분위기, 언어로 의미화되지 못하는 어떤 분위기로 기억되고 있음을 보여준다. '나'가 "알 수 없는, 다만 복잡하고 분명치 않은 색채로 뒤범벅된 혼란에 가득 찬 어제와 오늘과 수없이 다가올 내일들을 뭉뚱거릴 한마디"로 인생을 정의하지 못하듯, 유년기의 전쟁 경험도 확고부동한 언어로 표현되지 못하는 것이다. 전쟁은 구체적인 사건이나 언어로 표현되지 못하고, 대신 '노란색 냄새'라는 모호한 이미지로 회상된다.

「유년의 뜰」의 서술자 역시 아버지를 회상하면서 이미지를 동원한다. "아버지의 얼굴을 기억할 수 없"는 '나'에게 아버지는 감각적이고 파편적인 이미지로 남아 있다.

> 나는 후루룩 숨을 들이마셨다. 구역질나는, 익숙한 냄새였다. 나는 먼젓번에도 또 그전에도 이발사의 머릿기름 냄새가 생소하지 않았다. 어디서 맡아본 냄새였을까, 나는 안타

까이 생각했었다. 그러나 그것은 흘러간 시간의 저 안쪽 어디엔가에 숨어 전혀 기억해 낼 수가 없었다. (…중략…) 나는 그곳에 침을 뱉고 발로 문질렀다. 그때 문득 나는 기억해 낼 수 있었다. 이발사에게 맡아지던 친숙한 냄새, 그것은 바로 아버지의 머리에서 풍기던 기름 냄새였다.[168]

'나'에게 아버지는 "머릿기름 냄새"를 통해 환기되고 기억된다. 아버지의 존재는 후각(머리에서 풍기던 기름 냄새), 촉각(연약한 넓적다리, 혹은 발목을 잡던 악력), 시각(땀으로 젖어 있던 등허리)과 같은 감각적 이미지들의 도움을 받아 회상된다. 몸을 매개로 한 기억, 몸에 새겨진 기억이란 점에서, 이러한 감각적 기억은 가장 생생하고 확실한 기억이다. 그런데 '나'가 감각적 기억에 의지하여 회상하는 이유가 무엇인지에 주목할 필요가 있으며, 이것이 언어를 매개로 한 기억에 대한 '나'의 불신과 관련된 것이라고 추측해 볼 수 있다.

진짜의 나는 안타까이 더듬어 보는 먼 기억의 갈피 짬에서 단편적인 감각으로 남아 있는 것이 아닐까. 아버지처럼. 아버지는 키가 몹시 컸다. 아니 그것은 덩치 큰 오빠를 향해 하던, 아버지를 쏙 빼었다는 할머니의 말에서 비롯된 연상인지도 몰랐다.[169]

'진짜의 나'가 "안타까이 더듬어 보는 먼 기억의 갈피 짬에서 단편적인 감각"으로 남아 있듯이, '부네'나 '아버지', '전쟁'에 대한

---

168) 오정희, 「유년의 뜰」, 17~16면.
169) 오정희, 「유년의 뜰」, 47면.

기억은 단지 "단편적인 감각"으로 남아 있다는 것이다. 그런 까닭에 '나'는 단편적인 감각 이외의 다른 기억에 대해서 의문을 품는다. 위의 인용문에서 보듯, '나'는 "아버지는 키가 몹시 컸다"는 자신의 기억을 믿지 못한다. 왜냐하면 '아버지는 키가 매우 컸다'는 자신의 기억이 할머니의 말에서 비롯된 기억, 사후적으로 만들어진 기억일 확률이 크다는 것을 알기 때문이다. 즉 '부네'나 '아버지', 전쟁에 대한 기억들이 담론에 의해 허구적, 사후적으로 만들어진 기억일 수 있다는 회의를 품고 있는 것이다. 소설에서 담론적 차원의 기억이 감각적 기억보다 부정확한 것으로 묘사되는 이유도 여기에 있다.

또한 이미지 기억은 기억의 재현 가능성에 대한 작가의 의심과도 관련된다. 살펴본 바와 같이, '노란색 냄새'는 전쟁으로 인한 가난과 명백한 연관을 갖는다. 그렇지만 '노란색 냄새'의 이미지를 피폐나 가난과 일대일 대응시키게 되면, 아이러니하게도 기억 주체의 개별적 경험들은 소멸되고 만다. 왜냐하면 피폐나 가난과 같은 추상명사는 거기에서 비롯된 허기짐, 어지럼증의 구체적 기억들을 사장(死藏)시키기 때문이다. 그러므로 언어화된 기억은 항상 결여이거나 과잉일 수밖에 없다.

또한 언어로 구성된 기억은 기억의 조작 가능성을 완전히 배제하지 못한다는 문제도 갖는다. 왜냐하면 언어로 구성된 기억은 담론 투쟁의 산물이며, 항상 자의성으로부터 자유롭지 못하게 때문이다. 반면 가공되지 않은 이미지는 기억에 대한 원천적이고 일차적인 자료가 되며, 체험을 가장 생생하게 보존하는 효과적 방식이라는 이점을 갖는다.[170]

「유년의 뜰」과 「중국인 거리」의 여성 인물은 언어에 의해 개별적 기억이 재조직, 재구성되는 것에 반발한다. 담론적 기억에 대한 불신은 지배담론에 의해 개별적 기억이 재조직, 재구성되는 것에 그녀들이 저항하고 있음을 의미한다. 그리고 여성 인물의 이러한 반발과 불신, 이의 제기는 아버지의 세계에 대한 불신에서 비롯된 것이라고 보아야 하며, 언어적 기억, 담론적 기억에 이의를 제기함으로써 그녀들은 아버지의 세계로부터의 이탈을 시도한다고 볼 수 있다.

(2) 외상적 기억과 재현 불가능성

1) 유년 기억의 상실과 근원 장면의 의미

「바람의 넋」은 '바람'처럼 떠도는 '은수'라는 여인의 삶을 통해, 전쟁이 한 개인에게 남긴 상처의 깊이와 그 현재적 의미를 확인하게 해준다. 겉으로 보기에 주인공 '은수'는 평범하고 순탄한 성장 과정을 거쳐왔다. 그녀는 치과 의사인 아버지와 어머니 사이의 외동딸로 태어나 평범한 청소년 시절을 보냈고 대학에서는 미술을 전공했다. 대학 졸업 후 '출판사의 도안사'로 일하다가, 스물여덟 살에 지세중과 결혼했다. 그런데 결혼과 함께 '은수'의 삶은 균열을 일으키기 시작하며, 이는 '가출'과 '지독한 흡연'이라는 증상으로 드러난다.

'은수'의 가출은 결혼 직후부터 시작되어, 6년 동안 8번[171)에 걸

---

170) 알라이다 아스만, 『기억의 공간』, 282면.

171) 1장에 1~6회의 가출, 2장에 7회 가출(산에 갔다가 윤간을 당함), 4장에 8회 가출(아들을 데리고 고향에

쳐 반복된다. 가출 초반부에 '은수'는 "그냥 어떻게 이렇게 평생을 사나, 사는 게 이런 건가 하는 생각이 들"어 집을 나갔다고 말하지만, 후반부로 갈수록 "내가 누구인가 하는 안타까움과 갈증"이 자신으로 하여금 집을 나서게 한다며 가출의 이유를 분명히 하고 있다. 그렇기 때문에 '은수'의 가출은 자기 정체성의 모색에서 시작된 행동이라고 할 수 있다. 하지만 소설의 독자는 '은수'의 가출을 무책임한 행동, "소녀식의 감상"으로 이해하게 되는데, 이러한 반응은 치밀한 서술전략의 결과이다.

「바람의 넋」의 <1>과 <3>은 남편인 '지세중'의 입장에서, <2>와 <4>는 전지적 시점에서 서술된다. 이러한 서술전략은 독자로 하여금 남성(세중)의 입장에서 상황을 이해하고 수용하도록 유도한다. 왜냐하면 홀수장을 읽을 때 자연스럽게 '세중'과 동일시를 이루게 되는 반면, 짝수장을 읽을 때는 여전히 '은수'와의 거리를 유지하게 되기 때문이다.

> "그냥 그럴 때가 있어요. 그냥 어떻게 이렇게 평생을 사나, 사는 게 이런 건가 하는 생각이 들곤 해요."
> 어떻게 이렇게 살다니? 아이에게 젖꼭지를 물린 여편네가 어떻게 그런 무책임한 소리를 할 수 있는가. 서른 살의 여자가 사춘기 아이들도 유치해서 입에 올리지 못하는 소리를 거침없이 해대다니.[172]

'세중'의 입장에서 서술된 인용문을 읽으면서, 독자는 은수의 말

다녀옴)이 기술된다.
172) 오정희, 「바람의 넋」, 『바람의 넋』, 문학과지성사, 1986, 201면.

을 치기어린 '소녀적 감상', 유치한 헛소리로 치부하게 된다. '세중'의 시점에서 서술된 장(章)을 읽으며 독자는 "아내의 명분 없는 출분을 참아낼" 도리가 없는 한 명의 "사내"와 자신을 동일시하게 되며, 그 "사내"의 눈으로 아내인 '은수'를 바라보게 된다. 반면 <2>와 <4>는 전지적 시점으로 서술되어 있는데,173) 따라서 '은수'에게는 변명의 기회나 발언권이 부여되지 않게 된다. 따라서 「바람의 넋」의 서사구조는 남성과 여성이 맺고 있는 불평등한 소통구조를 상징적으로 보여준다고 할 수 있다. 즉 남편에게는 아내를 힐난하고 비난할 기회가 허락되지만, 아내에게는 자기변명의 권한조차 허여되지 않는 불합리한 구조가 서사구조에서 확인되는 것이다.

'집'에 대한 '세중'과 '은수'의 생각 또한 차이가 있을 수밖에 없다. '세중'은 자신의 손으로 일군 "가정만은 새의 보금자리처럼 포근하고, 호두껍질처럼 견실하고, 안전해야 한다는 신념"을 갖고 있다. 반면 '은수'는 "결혼은 '옮겨 심음'이 아닌 파종, 새로운 뿌리내림"이어야 한다고 생각했음에도 불구하고, "이 집은 내 집이 아니다"라는 생각을 버리지 못한다. 둘의 상반된 태도는 '집'의 주인이 남성임을 증명한다.174) 남성과의 심리적 동일시를 부추기는 서술전략의 결과로 '세중'은 자상한 남편이라는 인상을 주지만, 사실 그는 아내를 자신의 동일성을 강화하는 거울, '음화상'으로 인식하는 남성 중심적 인물이다. 그는 자신이 은수에게 끌렸던 데에 "그

---

173) 짝수장의 일부분에서 '은수'나 '은수 어머니'의 눈으로 서술되기도 하지만, 대부분은 전지적 시점에서 서술된다.

174) '집'을 헐 수 있는 권리 또한 남성에게 속한 것이다. 아내의 가출이 집의 균열을 만들기는 하지만, 최종적인 철거 명령을 내리는 것은 남성인 '세중'이다. 이혼을 결심한 '세중'은 술집여자에게 "사실은 오늘 집을 한 채 헐었지. 아까운 집인데 흉가라더군. 별도리 없이 기둥뿌리까지 뽑아버렸지"라고 말한다.

녀가 미술 대학 출신이라는 점이 단단히 한몫 작용"했음을 고백하며, 아내의 미술전공이 자신의 가난한 유년을 보상해주는 일종의 "구색 맞추기 같은 것"일지 모른다고 말한다.

또한 '세중'은 의식적으로든, 무의식적으로든 '집'의 주인이 자신이라는 점을 분명히 인식하고 있는 사람이며, 그렇기 때문에 그는 아내의 출분을 이해하지도 못하고 이해할 수도 없다. 남편의 입장에서 볼 때, 아내에게는 가사(家事)와 양육(養育)이라는 분명한 책임이 주어져 있다. "나는 누구인가"라는 '은수'의 물음은 그 자체로 '세중'을 불쾌하게 만들기에 충분한 것이다. 왜냐하면 "나는 누구인가"라는 질문에는 가부장이 부여한 정체성에 대한 거부를 포함되어 있기 때문이다.

「유년의 뜰」의 서두는 여성에 대한 가부장의 힐난을 인상적으로 보여준다. '유년의 뜰'은 영어책을 암기하는 오빠의 목소리로 가득 차 있는데, 오빠의 암송은 항상 "What are you doing?"로 시작된다. 그런데 "너는 무엇을 하고 있느냐"는 질문은 "나는 누구인가"라는 문제가 해결된 이후에 가능한 의문문임을 주목할 필요가 있다. 즉 "What are you doing?"라는 질문에는 "여성은 무엇이다"라는 전제가 포함되어 있는 것이다. 그러므로 오빠의 입에서 발화되는 이 문장에는 부여받은 정체성을 제대로 수행하지 못하는 어머니에 대한 질책이 포함되어 있다. '작은 폭군'인 오빠는 어머니답지 못한 어머니에게 "무엇을 하고 있느냐"(What are you doing)고 질책하고 추궁하는 것이다. 그래서 아버지의 대리자인 오빠에게 "What are you doing?"으로 시작되는 영어문장을 "끝없이 반복되는 단조롭고 긴 소절의 노래"처럼 외울 의무가 주어졌던 것이라 볼 수 있다.[175)

「유년의 뜰」의 '나'가 문득 아버지를 떠올렸던 것처럼, 「바람의 넋」의 '은수'는 자신이 "최초의 기억"이라고 부르는 장면을 자주 떠올린다. 유년의 기억에 대한 '은수'의 집착은 정체성 탐구에 대한 강한 욕망을 증명해준다. 왜냐하면 유년의 기억을 불러오는 것은 "현재의 나를 설명하려는 강한 욕구"[176]이기 때문이다. '은수'의 가출은 "기억할 수 없는 어린 시절부터 자신의 생애에 바위처럼 깊고 단단히 매몰된 부분"을 찾아가는 여정이라고 할 수 있다. 그러나 유년기의 최초의 기억은 '은수'에게 단편적인 이미지로 남아 있을 뿐이다.

> 최초의 그녀의 기억은 이층으로 오르는 어둑신하고 가파른 나무 계단과 하얗게 햇빛이 쏟아지는 마당에 나뒹굴고 있던 두 짝의 작은 검정 고무신이었다. 아마 너댓 살 때였을 것이다. 그 이전의 일은 검은 휘장으로 가려진 듯 전혀 아무것도 기억나지 않았다. 아니 어쩌다 방심하고 있는 순간에 예기치 않게 익숙한 분위기로 찾아오기도 하고 거대한 빙산의 한 모서리처럼 어렴풋이 떠오르기도 했다. 그러나 그것은 하도 연약하고 희미한 것이어서, 그녀가 잡으려고 손만 내밀어도 다시 형체 없이 묻혀 버리고 마는 것이었다. 볕바른 마당에 던져졌던 검정 고무신의 기억은 곧바로 그녀가 서울로 이사 올 무렵까지 살았던 항구 도시의 왜식 집으로 이어졌다.[177]

---

175) "What are you doing?"라고 묻는 남성과, "Who am I?"라고 자문하는 여성의 대화는 애초부터 불가능한 것이라고 말할 수 있다. 대화의 불가능성은 「유년의 뜰」의 '부네'와 '목수'의 '묵극', 「바람의 넋」의 서술구조를 통해 드러낸다.

176) 권명아, 『가족이야기는 어떻게 만들어지는가』, 책세상, 2000, 87면.

177) 오정희, 「바람의 넋」, 211면.

"어둑신하고 가파른 나무 계단과 하얗게 햇빛이 쏟아지는 마당에 나뒹굴고 있던 두 짝의 작은 검정 고무신"으로 떠오르는 "최초의 기억"의 의미가 해명되어야 하는데, 이 기억은 이미지로만 남아 있어서 앞뒤의 맥락이 전혀 드러나지 않는다. '은수'의 기억은 "감춰진 요소"[178]를 포함하고 있는 유년기 기억이라고 할 수 있다. 7번째 가출과 아들을 데리고 고향 M시를 찾아가는 마지막 가출은, 기억의 회복에 중요한 역할을 한다. 7번째 가출에서 '은수'는 낯선 사내들에 의해 윤간을 당하는데, 그때 '은수'는 유년 기억의 한 장면을 떠올리게 된다.

> 마침내 가닿는 밑바닥은 무엇인가. 바닥을 보지 않으려는 노력으로 은수는 눈을 감았다. 감은 눈에도 햇살은 눈부시고 벼랑의 진달래는 선연히 붉었다. 그리고 햇빛 아래 너부러진 자신의 모습이, 해부용 개구리처럼 떠올랐다. 그런데 이상한 일이었다. 왜 불현듯 기억의 맨 밑바닥에서 물에 잠긴 사금파리 조각처럼 빛나는 최초의 기억, 튀어오를 듯 강한 햇빛과 나뒹굴어진 두 짝의 고무신이 떠오르는가.[179]

'은수'가 윤간을 당하면서 "불현듯" 최초의 기억을 떠올렸던 것으로 보아, 상황의 어떤 부분이 최초의 기억을 회복시키는 자극으로 작용했다고 볼 수 있다. 윤간이 기억을 회복시키는 성공적 자극으로 기능할 수 있었던 것은, 강간의 상황과 최초의 기억 사이에

---

178) 프로이트, 「덮개−기억에 대하여」, 51~80면.
    프로이트에 의하면, 태어나서 몇 년 동안 겪는 경험은 우리의 심리 내부에 지울 수 없는 상처를 남긴다. 그러나 실제 겪었던 것은 대부분 망각되며 그 인상만이 제한적인 기억, 파편적인 기억으로 남게 된다. 특히, 중요한 것을 기억하는 어른과 달리, 어린아이나 환자는 중요한 부분 대신 사소한 부분이 기억되는 특징을 보인다.
179) 오정희, 「바람의 넋」, 222면.

어떤 공통점이 있음을 암시한다.

재구성된 최초의 기억은 다음과 같다. 한 집에 부모조차 구별하지 못하는 쌍둥이 여자아이가 산다. 전쟁 중이며 아버지는 다락에 숨어 지낸다. 어느 날 쇠지렛대와 곡괭이를 든 서너 명의 사내가 들이닥친다. 한 아이는 엄마를 찾아 집 안으로 달려가고, 한 아이는 변소로 뛰어 들어간다. 변소로 숨은 아이를 제외한 가족 모두는 폭도에 의해 살해되며, 살아남은 아이는 변소의 문틈으로 모든 것을 본다. 살아남은 아이가 '은수'였고, 결국 은수가 찾아 헤매던 기억이란 이 참극의 현장이었던 것이다. 최초의 기억을 참고하면, 강간장면이 어떻게 유년의 기억을 자극할 수 있었는지가 명확해진다. 야산에서 만난 세 명의 사내들/집에 들이닥친 서너 명의 사내들, 사내들이 들고 있던 "막대기"/"곡괭이"와 "쇠지렛대", 그들이 메고 있던 "자루"/"보퉁이", 강간이 불러일으키는 찔림/곡괭이로 내리찍는 찔림의 이미지, "예비군복"이 연상시키는 전쟁, 강간과 전쟁(살인)의 잔혹성 등이 '은수'로 하여금 "불현듯" 최초의 기억을 떠올리도록 한 것이다.

참극을 감당할 수 없는 '은수'의 의식이 사건을 억압·망각했다고 볼 수 있으며, 그래서 그녀는 며칠 후 자신이 겪었던 일에 대해 "아무것도 기억하지 못하"게 된 것이라 볼 수 있다.[180] 하지만 유년의 기억은 완전히 망각된 것이 아니다. 폭도들의 침입과 가족들

---

180) 이명호, 「역사적 외상의 재현 (불)가능성: 홀로코스트 담론에 대한 비판적 읽기」, 『비평과 이론』, 2005. 봄/여름, 128면.
캐시 캐루스(Cathy Caruth)는 프로이트 정신분석학의 외상 개념을 받아들여 다양한 역사적 현상을 광범위하게 활용하는데, '외상'을 "사건 발생 시 충분히 의식되거나 동화되지 못했다가 뒤늦게 주체에게 반복적으로 나타나는 현상"이라고 정의한다.

의 죽음이라는 본질적 요소들은 잊히지만, 비본질적인 요소인 '검정 고무신'의 이미지가 남았기 때문이다. '검정 고무신'은 기억하지 않으려는 의도와 그에 반대하는 의도가 만들어낸 타협의 산물이다. 그러므로 본질적인 요소를 담고 있는 '검정 고무신'의 이미지는 '은수'를 괴롭게 하는 원인, 기원의 탐색을 강요하는 '기호'로 작용하게 된다.[181] 하지만 7번째 가출에서 '감춰진 요소'의 의미가 완전히 드러나지는 않는다. 단지, "불현듯 기억의 맨 밑바닥에서 물에 잠긴 사금파리 조각처럼 빛나는 최초의 기억"이 떠올라 강간의 상황과 최초 기억 사이에 어떤 관련이 있을 것임을 짐작하게 할 뿐이다.

마지막 가출에서 '은수'는 아들 '승우'를 데리고 유년 시절을 보낸 고향 M시로 향한다. 외상이 형성된 "트라우마의 장소"[182]를 찾아가는 것은 기억의 회복을 위한 필수적인 절차이기 때문이다. '은수'는 아들과 함께 기차를 타고 가며, "마치 필름을 거꾸로 돌리듯 먼 과거로 향해 떠나는 기분"을 느낀다. M시로의 방문으로 그곳은 "유년기를 뜻하는 추상명사"에서 구체적인 장소로 변화되게 된다. 하지만 20여 년이 지나는 동안, 시(市)는 몰라보게 달라져 있어 기억 속의 왜식 이층집이 늘어선 작고 누추한 동네의 흔적은 찾아볼 수 없었다. 고향에서 최초 기억과 관련된 실마리를 찾지 못한 '은

---

181) 들뢰즈, 『프루스트와 기호들』, 39~52면 참고.
　　들뢰즈는 '기호' 안에는 "찾기를 강요하고 우리에게서 평화를 빼앗아 가는 어떤 기호의 폭력"이 늘 도사리고 있으며, 그래서 "진리는 결코 미리 전제된 선 의지의 산물이 아니라, 사유 안에서 행사된 폭력의 결과"라고 말한다.

182) 알라이다 아스만, 『기억의 공간』, 430면.
　　아스만은 "(트라우마와) 관련된 의미를 파악하고 회상의 작업으로 환원하기 위해서는 항상 그 장소 및 그 장소와 관련된 문제들로 되돌아가는 것"이 필요하다고 말한다.

수'는 "최치과 병원의 낡은 건물은 이 지상의 어느 곳에도 존재하지 않는 것"처럼, "영원히 소멸해 버린, 지나간 시간은 되짚어 무언가 조그마한 흔적이나마 찾으려는 것은 부질없는 안간힘"이 아닐까 자문한다. 하지만 모래가 반짝이는 공원 빈터에서, '은수'는 "이미 전혀 낯설지 않은 분위기, 익숙한 장소에 와 있는 듯 기이한 느낌"에 빠진다.

> 바다 밑바닥에 깊숙이 가라앉았다가 오랜 세월이 지난 후에 잠수부들의 손길에 의해 천천히 녹슬고 무너진 몸체를 드러내는 침몰선의 이물처럼, 망각의 단단한 껍질을 깨고 희미하게 떠오르는 것은 무엇일까.
> 그러나 그것은 잡으려는 안간힘으로 손을 내밀면 손가락 사이에서 형체 없이 빠져 나가 몸을 숨겨 버리고 마는 것이었다. 기억은 볕바른 마당과 두 짝의 검정 고무신에서 더 나아가지 않았다. 마당 안쪽엔 누군가 있었을 것이다. 나는 어디에 있었을까.[183]

공원의 빈터와 최초의 장면은 적막한 분위기라는 공통점을 갖는데, 이 유사성이 다시금 최초의 장면을 회상하도록 유도한 것으로 볼 수 있다. 그러나 "망각의 단단한 껍질을 깨고 희미하게 떠오르"던 최초의 장면은, 강한 억압에 의해 다시 무의식 속으로 가라앉고 만다. 고향인 M시의 공원에서도 "볕바른 두 짝의 검정 고무신" 이상의 기억이 떠오르지 않으나, "마당 안쪽에 누군가 있었을 것이다. 나는 어디에 있었을까"로 근원 장면에 대한 질문은 심화된다.

---

183) 오정희, 「바람의 넋」, 263면.

2) 사적 기억의 억압과 외상(外傷)의 지속

자신의 힘으로 "최초의 장면"을 기억해내는 데 실패한 '은수'는 어머니에게 자신의 기원을 말해줄 것을 요청한다. 어머니는 "전생의 업보"라며 '은수'의 비밀을 이야기해 준다. 어머니에 따르면, '은수'의 가족은 미처 피난을 가지 못하고 집에 숨어 지내고 있었는데, 집에 들이닥친 낯선 사내들에 의해 가족들이 몰사를 당했다. 유일한 생존자인 '은수'는 아버지 친구인 최 의사에 발견되어 친딸처럼 키워졌다는 것이다. 그런데 아래 인용문에서 재구성된 "최초의 장면"은 누구에 의해 회상된 것인가라는 질문이 생겨나게 된다.

> 사내들은 신을 신은 채 성큼성큼 마루로 올라갔다. 저마다 손에 곡괭이와 쇠지렛대 같은 것을 들고 있었다. 방문 앞에 엄마의 얼굴이 비치는가 하더니 비명 소리가 들려왔다. 계집애는 엄마에게로 가야 한다고 생각했다. 그러나 더 큰 공포가 변소 문고리를 잡은 손을 단단히 잡고 놓지 않았다. 사내들이 방을 나와 부엌 쪽으로 가자 머리에서 피를 쏟으며 기어나온 엄마가 그 중 한 사내의 바짓가랑이를 잡았다. 사내는 간단없이 엄마를 향해 곡괭이를 찍었다. 잠시 후 쌀자루와, 무엇인가로 퉁퉁해진 보퉁이를 둘러메고 거짓말처럼 사라졌다. 조용했다. 하얗게 튀어오르는 햇살이 가득한 마당, 죽은 듯한 정적 속에 벗어놓은 두 짝의 검정 고무신만이 덩그러니 놓여 있을 뿐이었다.[184]

위의 인용문이 서술되기 바로 직전 '은수'의 출생 비밀이 밝혀지는데, 그 부분에서 회상 및 서술의 주체는 어머니이다. 그러나 어

---

184) 오정희, 「바람의 넋」, 271~272면.

머니는 참사의 현장을 목격하지 못했으므로 '최초의 장면'을 회상하는 주체가 될 수는 없다. 그렇다고 이 부분이 '은수'에 의해 회상되고 서술된다고 보기도 어렵다. 왜냐하면 '은수'는 발견 당시 이미 며칠 전의 참극을 모두 잊은 상태였기 때문이다. 어머니나 '은수'에 의해 '최초의 장면'이 재구성될 수는 없으므로, 근원장면을 설명하는 부분에서 '제3의 목소리'가 등장하여 상황을 요약해 주었다고 보아야 한다.

그렇다면 전쟁의 경험이 '제3의 목소리'에 의해 서술된다는 것이 어떤 의미를 갖는지가 논구되어야 한다. 제3의 목소리에 의한 서술은 6 · 25전쟁에 기원을 두고 있는 '은수'의 상처가 언어로 재현될 수 없는 '외상(trauma)'임을 입증해준다.[185] '은수'는 '검정 고무신'의 이미지를 망각하지도 못하지만, 이미지로 표상된 과거의 경험을 기억해 내지도 못한다. '은수'가 과거의 일을 기억하지 못하는 것은 그녀가 아직도 과거의 사건 속에 머물고 있음을 의미하며, 최초의 장면이 '제3의 목소리'에 의해 서술된다는 것은 외상의 재현이 불가능함을 암시한다. '검정 고무신'으로 자리바꿈된 최초의 장면은 본질적인 부분을 숨긴 채 '은수'에게 반복적으로 등장할 뿐인데, 이는 외상이 재현될 수 없는 것인 동시에 결코 사라지지 않는 것임을 입증한다.

「바람의 넋」의 인물은 전쟁을 재현하는 데 있어서 이데올로기의 문제를 전혀 개입시키지 않는 것처럼 보인다. 유년인물의 경험에

---

185) 장 라플랑슈 · 장 베르트랑 퐁탈리스, 임진수 역, 『정신분석사전』, 열린책들, 2005, 205면.
　　프로이트는 '외상'을 "짧은 시간 안에 심리적 삶에 엄청난 자극의 증가를 가져와서 정상적인 방법으로 그것의 정리나 해결이 실패로 돌아가는 체험"이라고 설명한다.

의하면, 전쟁은 낯선 사내들의 침입에서 시작된 거대한 폭력이었을 뿐이다. 즉 여성 유년인물에게 전쟁이 남성적 폭력으로 인식되고 자각됨을 암시한다. 그런데 성인 여성 인물은 가부장제 가족 구조 속에서 또다시 남성적 폭력을 마주하게 되므로, 그녀들에게 전쟁의 폭력은 가부장제 폭력으로 반복·지속되고 있는 것이다. 그렇기 때문에 가부장제의 폭력은 여성의 개별적·사적 기억을 억압하게 된다. 왜냐하면 여성의 개별적, 사적 기억은 '전쟁은 남성 폭력의 장이다'라는 은폐된 사실을 증언해주기 때문이다. 사적 기억을 찾는 '은수'의 '가출'이 끝내 실패하고 만 것도 여기에 있다고 볼 수 있다.

본 장에서 살펴본 바와 같이, 오정희 소설에서 전쟁 경험과 기억은 중요한 문제이다. 그럼에도 불구하고 이제까지의 연구에서 오정희 소설의 전쟁기억이 간과되어 온 이유는 전쟁의 경험을 재현하는 오정희의 서술 전략과 관련이 있다. '유년기 전쟁체험 세대'에 속하는 남성 작가들이 전쟁 경험을 이데올로기의 차원에서 재현하는 것과 달리, 오정희는 전쟁의 경험을 일상에 편재된 폭력의 차원에서 재현한다. 이러한 차이는 오정희 소설에서 전쟁이 단순한 배경으로 기능할 뿐 중요한 문제가 아니라는 인상을 준다. 그러나 전쟁이 간과되었다는 이유로 오정희 소설을 폄하하는 태도는 한 가지 오류, 즉 전쟁을 이데올로기 측면에서 재현하는 소설과 일상에 미만한 폭력으로 재현하는 소설 사이의 우열을 전제로 하고 있다는 오류를 포함하고 있다.

「유년의 뜰」, 「중국인 거리」, 「바람의 넋」의 인물을 규정하는 근본적인 동력은 전쟁의 경험이다. 「유년의 뜰」과 「중국인 거리」의 인물에게 가장 문제적인 사실은 '아버지 부재'인데, 아버지의 부재는 전쟁에 따른 부산물이기 때문이다. 아버지의 법이 균열을 일으키는 전쟁의 상황은 가족의 윤리를 파행으로 몰아가지만, 다른 한편으로 여성 인물에게 새로운 정체성을 모색할 공간을 마련해준다. 그러나 '부재하는 아버지 효과'로 인해 여성의 정체성 모색은 실패로 끝나고, 「유년의 뜰」과 「중국인 거리」의 유년인물은 표면적으로 가부장제 질서를 수용하는 듯한 태도를 보인다. 그러나 언어를 매개로 한 기억에 대한 거부와 저항을 통해 확인되듯, 가부장제 질서에서 벗어나고자 하는 그들의 욕망이 완전히 소멸된 것이 아니다.

「중국인 거리」에서 전쟁은 구체적인 사건이나 언어로 회상되지 못하고, '노란색 냄새'라는 모호한 이미지로 재현된다. 「중국인 거리」의 유년인물은 언어화된 기억보다 감각적 기억을 신뢰하며, 「유년의 뜰」의 주인공 역시 언어화된 기억에 회의를 품는다. 이는 담론적 차원의 기억이 조작과 허구를 포함하고 있다는 점과 관련된다. 「바람의 넋」은 전쟁을 재현하되 이데올로기의 문제를 개입시키지 않는 특징을 보인다. 여성 유년인물에게 전쟁은 낯선 사내들의 침입, 남성적인 폭력으로 각인된다. 그런 점에서 여성 인물에게 전쟁은 '현재형'으로 지속되고 있는 것이다. 가부장제의 가족 구조 속에서 남성적 폭력은 계속 유지되고 있기 때문이다. 오정희 소설의 여성 인물은 끝내 잊어버린 기억을 회복하지 못하기 때문에, 과거와 화해하거나 과거를 극복하는 데 실패한다. 따라서 오정희 소설의 인물에게 전쟁이 현재형으로 지속되고 있다는 역설이 성립된다.

오정희는 '유년기 전쟁체험 세대' 작가 중 유일한 여성 작가이다.

오정희가 여성의 기억을 재현하는 방식은 같은 세대의 남성 작가의 그것과 차이를 보인다. 남성 작가들이 전쟁을 이데올로기적 차원에서 접근하고 재현하는 데 반하여, 오정희는 전쟁을 일상에 편재되어 있는 폭력성으로 재현한다. 또한 남성 작가들의 소설은 전쟁의 비극성을 극대화하기 위하여 여성 수난서사를 끌어들이거나, 혹은 여성에게 침묵을 강요하는 양상을 보인다. 김원일 소설에서 '어머니', '치모의 모친'과 같은 여성은 전쟁 경험에 대해서 침묵으로 일관한다. 현기영은 여성의 수난서사를 통해 여성의 전쟁 경험을 재현하지만, 여성 수난의 서사는 '여성에 대한 이야기'이지 '여성의 이야기'가 아니다. '여성 수난의 이야기'는 "훼손된 민족의 역사를 수난사 이야기라는 특정한 재현 방식으로 구성"[186]하면서, 민족이나 국가와 같은 상위의 정체성을 용인하는 구조를 취해오기 때문이다. 즉 수난의 서사에서 여성은 민족가치나 민족담론에 의해 호출될 뿐이므로, 여성 수난의 서사는 '여성의 이야기'인 것처럼 보이나 결국 '여성에 대한 이야기'이라는 한계를 갖는다.

따라서 여성 수난의 서사는 여성을 타자화할 위험을 포함하고 있다고 볼 수 있다. 하지만 여성에게 침묵을 강요하거나 여성의 수난 이야기를 다룬 남성 작가들과 달리, 오정희는 전쟁의 경험이 기억되고 재현될 수 있는가라는 본질적인 문제에 대해 의문을 제기한다. 또한 여성 수난사나 담론화된 기억이 아닌, 몸에 각인된 기억을 형상화함으로써 '현재형'으로 존재하는 전쟁, 재현이 불가능한 전쟁이 주는 고통을 보여준다.

---

186) 권명아, 「여성 수난사 이야기, 민족국가 만들기와 여성성의 동원」, 『여성문학연구』 7, 2002, 108면.

5. 결론

이 글에서 필자는 '유년기 전쟁체험 세대'의 소설에서 전쟁 경험이 어떻게 기억되고 재현되는지를 살펴보고자 하였다. '유년기 전쟁체험 세대'의 소설에 대한 연구는 부분적으로는 상당히 축적되어 왔지만 본격적인 연구와 성과를 보여주지는 못했다. 기존 연구의 한계를 극복하고자 필자는 전쟁기억이 재현되는 양상을 중심으로 1970년대 소설을 재검토하고자 하였다. 즉 '무엇이, 얼마나, 어떻게' 재현되며 '왜' 기억되는지에 관심을 집중하고, 이를 통해 '유년기 전쟁체험 세대'의 이 시기 소설이 갖는 문학사적 의미를 가늠해 보고자 한 것이다.

1970년대 유년기 전쟁체험 세대의 소설에서 전쟁기억이 재현되는 양상과 특징을 고찰하기 위해 필자는 김원일, 현기영, 오정희 세 작가를 선택하였다. 세 작가는 대표적인 '유년기 전쟁체험 세대'에 속한 작가로서 1970년대 활발한 창작활동을 하였다. 김원일과 현기영의 문학적 관심은 6·25전쟁의 형상화에 있다고 말해도 좋을 만큼, 두 작가의 작품에서 분단과 전쟁은 매우 큰 비중을 차지한다. 이에 비하면 오정희 소설에서 6·25전쟁을 주요 제재로 삼은 소설은 양적으로 적은 편이다. 그렇지만 오정희는 이 세대 작가 중 유일한 여성 작가로서 여성의 전쟁 경험을 형상화하고 있는 점에서 주목할 만하다.

또한 이 세 작가가 자신의 전쟁경험을 소설로 형상화하는 데 있어서 이전 세대의 작가들과는 뚜렷한 차별점을 보인다는 점도 중요하다. 이전 세대의 작가들이 전쟁의 직접성에서 벗어나지 못했던 반면, 이들은 유년인물의 시점을 차용함으로써 객관적 시각을 유지하면서 전쟁의 실상을 효과적으로 묘파하였다는 평가를 받는다. 이들이 소설에서 재현하는 대상이 이전 세대가 그것과 차이를 보인다는 점 또한 중요하다. 즉 이들은 이전까지 금기시되던 좌익 아버지나 제주 4·3, 여성의 기억을 적극적으로 재현하는 특징을 보이는데, 이러한 대상들은 공식적 기억에 의해 은폐되고 주변화되어온 기억들이란 공통점을 갖는다. 따라서 세 작가의 1970년대 소설들은 지배 이데올로기에 의해 억압받았던 사적이고 개별적인 기억들을 형상화하고 재현했다는 의의를 갖는다.

공식적 기억의 수용과 화해의 서사에서는 김원일 소설의 양상과 특징을 살펴보았다. 김원일은 이전 시기에 금기시되던 좌익의 아버지와 그 아들의 기억을 소설에 적극적으로 도입하는 특징을 보인다. 김원일 소설에서는 좌익 이데올로기가 사적인 기억인 셈인데, 이 사적 기억은 좌익 이데올로기를 '빨갱이'로 규정하는 공식적 기억과 지속적인 갈등을 벌인다. 「어둠의 혼」과 『노을』의 인물들은 공식적 기억으로부터 아버지에 대한 사적 기억을 망각하라는 요청을 받는다. 인물들에게 공통적으로 드러나는 공포와 불안은 포기되지 않은 사적 기억에서 비롯된 것이다. 「어둠의 혼」의 주인공은 사적 기억을 포기하고 공식적 기억을 수용하는 과정을 밟아가는데, 이것은 사적 공간에서 공적 공간으로 이동하는 그의 이동경로와 일치한다. 『노을』의 주인공은 망각되지 않고 존재하는 아버지를 추모하기 위해 고향을 찾아간다. 고향에 머무는 시간은 아버지의 과거를 기억하게 하고 나아가 아버지(과거)와 화해를 이루도록 한다. 그는 인자하고 자애로운 과거의 아버지를 떠올림으로써 아버지와의 화해를 성공적으로 이루게 된다. 즉 김원일 소설은 좌익 아버지로 표상되는 과거와 화해하는 특징을 보인다고 결론지을 수 있다. 그런데 이는 공식적 기억의 압력에 의해 일련의 이데올로기적 기억이 삭제되고 재구성된 것이라 해석할 수 있다.

대항 기억의 형성과 수난의 서사에서는 현기영 소설의 양상과 특징을 살펴보았다. 등단 이래 현기영의 관심은 제주 4·3의 문학적 형상화에서 벗어나지 않았다. 「아버지」에서 시공간적 배경이 모호하게 처리된 반면, 「순이삼촌」, 「해룡 이야기」는 제주 4·3의 시공간적 배경을 분명히 보여준다. 세 작품은 정부의 군관과 좌익 세력 모두로부터 소외된 채 이중의 희생을 당하는 제주도민의 고통과 공포를 형상화한다. 「아버지」는 유년인물의 공포를 전면화함으로써 수난자의 공포를 극대화하고 있으며, 「순이삼촌」과 「해룡 이야기」는 성인인물의 반성적 회고를 통해 제주 4·3의 전모를 객관적으로 보여준다. 또한 「순이삼촌」과 「해룡 이야기」는 제주 4·3의 상황에서 여성 인물이 겪는 극심한 고통과 희생을 보여준다. 현기영의 소설은 수난자의 서사를 통해 집단 정체성, 대항 기억이 형성되고 전승되는 과정을 형상화 하였다. 여성 인물의 수난은 이중의 고난을 당하는 제주도민의 처지를 효과적으로 보여주는 서술 전략이 된다. 그러나 여성의 수난서사는, 여성을 민족과 같은 보다 큰 담론에 의해 호출되는 대상으로 처리하는 문제를 포함하고 있다. 현기영 소설에서도 중요한 것은 '여성'의 수난사가 아니라 여성의 '수난사'를 통한 제주도민의 정체성 형성 및 강화이기 때문이다.

그렇기 때문에 여성 수난사는 '여성에 대한 이야기'일 뿐 '여성의 이야기'는 아니라는 한계를 갖는다.

이미지 기억의 각인과 여성의 서사에서는 오정희 소설의 양상과 특징을 살펴보았다. 오정희는 전쟁을 이데올로기의 차원에서 재현하지 않고 일상의 국면에서 재현하는 특징을 보인다. 「유년의 뜰」, 「중국인 거리」, 「바람의 넋」의 인물에게 전쟁과 전쟁으로 인한 아버지의 부재는 중요한 문제이다. 아버지 부재는 가정의 윤리가 파괴되고 가족의 생존 위기를 초래하는 근본 동인이 되며, 다른 한편 아버지 부재는 여성 인물에게 새로운 정체성을 모색할 가능성의 공간을 제공한다. 그러나 아버지가 완전히 사라진 것이 아니기 때문에 다른 정체성을 모색하던 여성 인물들의 시도는 실패를 그친다. 여성 유년인물들은 가부장제의 질서 안으로 포섭되는 듯하지만, 언어를 매개로 한 기억에 대한 불신은 그녀들의 저항이 끝나지 않았음을 확인하게 해준다. 또한 오정희 소설에서 전쟁의 기억은 이미지로 재현되는 특징을 보인다. 이는 담론화된 기억에 대한 거부의 표현이자, 전쟁의 고통이 끝나지 않았다는 증거이다. 전쟁이 끝나지 않았다면 전쟁을 과거형으로 기억하고 이야기하는 것은 불가능하다. 남성 인물들과 달리, 오정희의 여성 인물은 전쟁의 기억을 현재형을 서술하거나 기억을 재구성해내지 못한다. 「바람의 넋」에서 확인되듯, 여성 인물에게 전쟁은 남성적 폭력으로 인식된다. 여성 인물은 전쟁 후에도 여전히 가부장제 질서 내에서 남성의 폭력을 경험하기 때문에, 그녀들에게 전쟁은 현재형으로 존재하는 것이다. 또한 오정희는 여성의 기억을 재현하는 방식에 있어서 남성 작가들과 다른 전략을 사용한다. 김원일 소설에서 여성은 침묵으로 일관했고, 현기영 소설에서 여성은 수난의 주체로 등장했다. 그렇지만 여성의 수난사는 '여성의 이야기'가 될 수 없다는 한계를 보인다. 오정희는 전쟁이 어떻게 재현될 수 있는가를 묻지 않고, 전쟁의 경험이 기억되고 재현될 수 있는가를 질문한다. 왜냐하면 여성에게 전쟁은 '현재형'으로 여전히 존재하기 때문이다.

살펴본 바와 같이, 김원일, 현기영, 오정희의 소설은 억압되어 왔던 사적이고 개별적인 기억을 재현함으로써, 분단의 현실을 새로이 조망하고 분단 극복으로 나아가는 실마리를 제공했다고 평가할 수 있을 것이다. 세 작가 이외의 '유년기 전쟁체험 세대'의 소설을 논구하여 1970, 1980년대의 분단 문학사를 조망하는 작업이 요청되는데 이는 '차후의 과제로 남긴다.

참고문헌

1. 기본자료

김원일, 『어둠의 혼』, 문이당, 1997.
김원일, 『노을』, 문이당, 1997.
김원일, 『오늘 부는 바람』, 문이당, 1997.
현기영, 『順伊삼촌』, 창작과비평사, 1978.
현기영, 『아스팔트』, 창작과비평사, 1986.
오정희, 『유년의 뜰』, 문학과지성사, 1981.
_____, 『바람의 넋』, 문학과지성사, 1986.

2. 국내 논저

1) 평론 및 논문

강진호, 「민족사로 승화된 가족사의 비극: 김원일론」, 『탈분단시대의 문학논리』,
　　　　새미, 2001.
고정희, 「소재주의를 넘어서 새로운 인간상의 실현」, 『문학사상』, 1990. 2.
권명아, 「한국 전쟁과 주체성의 서사 연구」, 연세대학교 대학원, 2001.
_____, 「여성 수난사 이야기, 민족국가 만들기와 여성성의 동원」, 『여성문학
　　　　연구』 7, 2002.
_____, 「여성 수난사 이야기의 역사적 층위」, 『상허학보』 10, 2003. 2.
권영민, 「현실적 상황과 소설적 상상력」, 『문학과 지성』, 1978. 봄.
_____, 「동시대인들의 꿈 혹은 고통」, 『문학사상』, 1982. 12.
_____, 「전후의식의 극복과 문학적 자기인식」, 『한국문학』, 1985. 6.

권오룡, 「개인과 성장과 역사의 공동체화」, 『문학과 지성』, 1979. 봄.

_____, 「역사의 이성을 찾아서」, 『어둠의 혼』, 문이당, 1997.

_____, 「원체험과 변형의식」, 『존재의 변명』, 문학과지성사, 1999.

권택영, 「여성적 글쓰기, 여성으로서의 읽기」, 『후기 구조주의 문학이론』, 민음사, 1992.

김 현, 「요나콤플렉스의 한 증상」, 『월간문학』, 1969. 10.

_____, 「수동적 세계관의 극복」, 『사회와 윤리』, 일지사, 1974.

_____, 「살의의 섬뜩한 아름다움」, 『불의 강』, 1977.

_____, 「객관적 현실주의로의 길」, 『분석과 해석』, 문학과지성사, 1988.

_____, 「이야기의 뿌리, 뿌리의 이야기」, 『문학과 사회』, 1989. 봄.

김경수, 「여성성의 탐구와 그 소설화」, 『문학의 편견』, 세계사, 1994.

_____, 「여성 소설의 제의적 국면」, 『문학의 편견』, 세계사, 1994.

김근희, 「김원일 소설의 성장주체 연구」, 『문창어문논집』, 2002.

_____, 「김원일 성장소설」, 부산대학교 대학원 석사논문, 2003.

김도연, 「제주도 정신이 보여준 의미」, 『아스팔트』. 창작과비평사, 1986.

김동윤, 「4・3의 기억과 소설적 재현의 방식」, 『민주주의와 인권』, 2003. 4.

김미수, 「현기영 소설 연구: 역사와 현실에 대한 소설적 대응양식을 중심으로」, 제주대학교 대학원 석사논문, 2004.

김명섭, 「한국전쟁이 냉전체제의 구성에 미친 영향」, 『국제정치논총』 43, 2003.

김병걸, 「정치현실과 인간조건」, 『창작과 비평』, 1974. 가을.

_____, 「끊어진 혈족의 목소리」, 『한국문학』, 1985. 6.

김병익, 「60년대 의식의 편차」, 『문학과 지성』, 1974. 봄.

_____, 「분단의식의 문학적 전개」, 『문학과 지성』, 1979. 봄.

_____, 「세계에의 비극적 비전」, 『월간조선』, 1982. 7.

_____, 「6・25와 한국소설의 관점」, 『지성과 문학』, 문학과지성사, 1982.

_____, 「비극의 각성과 수용」, 『노을』, 문학과지성사, 1987.

_____, 「6・25와 한국 소설의 관점」, 『두 열림을 향하여』, 솔, 1991.

김성례, 「국가폭력과 여성체험」, 『창작과 비평』, 1998. 겨울.

김옥란, 「오태석 연극에서의 역사와 폭력의 아이러니」, 『대중서사연구』 14, 2005.

김연수, 「언어도단의 역사 앞에서 무당으로서 소설쓰기」, 『작가세계』, 1998. 봄.

김열규, 「여성과 집에 관한 시론」, 『家와 家門』, 서강대학교 인문과학연구소, 1989.

김영범, 「집합기억의 사회사적 지평과 動學」, 『사회사연구의 이론과 실제』, 한국정신문화연구원, 1998.

_____, 「기억에서 대항 기억으로, 혹은 역사적 진실의 회복: 기억투쟁으로서 의 4·3 문화운동 서설」, 『민주주의와 인권』, 2003. 10.

김영애, 「오정희 소설의 여성인물 연구」, 『한국학연구』 20, 2004. 상반기.

김영화, 「통증의 깊이과 넓이」, 『소설문학』, 1987. 6.

김애주, 「사료편찬적 여성 메타픽션과 딕테」, 『영미문학 페미니즘』 11, 2003.

김예림, 「세계의 겹과 존재의 틈, 그 음각의 사이를 향하는 응시」, 『작가세계』, 1995. 여름.

김우종, 「집단의 비인간화와 개인의 자유: 김원일론」, 『현대문학』, 1980. 1.

김원일·김선학 대담, 「나의 문학, 나의 소설 작업」, 『현대문학』, 1984. 3.

김원일·김종회 대담, 「가족사의 수난에서 민족사의 비극으로」, 『동서문학』, 1989. 11.

김윤식, 「창작방법 논의에 대하여」, 『현대문학』, 1980. 4.

_____, 「창조적 기억, 회상의 형식」, 『소설문학: 오정희에 관하여』, 1985. 11.

_____, 「6·25와 소설의 내적 형식: 서사적 형식의 시각에서」, 『우리 소설과 의 만남』, 민음사, 1986.

_____, 「무기를 연마하는 사람을 위하여」, 『소설문학』, 1987. 6.

_____, 「새로운 가부장제의 창출」, 『80년대 우리 소설의 흐름』, 서울대학교 출판부, 1989.

_____, 「고향의 문학, 귀향의 문학」, 『작가세계』, 1989. 가을.

_____, 「6·25전쟁문학: 세대론의 시각」, 『1950년대 문학연구』, 예하, 1991.

_____, 「김현과 김원일」, 『작가와 내면풍경』, 동서문학사, 1991.

김종민, 「제주 4·3항쟁」, 『역사비평』, 1998. 봄.

김종욱, 「승자의 죽음과 패자의 삶」, 『작가세계』, 1998. 봄.

김종회, 「개인의 수난사에서 민족사의 비극으로」, 『동서문학』, 1990. 5.

김주연, 「억압과 열림」, 『문학과 지성』, 1980. 봄.

_____, 「말의 순결, 그 파탄과 회복」, 『세계의 문학』, 1981. 가을.

_____, 「모자 관계의 소외, 동화의 구조」, 『마당깊은 집』, 문학과지성사, 1988.

김치수, 「융합되지 못한 삶」, 『문학과 지성』, 1977. 여름.

_____, 「전율, 그리고 사랑」, 『유년의 뜰』, 문학과지성사, 1981.

김태현, 「반공문학의 양상」, 『실천문학』, 1988. 봄.

김현진, 「고통스러운 기억과 자발적인 회상」, 『뷔히너와 현대문학』 22 , 2003.

김혜영, 「오정희 소설의 이미지 연구」, 『현대문학이론연구』, 2003.

류보선, 「분단문학의 새로운 지평을 위하여: 김원일론」, 『문학사상』, 1989. 3.

_____, 「어둠에서 제전으로, 비극에서 비극성으로」, 『작가세계』, 1998. 봄.

류은희, 「홀로코스트 문학에서의 기억과 역사」, 『독일어문학』, 2003.

류지용, 「오정희 소설 연구」, 고려대학교 대학원 박사논문, 2005.

명형대, 「조각그림 맞추기와 소설읽기」, 『배달말』, 2000.

박대호, 「산업주의 세계관의 위장구조」, 『1950년대 문학연구』, 예하, 1991.

박명림, 「전쟁과 기억, 정치와 문학」, 『전쟁의 기억, 역사와 문학』 하, 월인, 2005.

박성수, 「기억과 정체성」, 『문화/과학』, 2004. 겨울.

박영준, 「1960년대 한국 장편소설 연구」, 고려대학교 대학원 박사논문, 2005.

박정석, 「전쟁과 '빨갱이'에 대한 집단 기억 읽기」, 『역사비평』, 2002. 여름.

박혜경, 「신생을 꿈꾸는 불임의 성」, 『불의 강』, 문학과지성사, 1995.

_____, 「실존과 역사, 그 소설적 넘나듦의 세계」, 『작가세계』, 1995. 여름.

방민화, 「오정희의 중국인 거리 연구」, 『현대소설연구』, 1999.

서경석, 「한국 경향소설과 '귀향'의 의미」, 『한국학보』, 1987. 가을.

서재원, 「일상의 수압에 해체되는 존재의 비극」, 『문학사상』, 1996. 4.

성민엽, 「화해와 긍정의 세계」, 『현대문학』, 1985. 9.

_____, 「존재의 심연에의 응시」, 『바람의 넋』, 문학과지성사, 1986.

_____, 「고향 찾기, 혹은 화해의 서사」, 『문학사상』, 1999. 3.

성현자, 「오정희 「별사」에 나타난 시간구조」, 『개신어문연구』, 1986.

송상일, 「자연적 삶과 역사적 삶」, 『창작과 비평』, 1980. 봄.

송희영·김숙희·이인영·이재원, 「세계 상실로서의 실향 또는 이산, 이별의 비극」, 『독어교육』 31, 2004.

_____, 「전쟁, 기억, 여성 정체성」, 『카프카 연구』 12, 2004.

_____, 「분단에서 통일로- 한·독 여성문학 비교」, 『독일문학』 92, 2002.

_____, 「분단 현실과 '여성적 성장'의 의미: 오정희와 앙겔리카 메히텔의 소설을 중심으로」, 『독일어문학』 27, 2002.

신승엽, 「시적 민중성의 높이와 산문적 현실분석의 깊이」, 『창작과 비평』, 1994. 겨울.

─────, 「고발과 화해 정신을 넘어서서 역사적 현실의 형상화로」, 『한국소설문학대계』 72. 동아출판사, 1995.

신철하, 「성과 죽음의 고리」, 『현대문학』, 1987. 10.

심진경, 「오정희 초기 소설에 나타난 모성성 연구」, 『한국문학과 모성성』, 태학사, 1998.

_____, 「여성의 성장과 근대성의 상징적 형식: 오정희의 유년기 소설을 중심

으로」, 『여성문학연구』, 1999.

양문규, 「현기영론: 수난으로서의 4 · 3형상화의 문제와 의미」, 『현역중진작가
　　　연구』 3. 국학자료원, 1998.

양윤모, 「최인훈 소설의 '정체성 찾기'에 대한 연구」, 고려대학교 대학원 박사
　　　논문, 1999.

양진오, 「'좌익'의 인간화, 그 문학적 방식과 의미」, 『우리말글』, 2005. 12.

양현준, 「김원일 소설 연구」, 경희대학교 대학원 석사논문, 2001.

오생근, 「허구적 삶과 비판적 인식」, 『야회』, 나남출판, 1990.

우찬제, 「불안의 상상력과 정치적 무의식: 1970년대 소설의 경우」, 『한국문학
　　　이론과 비평』 27, 2005. 6.

유임하, 「현대 한국소설의 분단인식 연구」, 동국대학교 대학원 박사논문, 1997.

＿＿＿, 「아버지 찾기와 성장체험의 역사화」, 『실천문학』, 2001. 여름.

＿＿＿, 「타자화된 기억의 상상적 복원」, 『전쟁의 기억, 역사와 문학』 하, 월인,
　　　2005.

유종호 · 이남호 대담, 「1950년대와 한국문학」, 『작가연구』, 1996. 4.

윤재근, 「김원일의 『노을』」, 『현대문학』, 1981. 10.

이기세, 「현기영 소설 연구」, 경희대학교 대학원 석사논문, 2001.

이가원, 「오정희 소설의 인물연구: 내면의식을 중심으로」, 명지대학교 대학원
　　　박사논문, 2004.

이남호, 「6 · 25체험의 지속성과 오래된 사진첩」, 『문학의 위족』 2, 민음사,
　　　1990.

＿＿＿, 「휴화산의 내부」, 『문학의 위족』 2, 민음사, 1990.

이동하, 「끊임없는 자기확대의 길」, 『소설문학』, 1984. 1.

＿＿＿, 「분단소설의 세 단계」, 『분단문학비평』, 청하, 1987.

＿＿＿, 「어느 쪽이 더 행복한 시대인가」, 『월간조선』, 1990. 9.

＿＿＿, 「역사적 진실의 복원」, 『작가세계』, 1998. 봄.

이명호, 「역사적 외상의 재현 (불)가능성」, 『비평과 이론』, 2005.

이보영, 「암담한 상황과 인간: 김원일론」, 『현대문학』, 1981. 5.

이상신, 「'바람의 넋'의 '다기능 문체' 분석」, 『소설 문체와 기호론』, 느티나무,
　　　1990.

이승희, 「여성수난서사와 가부장제 이데올로기」, 『한국극예술연구』 15, 2002.

이유식, 「역사적 문맥에 장치한 감동의 덫」, 『소설문학』, 1982. 11.

이용재, 「알제리전쟁과 프랑스인」, 『역사비평』, 2003. 여름.

이제영, 「현기영 소설 연구」, 중앙대학교 대학원 석사논문, 1993.

이주미, 「현기영 소설에 나타난 화인의 기억과 역사의식」, 『현대소설연구』 26, 2005.

이중재, 「오정희 소설을 읽는 한 방법론」, 『동국어문학』, 1996. 12.

이창훈, 「현기영 소설 연구」, 경희대학교 대학원 석사논문, 2003.

이채원, 「형성소설과 회상의 시학」, 서강대학교 대학원 석사논문, 2003.

이혜원, 「도도새와 금빛 잉어의 전설을 찾아서」, 『작가세계』, 1995. 여름.

이태동, 「6·25의 상처와 전후문학의 대두」, 『소설문학』, 1987. 6.

임경순, 「경험의 서사화 방법과 그 문학 교육적 의의 연구」, 서울대학교 대학원 박사논문, 2003.

임금복, 「한국적 외디푸스 콤플렉스의 초상」, 『비평문학』, 1993. 10.

임명숙, 「'Gender' 공간에서의 여성적 글쓰기 양상 모색」, 『돈암어문학』 14, 2001.

임헌영, 「증언과 예언」, 『문학과 지성』, 1979. 봄.

전영태, 「6·25와 분단시대의 소설」, 『한국문학』, 1986. 6.

정과리, 「소설 주체의 집단화」, 『문학, 존재의 변증법』. 문학과지성사, 1985.

_____, 「이데올로기 혹은 짐승의 삶」, 『스밈과 짜임』, 문학과지성사, 1988.

_____, 「세상 살아내기의 의미」, 『현대문학』, 1989. 4.

정영화, 「오정희 소설 연구」, 중앙대학교 대학원 석사논문, 1996.

정주아, 「김원일 소설에 나타난 기억 방식 연구」, 서울대학교 대학원 석사논문, 2004.

정재림, 「기억의 회복과 여성 정체성」, 『어문논집』 51, 2005. 4.

정호웅, 「근본정신의 정신사적 의미」, 『작가세계』, 1998. 봄.

정현기, 「얽힌·삶의 매듭풀기」, 『문예중앙』, 1984. 여름.

정혜경, 「1960년대 소설의 서술구조 연구」, 고려대학교 대학원 박사논문, 2001.

조 은, 「차가운 전쟁의 기억」, 『전쟁의 기억, 역사와 문학』 하, 월인, 2005.

조건상, 「분단인식의 형상화 양상 연구: 유년기체험의 소설적 형상화를 중심으로」, 『현대소설연구』 9, 1998. 12.

조경식, 「망각의 현상과 변호담론 그리고 역사」, 『뷔히너와 현대문학』 21, 2003.

조남현, 「소년의 시각과 그 회상」, 『소설문학』, 1987. 6.

_____, 「6·25 문학에 열린 새 지평」, 『신동아』, 1987. 6.

_____, 「분단문학의 새 지평」, 『삶과 문학적 인식』, 문학과지성사, 1988.

_____, 「'긴장'의 인간학, 그 분광」, 『문학사상』, 1989. 3.

_____, 「김원일론」, 『문학사상』, 1990. 10.

조정희, 「오정희 소설에 나타난 여성주의」, 성신여자대학교 대학원 석사논문, 1997.

진형준, 「문학언어와 불가해한 상처」, 『세계의 문학』, 1984. 여름.

_____, 「저잣거리에서 득도하려는 야심」. 『세계와 나』, 1990. 7.

차미령, 「원초적 환상의 무대화」, 『한국학보』, 2005.

천이두, 「비극의 현장 ― 김원일의 『노을』」. 『문학과 지성』, 1978. 겨울.

_____, 「분단현실과 한국문학」, 『분단문학비평』, 문학사상사, 1993.

채연숙, 「문화적 기억과 문학적 기억」, 『독일어문학』, 2003.

최동호, 「분단의 극복을 향한 문학의 현황과 과제」, 『문학사상』, 1986. 9.

최원식, 「연합전선의 문학적 형상화」, 『창작과 비평』, 1990. 3.

최정무, 「민족과 여성: 혁명의 주변」, 『실천문학』, 2003. 봄.

최윤정, 「부재의 정치성」, 『작가세계』, 1995. 여름.

태혜숙, 「한국인 군위안부 기억의 '역사화'를 위하여」, 『문화/과학』, 2004. 겨울.

하응백, 「여성의식의 응축과 확산」, 『문학정신』, 1992. 5.

_____, 「자기정체성의 확인과 모성적 지평」, 『작가세계』, 1995. 여름.

_____, 「들끓음의 문학, 혼돈의 문학」, 『오늘 부는 바람』, 문이당, 1997.

하정일, 「눈물 없는 비관주의를 넘어서」, 『창작과 비평』, 1999. 6.

한수영, 「분단과 전쟁이 낳은 비극적 역사의 아들들」, 『역사비평』, 1999. 봄.

한계전, 「1930년대 시에 나타난 고향 이미지에 관한 연구」, 『서울대 한국문화』 16, 1985. 12.

현기영, 「내 소설의 모태는 4·3 항쟁」, 『역사비평』, 1993. 봄.

홍성태, 「국가폭력과 기억의 정치」, 『문화/과학』, 2004. 겨울.

홍용희, 「재앙과 원한의 불 또는 제주도의 땅울림」, 『작가세계』, 1998. 봄.

황도경, 「빛과 어둠의 문체」, 『문학사상』, 1991. 1.

_____, 「『유년의 뜰』의 회상 형식 및 문체」, 『이화어문논집』, 1992. 3.

_____, 「불을 안고 강 건너기」, 『문학과 사회』, 1992. 5.

_____, 「여성의 글쓰기와 꿈꾸기, 그 여성성의 지평」, 『문학정신』, 1992. 5.

_____, 「정체성 확인의 글쓰기」, 『문체로 읽는 소설』, 소명, 2002.

황병주, 「기억의 역사화」, 『문학동네』, 2003. 봄.

황선애, 「기억과 진실의 문제: 토마스 베른하르트의 소멸을 중심으로」, 『독일어문학』 21, 2003.

2) 단행본

강진호,『현대소설사와 근대성의 아포리아』, 소명, 2004.

강헌국,『활자들의 뒷면』, 미다스북스, 2004.

김경수 외,『페미니즘과 문학비평』, 고려원, 1994.

김 철,『국민이라는 노예』, 삼인, 2005.

김 현,『우리시대의 문학: 두꺼운 삶과 얇은 삶』, 문학과지성사, 1993.

김현아,『전쟁과 여성』, 여름언덕, 2004.

김형중,『소설과 정신분석』, 푸른사상, 2003.

권오룡 외,『김원일 깊이 읽기』, 문학과지성사, 1993.

권영민,『한국현대문학사 2』, 민음사, 2002.

권명아,『가족이야기는 어떻게 만들어지는가』, 책세상, 2000.

김동춘,『전쟁과 사회』, 돌베개, 2000.

김승환·신범순 편,『분단 문학 비평』, 청하, 1987.

김원일,『사랑하는 자는 괴로움을 안다』, 문이당, 1991.

김윤식 외,『1950년대 문학연구』, 예하, 1991.

김윤식·정호웅,『한국소설사』, 예하, 1993.

나간채 외,『기억 투쟁과 문화운동의 전개』, 역사비평사, 2004.

동국대학교 한국문학연구소 편,『전쟁의 기억, 역사와 문학』상, 월인, 2005.

동국대학교 한국문학연구소 편,『전쟁의 기억, 역사와 문학』하, 월인, 2005.

박찬부,『현대정신분석비평』, 민음사, 1996.

서강여성문학연구회 편,『한국문학과 모성성』, 태학사, 1998.

서동욱,『차이와 타자』, 문학과지성사, 2000.

_____,『들뢰즈의 철학: 그 사상과 그 원천』, 민음사, 2002.

_____,『일상의 모험』, 민음사, 2005.

송승철 외,『강: 문학적 형상과 기억들』, 소화, 2004.

안병직 외,『세계의 과거사 청산: 역사와 기억』, 푸른역사, 2005.

유임하,『분단현실과 서사적 상상력』, 태학사, 1998.

유임하,『한국 소설의 분단 이야기』, 책세상, 2006.

윤택림,『인류학자의 과거여행』, 역사와 비평사, 2003.

이재선,『현대 한국소설사』, 민음사, 1991.

_____,『현대소설의 서사시학』, 학연사, 2002.

임헌영,『분단시대의 문학』, 태학사, 1992.

전진성,『역사가 기억을 말하다』, 휴머니스트, 2005.

정근식, 『고통의 역사: 원폭의 기억과 증언』, 2005.
정항균, 『므네모시네의 부활』, 뿌리와이파리, 2005.
조남현, 『한국현대문학사상논구』, 서울대학교 출판부, 1999.
최문규 외, 『기억과 망각』, 책세상, 2003.
최창모, 『기억과 편견』, 책세상, 2004.
최현주, 『한국 현대 성장소설의 세계』, 박이정, 2002.
한국소설학회, 『현대소설 시점의 시학』, 새문사, 1996.

3. 국외논저

Assmann, Aleida, 변학수 외 역, 『기억의 공간』, 경북대학교출판부, 2003.
Augé, Marc, 김수경 역, 『망각의 형태』, 동문선, 2003.
Benjamin, Walter, 반성완 편역, 『발터 벤야민의 문예이론』, 민음사, 1983.
Deleuze, Gilles, 서동욱 외 역, 『프루스트와 기호들』, 민음사, 1997.
Freud, Sigmund, 임진수 역, 『끝이 있는 분석과 끝이 없는 분석』, 열린책들, 2005.
Freud, Sigmund, 김명희 역, 『늑대인간』, 열린책들, 2003.
Freud, Sigmund, 이한우 역, 『일상생활의 정신 병리학』, 열린책들, 2003.
Freud, Sigmund, 윤희기 외 역, 『정신분석학의 근본개념』, 열린책들, 2003.
Freud, Sigmund, 임홍빈 외 역, 『새로운 정신분석학 강의』, 열린책들, 1996.
Freud, Sigmund, 황보석 역, 『정신병리학의 문제들』, 열린책들, 2003.
Freud, Sigmund, 이덕하 역, 『끝낼 수 있는 분석과 끝낼 수 없는 분석』, 도서출판 b, 2004.
Foucault, Michel, 『미셸 푸코』, 민음사, 1989.
Genette, Gérard, 권택영 역, 『서사담론』, 교보문고, 1992.
Laplanche, Jean 외, 임진수 역, 『정신분석사전』, 열린책들, 2005.
Levinas, Emmanuel, 강영안 역, 『시간과 타자』, 문예출판사, 1996.
Morris, Pam, 강희원 역, 『문학과 페미니즘』, 문예출판사, 1997.
Mollon, Phil, 김숙진 역, 『프로이트와 거짓기억 증후군』, 이제스북스, 2004.
Morton, Stephen, 이운경 역, 『스피박 넘기』, 앨피, 2005.
Nietzsche, Friedrich, 임수길 역, 『반시대적 고찰』, 청하출판사, 1992
Spivak, Gayatri Chakravorty, 태혜숙 역, 『다른 세상에서』, 여이연, 2003.
Weinrich, Harald, 백설자 역, 『망각의 강 레테』, 문학동네, 2004.
岡眞理, 김병구 역, 『기억 서사』, 소명출판사, 2004.

제2부 전쟁의 재현

전상국 소설에 나타난 추방자 형상 연구
: 「아베의 가족」, 「지빠귀 둥지 속의 뻐꾸기」를 중심으로

1. 서론

　1963년 조선일보 신춘문예에 「동행」이 당선되어 소설가로 활동하기 시작한 전상국은 6·25전쟁, 교육 현실, 권력과 권위, 사회 악 등 한국사회의 여러 문제를 다양한 방식으로 다루어 온 작가로 평가받는다. 그의 소설 가운데 질적, 양적인 주종을 이루는 것은 한국전쟁을 소재로 한 소설이다. 작가가 유년기에 경험한 전쟁은 '원상(原傷)'이라고 불러도 좋을 만큼 전상국 소설에서 반복·변주되어 등장하며[1], 이런 경향을 반영하여 전상국 소설 연구는 주로 전쟁문학, 분단문학의 맥락에서 이루어져 왔다.[2] 그런데 소설에서

---

1) 김열규, 「그 원상의 우의」, 『아베의 가족』 해설, 문학사상사, 1987, 359면.
　이 글에서 김열규는 전상국에게 전쟁의 상처가 "제일의적 경험"이란 점에서뿐만 아니라, "민족이 입은 상처에 대한 우의적 표현"이란 점에서도 원상이라고 지적한다.

2) 전쟁과 분단을 중심으로 전상국 소설에 접근한 대표적인 논의로 다음의 논문을 참고.
　양선미, 「전상국 소설에 나타난 '통혼'과 '귀향'의 의미」, 『인문과학연구』 15, 2011.
　유인순, 「전상국 소설 속의 전쟁」, 한국현대문학회 학술발표회자료집, 2003.

전쟁이 차지하는 비중이 크다는 것은 전상국에만 국한되는 현상이 아니라, 이른바 '유년기 전쟁체험 세대'[3) 작가들에게 공통적으로 발견되는 특징임을 유념할 필요가 있다. 특히 유년기 체험 세대의 작가들이 왕성한 창작을 하게 되는 1970년대 후반 이후, 작가들은 '유년 서술자 시점' '회상 기법' '성장 모티프' 등의 유사한 창작 문법을 활용하여 6·25전쟁체험을 적극적으로 소설화하기 시작한다.[4)5)

이 같은 분단문학사의 경향을 고려할 때, 전상국 소설에서 전쟁이 중심 소재로 등장한다는 점은 자연스러워 보인다. 또한 '탈이데올로기적 성격',[6) '여성 수난으로 은유화된 분단의 비극',[7) '유년 화자의 도입',[8) '귀향을 통한 극복 의지'[9) 등과 같은 전상국 소설의 특징들이 다른 작가의 전쟁 소재 소설에서도 동일하게 발견된

권명아, 「덧댄 뿌리에서 참된 뿌리로」, 『작가세계』, 1996. 봄.
김윤식, 「엄숙주의에 대하여」, 『현대문학』, 1980. 5.

3) 김윤식, 「6·25전쟁 문학: 세대론의 시각」, 『1950년대 문학연구』, 예하, 1991.
김윤식은 전쟁을 체험한 당시의 작가 연령을 기준으로 '체험 세대', '유년기 체험 세대', '미체험 세대'로 작가들을 나누고, 각 작가군의 전쟁을 다루는 방식의 차이를 지적하였다. 이 같은 세대론별 구분은 기준이 모호하여 편의적이라는 한계를 갖지만, 다른 세대와 구별되는 유년기 전쟁체험 세대의 차별성을 규명하는 데는 유용한 개념틀로 작용할 수 있다.

4) 1970년대 분단 소설의 특징에 관해서는 다음을 참고.
유임하, 『분단현실과 서사적 상상력: 한국현대소설의 분단인식 연구』, 태학사, 1998.
정재림, 「전쟁기억의 소설적 재현 양상 연구: 유년기 체험을 중심으로」, 고려대학교 대학원, 2006.

5) 강진호, 「1970년대 분단소설의 성과와 의미」, 『현대소설사와 근대성의 아포리아』, 소명출판, 2009, 303면.
강진호는 1970년대 분단 소재 소설의 경향이 "6·25와 관련한 과거사를 객관화하고 성장기에 체험한 그 상처를 어떤 식으로든 정리하고 치료하려는 의도"와 관련된다고 지적한 바 있다.

6) 김윤식, 「엄숙주의에 대하여」, 『현대문학』, 1980. 5, 312면.
김윤식은 전상국의 소설이 6·25전쟁을 이데올로기적 측면에서 다루지 않고 있는 경향이 있으며, 또한 이러한 탈이데올로기적 경향이 전상국 소설뿐만 아니라 다른 작가의 소설에서도 공통적으로 발견되는 현상임을 지적하였다.

7) 권명아, 「여성 수난사 이야기, 민족국가 만들기와 여성성의 동원」, 『여성문학연구』 7, 2002, 107면.
황순원 소설을 대상으로 한 논의에서 권명아는 "수난자로서의 여성 표상"이 "민족사라는 단일하고(unique) 총체적인 서사 구조를 위해 여성성(혹은 여성적인 것)을 동원하는 형식"을 보여준다고 지적한 바 있는데, 이는 강간 모티프를 적극 활용하여 민족 수난을 상징화하는 전상국 소설에도 그대로 적용될 수 있다.

8) 유임하, 『분단현실과 서사적 상상력: 한국현대소설의 분단인식 연구』, 태학사, 1998, 138면.

9) 양선미·양선미, 「전상국 소설에 나타난 '통혼'과 '귀향'의 의미」, 『인문과학연구』 15, 2011, 117~118면.

다는 점을 고려할 필요가 있다. 그런 점에서 전상국의 소설은 유년기 전쟁체험 세대의 특성을 전형적으로 보여주는 동시에 그 한계를 고스란히 반복한다고 볼 수 있다. 특히 여성주의적 관점에서 볼 때, 전상국 소설에서 여성이 표상되는 방식은 한계로 지적될 수 있다. 전상국 소설 속 여성은 전쟁과 분단의 역사 속에서 기구한 삶을 살아온 인물로 설정되며, 그 불행을 구체화하는 계기로 강간 모티프가 등장하는 경우가 많다.10) 강간 모티프를 활용하여 여성의 수난을 형상화한다는 것은 간과되었던 여성의 전쟁 경험을 전면화한다는 긍정성을 갖지만, 동시에 민족 수난을 강조하기 위해 '여성성'을 도구화한다는 비판을 받을 수 있다.11)

이 논문이 대상으로 한 두 중편소설에서도 강간은 중요한 모티프로 등장하고 있으며, 위와 같은 여성주의적 시각의 비판에서 자유롭지 못한 것이 사실이다. 하지만 「아베의 가족」과 「지빠귀 둥지 속의 뻐꾸기」는 일정한 한계를 노출하면서도, 두 가지 독특한 지점을 포함하고 있다는 점에서 주목할 만하다. 첫째, '여성 수난사'를 반복하되 여성이 발화할 공간을 만들어 낸다는 것이다. 물론 이 공간에서 타자로서의 여성의 언어가 완벽하게 복원되었다고 보기는 어렵지만, 그럼에도 불구하고 '수기(手記)'와 '구술(口述)'이라는 장치를 통해 배제되었던 여성 언어가 표현되도록 시도한 의의는 인정될 필요가 있다. 수기와 구술이 여성 인물의 고통을 직접적인

---

10) 이 논문에서 살펴볼 「아베의 가족」, 「지빠귀 둥지 속의 뻐꾸기」를 비롯하여 「여름의 껍질」, 「하늘 아래 그 자리」, 「외등」, 「수렁 속의 꽃불」, 「길」 등에서 여성들은 외국병사나 한국남성에게 강간을 당하며, 이후 불행한 삶을 살아간다.

11) 대표적인 여성주의 비판으로 다음을 참고.
권명아, 「여성 수난사 이야기, 민족국가 만들기와 여성성의 동원」, 『여성문학연구』 7, 2002.
박선애, 「기지촌 소설에 나타난 매춘 여성의 문제」, 『현대소설연구』 24, 2004.

'쓰기'와 '말하기'를 통해 표현하도록 하기 위한 서사 전략으로 기능한다는 것이다. 둘째, 수난당하는 여성과 남성 서술자의 관계가 독특하다는 것이다. 서술자의 역할이 남성 인물에게 부여된다는 점은 여성의 수난이 남성 정체성 형성을 위한 도구로 활용될 혐의를 제공한다. 하지만 두 소설에서 남성 서술자가 취하고 있는 중간자적, 반성적 입장은 여성성이 도구화 되었다고 단정하기 어렵게 만드는 지점을 포함한다.

전상국 소설이 전쟁 소재 소설의 전형성을 보여준다는 전제 하에, 이 논문은 「아베의 가족」과 「지빠귀 둥지 속의 뻐꾸기」 두 중편소설을 중심으로 전상국 소설의 성취와 한계를 고찰하고자 한다. 이 논문은 소설에 등장하는 인물들이 '추방자'의 형상을 띠고 있다는 점에 주목하고자 한다. 죄의식으로 말미암아 전후의 삶을 '유배'로 인식하는 남성 인물, 강간의 상처로 비극적 삶을 사는 여성 인물과 그녀들이 낳은 장애아, 혼혈아, 그리고 중간자적 입장을 가진 서술자까지, 소설의 모든 인물들에게서 공통적으로 '추방자'로서의 형상은 발견된다. 아감벤이 제안한 '벌거벗은 생명(호모 사케르)'은 이들의 존재론적 위상을 규명하기에 적절한 용어로 보인다. 벌거벗은 생명인 호모 사케르는 "살해는 가능하되 희생물로 바칠 수는 없는 생명"12)으로, 이들은 "이중적 배제의 구조이자 이중적 포획"13)이라는 위상학적 구조를 갖는 존재이다.

아감벤은 벌거벗은 생명인 '추방자'를 규정하는 원리가 단순한 배제가 아니라, '배제인 동시에 포함'임을 강조한다. 추방자를 예

---

12) 아감벤, 박진우 역, 『호모 사케르』, 새물결, 2003, 45면.
13) 아감벤, 박진우 역, 『호모 사케르』, 새물결, 2003, 175면.

외상태로 규정한다는 점에서 추방령은 예외관계인데, "추방령을 받은 자는 단순히 법의 바깥으로 내쳐지거나 법과는 무관해지는 것이 아니다. 그는 법으로부터 버림받은(Abbandonato) 것이며, 생명 과 법, 외부와 내부의 구분이 불가능한 비식별역에 노출되어 위험 에 처해진 것이다."[14] 이런 추방자의 극단적인 면모를 보이는 것은 소설 속 강간당한 여성, 혼혈아, 장애아이다. 이들이 공동체의 질서 외부에 있는지 내부에 있는지를 잘라 말하기는 어려우며, 오히려 비식별역에서 이중의 억압을 받고 있다고 보는 것이 타당하다. 하 지만 공동체와 불화하는 남성 인물들 역시 추방자의 성격을 띠고 있다는 점에 주목할 필요가 있다. 추방자가 공동체의 정체성 형성 과정에서 산출된다는 점에 유념할 때[15], 추방자 형상이 등장하는 전상국 소설은 한국전쟁 이후의 국가 공동체, 민족 공동체 형성 과 정에서 어떤 폭력이 발생했는지를 비판적으로 조명하게 해준다.[16]

이 논문은 「아베의 가족」(1978)[17]과 「지빠귀 둥지 속의 뻐꾸기」 (1987)[18] 두 중편소설에 등장하는 '추방자'의 형상에 주목하여, 본 론의 각 장에서 남성 인물, 여성 인물, 그리고 서술자를 중심으로 추방자 형상이 어떤 의미를 갖는지를 해명하고자 한다. 이는 전상

---

14) 아감벤, 박진우 역, 『호모 사케르』, 새물결, 2003, 79면.

15) 윤재왕, "'포섭/배제'-새로운 법개념?: 아감벤 읽기」, 『고려법학』 56, 2010, 263~275면 참고.

16) 아감벤, 박진우 역, 『호모 사케르』, 새물결, 2003, 225면.
아감벤은 "추방령이란 엄밀히 말해 인력인 동시에 척력으로서, 주권적 예외의 양극인 벌거벗은 생명과 권력을, 또한 호모 사케르와 주권자를 함께 결합"시킨다고 지적하며, 이 때문에 추방자는 "주권의 표식"이 자, "공동체로부터의 추방"을 동시에 의미한다고 말한다. 주권자와 추방자 사이의 긴밀하고도 미묘한 관계는 법질서의 확립, 주체성의 형성과정과 추방이 연결되어 있음을 보여준다.

17) 전상국, 「아베의 가족」, 『아베의 가족』, 문학사상사, 1987. 앞으로의 인용은 면수로 대신함.

18) 전상국, 「지빠귀 둥지 속의 뻐꾸기」, 『지빠귀 둥지 속의 뻐꾸기』, 세계사, 1989. 앞으로의 인용은 면수로 대신함.

국 소설의 의의와 한계를 고찰하는 데 도움을 줄 뿐만 아니라, 나아가 전쟁과 분단을 소재로 한 분단문학의 의미를 검토하는 데도 시사하는 바가 있기를 기대한다.

2. 남성 인물의 죄의식과 자기 구원

　「아베의 가족」과 「지빠귀 둥지 속의 뻐꾸기」 두 소설에는 사회에 적응하지 못하는 남성 인물이 등장한다. 이들이 겪는 부적응과 불화의 밑바닥에는 6·25전쟁이 자리 잡고 있으며, 그런 점에서 이들은 여전히 전쟁 속을 살아가는 사람들이라고 할 수 있다. 본 장에서는 이 남성 인물의 상처에 주목하고자 하는데, 독특한 점은 엄밀한 의미에서 전쟁 당시 가해자였던 이들이 전후에 피해자로 살아간다는 것이다. 또한 이들이 전쟁 이후의 자기 삶을 '귀양'이나 '유배'로 인식하고 있으며, 타인에 대한 사랑이나 공동체에의 헌신과 같은 방식으로 자기 구원에 이르려 한다는 것도 공통점이다. 하지만 남성 인물들이 최종적으로 미국 이민과 분신자살을 선택한다는 것은, 이들의 자기 구원 방법이 완전하지 않음을 증명한다. 또한 죄의식으로부터의 구원이라는 과업이 각 소설의 서술자 역할을 맡은 아들과 동료에게로 계승되는 양상을 띠는 것도 흥미로운 지점이다.

　먼저 「아베의 가족」을 살펴보면, 이 소설의 서사는 셋으로 나뉘어 전개된다. 첫 번째 서사와 세 번째 서사의 서술자는 진호이다. 진호는 양공주인 고모의 초청으로 가족과 함께 4년 전 미국으로 이민을 갔다가 미군 지아이 신분으로 한국에 돌아온 인물이다. 첫째 서사와 셋째 서사에서는 미국 시민과 한국인의 이중적 신분을 가진 진호의 정체성 찾기가 중요한 모티프로 등장한다. 두 번째 서사는 진호 어머니의 수기로 분량상으로도 소설의 ⅓ 이상을 차지할 뿐만 아니라, 이해할 수 없었던 부모의 수수께끼를 풀어주는 역할을 한다는 점에서 중요하다. 이 수기에는 6·25전쟁 직전부터 이민 직전까지의 상황이 상세히 기록되어 있다. 진호는 이 수기를 '역사책'이라 부르는데, 왜냐하면 이 수기에 아버지와 어머니, 그리고 형 아베와 관련된 비밀이 담겨 있기 때문이다. 어머니의 수기가 자식 세대가 알지 못했던 전(前) 세대의 비밀, 전쟁이 남긴 상처를 알고 배우게 하는 역사책과 같은 역할을 하는 것이다.

수기에서 어머니는 진호 형제들이 알지 못했던 비밀을 적고 있었다. 아베가 '가봉자', 즉 전 남편과의 사이에서 낳은 아들이라는 사실이 그것이다. 진호 형제들에게 아베의 존재는 집안을 어둡게 하는 암적인 존재, 암울한 가족사의 진앙지로 인식되었다. 형제들은 "아베를 우리와 똑같은 사람이라고 생각해 본 적"이 없었으며, 그를 그저 "한 마리 쓸모없는 짐승"처럼 취급하였었다(16면). 형제들은 지능이 20도 안 되는 형 아베, '짐승'이나 '괴물'과 다르지 않은 아베를 부모가 자신들보다 더 아끼고 사랑하는 점을 이해할 수 없었다. 그런데 수기에는 아베가 어머니가 전쟁 통에 미군 병사들에게 윤간을 당한 충격으로 낳은 장애아였고, 진호의 아버지 김상만이 이 사실을 알면서도 아베를 자기 자식으로 받아들여 지극히 사랑했음이 기록되어 있었다.

진호 아버지인 김상만이 장애아를 둔 여자를 아내로 받아들이고, 그 아이를 친자식 이상으로 사랑했다는 것에는 상식을 뛰어넘는 부분이 있다. 그런데 수기는 아베에 대한 김상만의 사랑이 일종의 속죄 행위였음을 보여준다. 진호의 아버지인 김상만은 황해도 장연 사람으로 국군으로 참전했던 사람이다. 국군과 함께 퇴각 중이던 그는 고향집에 들르기 위해 탈영을 하는데, 그때 뒤쳐진 아군 3명을 총으로 쏘아 죽인다. 그리고 장애아가 있는 산속 어느 집에 들어갔다가, 극도의 불안으로 아이를 제외한 온 가족을 사살한다. 이후 그는 부대에 복귀하나 정신에 이상이 있다는 진단을 받고 병원으로 후송되었다가 제대를 한다. 그의 정신 이상은 그가 아군과 무고한 한 가족을 쏴 죽인 충격과 죄책감에서 벗어나지 못하고 있음을 증명한다. 그러므로 우연히 아베를 발견한 그가 아이의 아버지를 자처한 것은 죄의식의 맥락에서 이해될 수 있다.[19]

> 한쪽 무릎을 끌고 눈길을 걷다가 쓰러지고 다시 일어나 걷곤 하던 그 병사의 환영이 나를 괴롭혔던 것이오. 나는 내가 죽인 사람들 때문에 괴로워 한 게 아니라 내가 죽이지 못한 사람, 그 절름거리는 병사와 문턱에 걸터앉아 나를 향해 웃던 반편이 사내아이가 내 삶의 알맹이를 모조리 빼앗아가 버렸던 것이오. …… 나는 가슴으로 끓어오르는 뜨겁고 커다란 것을 분명히 느낄 수 있었던 것이오. 그것은 사랑이었소.(67~68, 밑줄: 인용자)

김상만은 아베에 대한 사랑을 아내에게 위와 같이 고백하는데, 이는 아베에 대한 그의 사랑이 사람을 죽인 충격과 죄의식에서 벗

---

19) 장 라플랑슈·장 베르트랑 퐁탈리스, 김진수 역, 『정신분석사전』, 열린책들, 2005, 429면.
정신분석은 '죄의식(죄책감)'을 "주체가 비난받아 마땅하다고 생각하는 행위 – 이것이 내세우는 이유가 다소 적절하다고 하더라도 – 의 결과로 나타나는 정동의 상태를 가리키거나(죄인의 양심의 가책이나 외견상 불합리한 자책), 주체가 자책하는 구체적인 행위와는 아무 관계없이 자신을 무가치하다고 여기는 막연한 감정"으로 정의한다. 이 정의에 따르면, 김상만의 죄의식은 무고한 살인에 대한 죄책감이자 그것에서 기인한 자기 처벌로 볼 수 있다.

어나기 위한 나름의 자기 구원책임을 입증한다.[20] 그런데 여동생
이 나타나면서 그는 다른 구원의 방식을 모색하기 시작한다. 양공
주인 여동생이 미국 이민을 제의하면서 구원의 대상을 여동생, 미
국으로 바꾼 것이다. 한국이 아닌 새로운 땅에서, 다시 새로운 삶
을 시작하리라는 소망을 품은 것이고 이는 어머니의 지적대로 "이
제 아베를 버리고 자기의 혈육인 그 여동생을 통해서 구원"(69면)
받으려 한 것과 다르지 않다.

  그런데 흥미롭게도 '범죄-죄의식-속죄-구원'이라는 김상만
의 행로는 소설 속 남성 인물인 석필이 형과 진호에게서도 유사한
패턴으로 반복된다. 석필이는 진호와 함께 학교의 문제아로 통하
던 아이이지만, 그의 형은 동생과 달리 수재로 인정받던 사람이었
다. 그런데 석필이 형은 학생 서클 관계로 대학에서 제적을 당하고
감옥에 갔다가 거기서 동지들을 배신하고 혼자 풀려난다. 감옥에
서 나온 후 석필이 형은 진호 무리가 윤간을 했던 여자애와 결혼을
한다. 동생이 강간한 여자와 결혼을 하는 석필이 형의 선택은 죄의
식에 뿌리를 둔 것이며, 그런 점에서 김상만의 행동과 유사성을 갖
는다. 진호의 이씨 딸에 대한 애정 역시 이와 비슷한 심리에 기인
한 것으로 보인다. 진호는 동생 정희가 검둥이들에게 윤간을 당하
자 또래들과 동네 여자아이를 윤간했던 자신의 과거를 돌아보게
되고, 이후 한국 이민자인 소아마비인 윤정에게 연민을 품게 된다.

---

20) 권명아, 「덧댄 뿌리에서 참된 뿌리로」, 『작가세계』, 1996. 봄, 66면.
  권명아 역시 김상만의 행동을 죄의식 차원에서 해석한 바 있다. "아버지와 어머니의 아베에 대한 사랑은
  자신들의 죄의식과 증오를 보상하고자 하는 욕망의 대체물"이었으며, 아버지의 사랑은 "자기보존 본능에
  의해 타인에게 치명적인 상처를 남긴 죄의식으로 〈자기〉를 억압한 채 맹목적이고 이타적인 사랑 속에서
  구원받고자 한 것"이라고 지적한다.

소설의 개연성을 떨어뜨리는 과장되고 감상적인 진호의 고백[21]은 자기 죄에 대한 속죄라는 차원에서 이해될 수 있다.

「지빠귀 둥지 속의 뻐꾸기」에도 죄의식에 사로잡힌 인물들이 등장한다. 이 소설의 서술자 조신해는 8년 전 강원도 귀양학교에서 근무하다가 서울로 전근을 간 인물이다. 8년 전 부임지였던 귀양리는 이 소설의 비극이 민족 분단의 비극과 무관하지 않음을 상징적으로 보여준다. "분단 비극의 구심점이요, 그 상징인 38선상에 위치"(58면)한 귀양리가 분단비극을 상징할 뿐만 아니라, 그 지역이 수몰되었다는 점은 전쟁기억이 망각되고 있음을 암시하기 때문이다. 조신해와 강 선생과의 첫 만남을 떠올리며, 조신해는 강 선생이 '괴물'처럼 느껴졌다고 회상한다. 강 선생은 귀양리와 아무런 연고도 없음에도, 어려운 사람들의 편에 서서 마을의 어려운 일을 도맡아 처리해 주던 사람이다. 그는 권력의 비호를 받으며 마을 사람들 위에 군림하는 권 사장과 직접 맞서기도 하고 이방인과 같은 수지 모녀의 일을 자기 일처럼 해주기도 한다. 그는 권력과 마찰을 빚다가 수사기관에 불려가 조사를 받고 나온 후 38선 부근에서 분신자살하고 만다.

스스로 소외된 삶을 살면서도 시종일관 권력과 맞섰던 강 선생의 풍모는 존경스럽지만 동시에 이해 불가능한 측면을 갖는 것이 사실이다. 그런데 마을에 오래 살았던 왕할머니의 말은 불의에 맞서는 강 선생의 행동이 어디에서 발원한 것인지를 알게 한다. 왕할머니에 의하면, 강 선생은 전쟁 때 몰살당한 '용멩텍이'의 아들이

---

21) "윤정아, 핏기 없는 네 얼굴에 빛깔을 주기 위해 나는 어른이 되고 싶은 거야. 윤정아. 나는 입속으로 난생 처음 이씨 딸의 이름을 불러 보았다."(87면)

라는 것이다. 8·15해방이 되고 한 머슴이 사람 몇을 도끼로 죽이고 귀양리의 '용재세이'의 딸 용멩덱이와 야반도주를 하고, 6·25전쟁 때도 여러 사람을 다치게 했다고 한다. 전쟁이 나고 용멩덱이가 아이들을 데리고 몰래 친정으로 돌아왔는데, 마을 사람들이 그걸 알고 석유를 끼얹고 온 가족을 불태워 죽였다는 것이다. 할머니는 강 선생이 그 와중에 살아남은 용멩덱이의 아들이 틀림없다고 말한다. 이 같은 과거는 강 선생이 분신까지 불사하며 귀양리를 떠나지 않았던 이유를 해명해준다. 강 선생은 귀양리에 집착하는 이유에 대해 "귀양리에 들어와 유형을 사는 죄인이 유배지를 벗어나는 건 더 죄가 된다"(101면)고 답하곤 했는데, 그렇다면 마을을 위한 헌신은 자기 아버지의 죄를 갚은 행위라고 이해될 수 있다.

강 선생이 전쟁의 상처를 고스란히 품고 있는 사람이고, 그가 전쟁 비극의 상징인 귀양리에서 살아간다는 것은 다분히 상징적인 의미를 갖는다. 독신으로 고독하게 살면서 사회 불의와 싸우는 강 선생의 삶은 스스로를 구원하기 위한 고투였다고 해석될 수 있다. 자신의 죄는 아니지만 공동체에게 행한 아버지의 죄를 대신 용서받고자 한 것이기 때문이다. 그리고 강 선생이 분신을 선택함으로써 그와 가깝게 지내던 조신해와 황재범은 죄의식을 떠안게 된다. 왜냐하면 조신해와 황재범은 권 사장과 강 선생이 극심하게 대립하던 때, 권 사장의 회유에 넘어가 강 선생이 극단적인 선택을 하도록 방조했다는 죄책감을 갖고 있기 때문이다. 이처럼 「아베의 가족」과 「지빠귀 둥지 속의 뻐꾸기」에 등장하는 가해자 남성 인물은 죄책감으로 말미암아 또 다른 피해자로 살아가는 특징을 보인다. 그리고 자신의 여생을 '유배', '유형'으로 인식하고 속죄를 통한 구원을 모색하는 경향을 보인다. 공동체에 속하지 못하거나 공동체와 불화를 초래함으로써 자신을 예외적 존재로 머물게 한다는 점에서, 그들의 삶은 다음 장에서 살펴볼 여성 인물의 그것과 유사성을 보인다.

3. 여성 인물의 수난과 배제/포함의 원리

두 소설의 남성 인물은 가해자와 피해자의 양면성을 갖지만, 여성 인물들은 철저히 희생자로 그려진다.[22] 두 소설에서 여성들의 삶을 비극으로 떨어뜨리는 데 있어서 외국 병사들의 성폭력은 핵심적 사건으로 등장한다. 물론 강간당한 여성을 내세워 '여성의 비극'을 재현하는 방식은 전상국 소설만의 고유한 특징이 아니다. '수난 당하는 여성 이야기'를 내세워 "민족과 민중의 수난사를 서사화"하는 방식은 이미 현대 소설에서 "낯익은 문법"을 자리 잡았다고 볼 수 있다. 특히, 여성 강간 모티프는 "여성 표상을 통해 빼앗기고, 훼손되고, 상실된 민족을 상징적으로 서사화하는 방식"인 '여성 수난사 서사'를 정착하게 하며, 결과적으로 "'여성적인 것'은 상실과 훼손의 의미로 고착되며 이러한 고착은 동시에 순수와 무구성에 대한 집요한 강박 관념"을 낳는다는 한계를 갖는데,[23] 전상국 소설에 등장하는 강간 모티프 역시 이러한 한계로부터 자유롭지 못하다.

---

22) 유인순, 「전상국 소설 속의 전쟁」, 한국현대문학회 학술발표회자료집, 2003, 22면.
　　유인순은 전상국 소설에서 피해자인 여성들은 "피해에 대한 보상은커녕 오히려 끝없는 나락"으로 떨어지는 특징을 보인다.
23) 권명아, 「여성 수난사 이야기, 민족국가 만들기와 여성성의 동원」, 『여성문학연구』 7, 2002, 108~113면.

하지만 「아베의 가족」과 「지빠귀 둥지 속의 뻐꾸기」에 등장하는 여성의 비극은 이러한 한계에 노출되면서도, 두 가지 측면에서 긍정적인 의미를 찾을 수 있다. 우선, '여성 수난사'를 반복하되 여성이 발화할 공간을 마련하였다는 것이다. 이 공간이 타자로서의 여성적 언어를 완벽하게 복원한 것인가의 문제를 차치하고라도, '수기(手記)'와 '구술(口述)'이 기존에 배제해온 여성의 경험을 복원하기 위한 장치로 도입되었음을 인정할 필요가 있다는 것이다. 두 소설에서 여성의 수기와 구술은 중심 서사와는 개별적으로, 그리고 상당한 분량을 차지하며 등장하는데, 이러한 형식은 남성 서술자나 남성 인물의 간섭 없이 여성이 발화한 공간을 마련해 주는 역할을 한다. 강간 모티프를 활용한 다른 남성 작가들의 소설에서 피해자인 여성의 내면은 드러나지 않는 경우가 대부분이다. 하지만 전상국의 두 소설은 동일한 모티프를 활용하되, 수기와 구술이라는 형식을 가져와 기존 소설에서 전적으로 타자화될 수밖에 없었던 여성들에게 발화의 기회를 부여하고자 한다.

그러나 여성의 목소리를 드러낼 장치를 도입했다는 사실보다 더 중요한 점은 전상국의 두 소설이 '추방자', '헐벗은 생명'으로서의 여성의 위상을 극명하게 보여주었다는 것이다. 두 소설에 등장하는 강간당한 여성, 그녀들이 낳은 장애아, 혼혈아는 추방자의 극단적 형상들이다. 여성·장애아·혼혈아는 공동체의 법질서 바깥으로 완전히 내쫓긴 존재들도 아니고, 그렇다고 내부에 정착한 존재들도 아니다. 그리고 "포함함으로써 배제하는 추방의 양가성"[24]은

24) 아감벤, 박진우 역, 『호모 사케르』, 새물결, 2008, 164면.

추방자의 삶을 극도의 위험으로 내몰게 된다. 왜냐하면 그들은 현실적인 법의 보호를 전혀 누리지 못하면서 동시에 공동체로부터 암묵적인 적대와 멸시를 받을 수밖에 없기 때문이다.[25]

주목해야 할 점은 강간당한 여성들, 그리고 그녀들이 낳은 장애아, 혼혈아의 추방이 정체성 형성과 관련된다는 사실이다. 즉 추방의 문제가 공동체의 기원을 재구성하는 과정과 맞물려 있다는 것이다. 「아베의 가족」의 진호 어머니나 「지빠귀 둥지 속의 뻐꾸기」의 수지 어머니는 수난당하는 민족을 상징한다. 물론 수기에서 "난리가 왜 일어났는지, 누가 옳고, 누가 그른 것인지 나와 가까운 사람들이 난리와 무슨 상관이 있느냐 하는 그런 생각을 가지고 그 난리를 맞았던 것"(45면)이라고 고백하는 데서 알 수 있듯, 진호 어머니는 자신의 불행을 지극히 개인적 차원에서 이해하고자 한다.

하지만 아베의 존재나 진호 어머니의 불행이 전쟁과 분단이라는 거대 역사와 긴밀히 연루되어 있다는 점을 간과할 수는 없다.[26] 그런 점에서 진호 어머니와 아베가 겪는 불행은 민족의 비극과 등가적 의미를 갖는다. 그런데 '깜둥이들의 씨'를 낳았다는 마을 사람들의 어처구니없는 조롱에서 알 수 있듯, 모자(母子)를 바라보는 공동체의 시선은 모순적이다. 마을 사람들은 이들 모자가 전쟁의 절대적인 피해자임을 알고 있다. 그렇다면 마을 사람들은 모자에게 연민과 동정의 시선을 보내야 마땅하나, 공동체는 이들에게 극도

---

25) 아감벤, 박진우 역, 『호모 사케르』, 새물결, 2008, 223면.
   아감벤은 '추방자'가 "자신의 분리된 상태 그자체로 넘겨지는 동시에, 자신을 내버린 자의 자비에 위탁된다."고 지적한다.
26) 전상국, 『물은 스스로 길을 낸다』, 이룸출판사, 2005 참고.
   작가 전상국 역시 아베가 '수난의 우리 역사 내지는 민족을 염두에 두면서 설정된 인물'이라고 말한 바 있다.

의 적대감을 표출한다. 아베는 형제들에게마저 '괴물', '저능아', '암적인 존재'로 취급되고, 미국 이민을 앞두고 급기야 유기(遺棄)되기까지 한다. 진호 어머니는 아들 아베를 버릴 수밖에 없었던 정황을 수기에서 다음과 같이 고백한다.

> 남편과 나, 진호, 정희, 진구, 그리고 막내—한 호적에 올라 있는 우리 여섯 식구는 분명한 가족이며 이민 허가가 제한되는 정신병자, 심신 허약자, 알코올 중독자, 마약 중독자, 귀머거리, 벙어리가 아니라는 증거가 신체검사 결과서에 나타나 있었던 것이다.
> 면접을 끝내고 집에 돌아오니 아베가 방구석에 갇힌 채 잠들어 있었다. 아이들이 집을 나가 때 문고리를 밖에서 잠갔던 것이다. 아베 나이 스물여섯, 열흘만 지나면 그의 생일이었다(71면).

아베가 이민에서 배제되고 유기된다는 점은 상징적 법이 그를 어떤 방식으로 다루고 있는지를 극명하게 보여준다. 물론 가족들에게 버려지기 전에도 아베는 "한 마리 쓸모없는 짐승"처럼 취급된다. 하지만 그가 이민대상에서 암묵적으로 제외되었다는 것은 아베가 '정신병자, 심신 허약자' 등과 마찬가지로 법의 보호를 받을 수 없는 존재임을 명시해준다. 아베나 진호 어머니가 전쟁 폭력의 명백한 피해자임에도 법과 공동체가 이들을 "암적인 존재"로 규정하는 까닭은, 이들이 공동체가 인정하고 싶지 않은 수치스러운 기억을 불러일으키는 존재이기 때문이다. 즉 강간당한 여성과 그녀의 아이는 온전하고 순결한 공동체의 기원과 신화를 불가능하게 하는 존재인 것이다.

「지빠귀 둥지 속의 뻐꾸기」에서 수지 어머니가 겪은 불행도 민족의 역사와 깊이 연루되어 있다. 녹음테이프에 담긴 수지 어머니의 고백은 수지 어머니의 비극이 한(恨) 많은 여성의 삶을 넘어서 사회역사적 비극의 산물임을 보여준다. 딸 수지의 기원에 대한 이야기인 수지 어머니의 고백은 자신의 어머니, 즉 수지 할머니로까지 거슬러 올라간다. 미군정 고문관의 첩이었던 수지의 할머니, 흑인 병사들에게 강간을 당하고 혼혈아를 낳은 수지 어머니, 그리고 조국과 어머니를 부인하고 미국인이 되기를 원하는 수지로 이어지는 모계 혈통은 일종의 '여성 수난사'의 계보를 이룬다고 하겠다. 「지빠귀 둥지 속의 뻐꾸기」의 수지 어머니나 수지는 진호 어머니와 마찬가지로 전쟁과 분단의 피해자임에 분명하다. 하지만 마을 공동체는 수지네 집을 "고약골 미친 여자네집, 뙤놈 귀신이 씌운집, 깜둥이네 집"이라 부르며 그곳을 "금역(禁域)"(90면)과 같이 취급한다. 수지 모녀를 향한 공동체의 시선은 냉대와 적대로 일관하며, 수지 어머니는 고약골에 자신을 유폐시킴으로써 공동체와의 접촉을 최소화한다.

「아베의 가족」의 진호 어머니와 아베, 「지빠귀 둥지 속의 뻐꾸기」의 수지 어머니와 수지는 전쟁의 피해자임이 분명하다. 하지만 공동체는 명백한 피해자라는 점을 알면서도 이들을 받아들이지 않는다. 공동체가 내보이는 적대감의 근저에는 순결한 민족과 국가에 대한 욕망이 자리 잡고 있다. 남성, 정상인, 한민족 중심의 국가 정체성을 세우는 과업에서 여성, 비정상 장애인, 혼혈인은 오염원으로 취급되어 망각되고 추방될 수밖에 없는 것이다.[27] 왜냐하면 이들의 존재가 단일하고 순혈한 신화적 기원에 의문을 제기하는 역할을 하기 때문이다. 따라서 여성들이 백치나 알코올 중독자로 변해가고,[28] 이들의 자식들이 어디론가 실종되거나 외국으로 추방되는 것은 당연한 결과이다. 전상국 소설은 단일하고 순혈한 민족 공동체, 국가 공동체가 수립되는 과정에서, 강간당한 여성, 혼혈아, 장애아와 같은 오염원들이 추방자로 내몰리게 되었음을 상징적으로 보여준다. 또한 「아베의 가족」과 「지빠귀 둥지 속의 뻐꾸기」는 부정적 과거를 망각하는 데서 출발한 '뿌리내리기', 정체성 찾기가 실패로 귀결됨을 보여줌으로써, 강간당한 여성, 혼혈아, 장애아가 공동체의 기원임을 역설적으로 보여준다.

4. 남성 서술자의 중간자적 성격과 은폐된 공동체의 기원

「아베의 가족」과 「지빠귀 둥지 속의 뻐꾸기」에서 불행한 가족사, 민족사를 서술하는 역할은 남성 인물에게 주어져 있다. 「아베의 가족」의 서술자는 장자(長子)인 '진호'이고, 「지빠귀 둥지 속의 뻐꾸기」의 서술자는 '조신해'인데, 이들은 사건의 전말을 관찰, 보고하는 역할을 담당한다. 그런데 서술자가 남성 인물로 설정되어 있다는 점, 전체 서사가 이 남성 서술자의 정체성 찾기와 관련되는

---

27) 윤재왕, 「"포섭/배제"—새로운 법개념?: 아감벤 읽기」, 『고려법학』 56, 2010, 263면.
주체화 형성 과정에서 추방자를 배제하는 사건이 발생했는지, 혹은 이들을 배제하는 과정을 전제로 하여 주체화 형성이 이루어졌는지를 밝히기는 애매하다(윤재왕, 앞의 논문, 263면). 그렇지만 주체화 형성 과정에서 아베 모자나 수지 모녀와 같은 존재들이 망각되어야 하는 것은 필연적인 것으로 보인다.

28) 아감벤, 박진우 역, 『호모 사케르』, 새물결, 2008, 347면.
아감벤은 추방자의 극단적인 형상인 수용소의 수용자에 대해서 다음과 같이 언급하는데 이는 무기력 상태에 빠진 진호 어머니나 수지 어머니의 상태를 잘 설명해준다. "(수용소의 수용자는) 굴욕감, 두려움 및 공포가 그에게서 모든 의식과 모든 인격을 완전히 제거시킴으로써 결국 절대적인 무기력 상태에 이르게" 된다.

사실에는 간과하기 어려운 지점이 포함되어 있다. 왜냐하면 소설의 남성 서술자의 존재가 이 소설들이 "여성을 남성-민족 주체성의 확립을 위한 도구로 활용한다는 것"[29]을 입증하는 것이 아닌가라는 의문을 제기하게 하기 때문이다. 다시 말해, 민족과 등가의 의미를 갖는 남성 정체성의 형성을 위해 여성성이 도구화된다고 볼 수 있다는 것이다.

하지만 두 소설에서 서술자의 역할을 담당하고 있는 일인칭 남성 서술자가 아베, 수지, 그들의 어머니를 추방자로 취급하는 공동체와 일정한 거리를 취하고 있다는 점에 주의를 기울일 필요가 있다. 상징적 법질서를 대변하는 마을 공동체가 추방자로서의 아베나 수지에게 무조건적인 적대와 증오를 보내는 것과 달리, 서술자인 남성 인물들은 '중간자적 시각'을 견지한다. 「아베의 가족」의 진호는 미국으로 가기 전, 어머니의 수기를 읽기 전까지는, 아베를 적대와 혐오의 대상으로 취급하였다. 하지만 미국 이민과 어머니의 수기를 계기로 아베에 대해 진호의 시각은 변화된다. 진호는 한국인이자 미국 시민권자라는 이중적 신분을 얻는다. 한국인으로서 민족의 일원이면서 동시에 미국 시민권자로서 국가의 외부인이 되었기 때문이다. 그런데 그는 자기 자신이 외부인·이방인이 됨으로써 기원으로서의 아베를 탐색하게 된다.

지아이 신분으로 귀국한 그는 아베의 행방을 적극적으로 찾아 춘천까지 가는데, 이는 아베 찾기가 자신의 정체성 확인과 관련됨을 시사한다. "뿌리가 없는데 어떻게 꽃이 피겠냐? 우리 식구들은

---

29) 권명아, 「여성 수난사 이야기, 민족국가 만들기와 여성성의 동원」, 『여성문학연구』 7, 2002, 108면.

지금 화병에 꽂힌 꽃망울과 같다. 어쩌면 한때 꽃이 필 수도 있겠지. 그러나 결국은 머지않아 쓰레기통 속에 집어 던져질 것"(81면)이라며 부정과 망각이 진정한 회복이나 치유가 되지 못함을 역설한다. 결말에서 "황량한 들판에 던져진 그 시든 나무들의 꿋꿋한 뿌리가 돼 줄는지도 모를 우리의 형 아베의 행방을 찾는 일도 우선 그 무덤에서부터 시작해야 한다"(95면)고 다짐하는 장면은, 그가 아베를 추방되어야 할 괴물이 아닌, 가족의 뿌리, 자기 존재의 기원으로 받아들였음을 상징적으로 보여준다.

「지빠귀 둥지 속의 뻐꾸기」의 서술자 조신해 역시 단순한 관찰자를 넘어선다. 조신해는 강 선생과 수지 모녀의 역사를 전달해주는 역할을 한다는 점에서 전통적인 관찰자의 역할을 수행하지만, 이들의 역사를 추적하는 과정에서 자신 역시 인식 변화를 경험하게 된다. 그런 까닭에 소설의 서사는 수지 모녀의 역사 찾기에서 그치지 않고, 조신해의 정체성 찾기와 연관된다. 나아가 조신해의 정체성 찾기가 미래에 있을 수지의 기원 찾기를 예고한다는 것도 흥미로운 지점이다. 이렇듯 조신해의 정체성 찾기가 단지 남성 서술자의 주체성 강화로 귀결되지 않는 것 역시 조신해의 중간자적 입장과 관련된다. 이 소설에서 조신해뿐만 아니라 황이장, 벙어리 김씨는 수지 모녀에게 어느 정도 우호적 시선을 취하고 있다는 점에서, 무조건적 적대감을 드러내는 마을 사람들과 차별성을 갖는다.

물론 조신해, 황이장, 벙어리 김씨가 강 선생처럼 수지 모녀를 적극적으로 보살피는 정도였던 것은 아니다. 다만 수지 모녀를 터부시하던 마을 사람들과는 달리 호기심과 호의를 가지고 그녀들을 대했다는 것이다. 그런데 마을 사람들과 차별되는 이들의 태도가 인격이나 성품에서 비롯된 것은 아니다. 조신해는 자기 열등감과 외지인이라는 신분 때문에, 황이장은 제적당한 대학생이라는 처지 때문에, 김씨는 벙어리라는 장애로 인해, 공동체에 완전히 소속되지 못한 채 주변에서 겉돌던 인물들이다. 주변인으로서의 이들의 정체성이 반골 기질의 강 선생과 동류의식을 형성하게 되는 것은 자연스러운 결과이다. 또한 중간자적 위치를 점하고 있는 조신해의 태도는 타자에 대한 공동체의 이중적 입장을 명확하게 보여주는 역할을 한다.

조신해는 강 선생과 처음 만났을 때의 감정을, "서둘러 강대규씨가 나와 다름없는 평범한 인간이라는 걸 확인하기 위해 안절부절못했다. 교사 보조원으로, 정식교사로 만든 것의 저의도 거기에 있었다." "고약골 그 여자를 찾아갔던 것도 그네야말로 우리가 동정해야 할 그런 비참한 처지라는 걸 확인하고 싶었을 뿐이다."(70면)라고 고백한다. 이는 타자에 대한 주체의 전형적인 반응이라고 할 수 있다. 주체는 이질적인 존재인 타자에게 두려움과 공포를 느낄 수밖에 없고, 공포에서 벗어나기 위해 둘 중 하나를 선택하게 된다. 타자를 순화시켜서 주체의 울타리 안으로 들여오거나, 타자를 아예 공동체 바깥으로 추방해 버리는 것이다. 조신해는 강 선생과 수지 모녀에 대한 자신의 호의가 타자의 타자성을 거세하여 그들을 두렵지 않은 대상으로 만들기 위한 방책에서 비롯되었음을 고백한다. 마을 사람들의 무조건적인 적대감이 타자를 추방하는 방식을 취한 것이라면, 조신해는 그들을 순화하는 방법이라고 할 수 있다.

조신해와 강 선생의 연대가 쉽게 끊어진다는 것도 중간자로서의 조신해의 위치를 보여준다. 강 선생이 위기에 처했을 때, 권 사장은 조신해와 황이장을 권력으로 회유하고 둘은 그것을 계기로 공동체의 내부로 편입된다. 강 선생, 수지 모녀가 공동체 내부로 포섭되는 것이 불가능한 것과 달리, 중간자적 성격을 가진 조신해나 황이장은 적당한 기회가 되면 무리 없이 공동체 성원으로 편입된다. 하지만 강 선생의 존재를 완전히 망각한 마을 사라들과 달리, 중간자적 성격의 조신해와 황이장은 강 선생이나 수지 어머니에게 죄의식, 부채 의식을 갖고 살아간다. 그들이 지고 있는 부채감은 타자에 대한 공동체의 태도가 어떠해야 하는지를 보여준다.

> "그 아주머니가 그전과 달리 뭔가 무너져 내리고 있구나, … 이상한 관심만 가지고 괴물처럼 바라봤기 때문에 그걸 눈치 채지 못했을 뿐일 겁니다."
> "아하, 그러니까 십 몇 년이 지난 지금에서야 이웃으로 받아들이기 시작했다는 거요?"
> "그렇습니다. 우리는 가장 따뜻이 대하여야 할 이웃을 가장 차가운 시선으로 멀리 했던 거지요."
> "그거 감상주의적 발상 아니요?"
> "감상주의면 어떻습니까. …… 결론은 우리가 그 아주머니를 방치했다는 죄의식을 가져야 한다는 거였죠. 강대규 선생이 죽은 일을 두고 가졌던 막연한 죄의식이 구체화되었다고나 할까요. 그건 그 아주머니가 피해자고 우리가 유형 무형의 형벌을 가해 온 면이라는 인식입니다."(105면)

조신해와 황이장의 대화는 수지 어머니로 대변되는 추방자를 공동체가 어떻게 대해야 하는지에 대한 고민을 담고 있다. 황이장은 일차적으로 '죄의식'을 가져야 한다고 주장하는데, 이는 추방자를 망각하는 것에 대한 강한 거부로 해석된다. 공동체의 수치와 치욕을 불러일으킨다는 이유로 이들을 이방인시하거나 터부시해서는 안 되며, 오히려 수치스러운 기원을 인정하고 다시 기억하는 것이 정체성 찾기의 첫 단계임을 강조하는 것이다. 이 소설의 서술자가 조신해인 만큼 「지빠귀 둥지 속의 뻐꾸기」는 이러한 각성은 조신해의 정체성 찾기로 귀결되는 듯한 인상을 준다. 하지만 수지 어머니가 딸을 위해 고약골 땅을 끝까지 지킨다는 대목은 이 소설이 혼혈아인 수지의 정체성으로 이어지게 될 것임을 예고한다. 수지 어머니는 "수지가 우리 밭에 자란 옥수수를 손으로 만져보며 골짜기로 올라가는 걸 본 순간"(30면)을 떠올리며, "수지를 위해서라도 이 밭을 팔아서는 안 된다"(33면)고 결심한다. 이는 미래에 조국으로 돌아올 수지에게 기원에 대한 탐색이 이루어질 것이라는 긍정적 전망으로 해석된다.

살펴본 바와 같이, 남성 서술자의 존재는 두 소설을 '민족·남성 정체성 찾기'로 해석할 혐의를 제공한다. 하지만 두 남성 서술자가 공동체와, 공동체의 주변으로 내몰린 추방자 사이의 중간자적 입장에 있다는 점에 주의를 기울일 때, 두 소설이 남성 정체성 강화를 최종 목적으로 삼았다고 비판하는 것은 부당하다. 오히려 중간자적 입장을 가진 남성 서술자의 존재는 공동체가 추방했던 진호 어머니, 수지 어머니, 아베, 수지가 공동체의 기원임을 증명해주는 역할을 하기 때문이다. 서술자의 반성적 시각은 전상국의 작가의식과 가까워 보이는데, 작가는 남성-민족 정체성 형성을 일방적으로 강조한 것이 아니라, 그 과정에서 강간당한 여성과 같은 추방자들이 어떻게 배제되고 추방되는지, 따라서 이 존재들이 존재의 진정한 기원임을 효과적으로 보여주었다고 평가할 수 있다.

5. 결론

유년기 전쟁체험 세대 작가 중 한 사람인 전상국은 한국전쟁과 분단을 소재로 한 소설들을 지속적으로 창작하였는데, 그의 소설은 전쟁 소재 소설의 특성을 전형적으로 보여준다. 즉 전상국 소설은 탈이데올리기적 성격, 여성 수난사 이야기, 뿌리 찾기 등 분단소설의 전형적 특성 및 한계를 그대로 반복하는 경향이 강하다. 특히 전상국 소설에 등장하는 강간 모티프는 긍정성을 갖는 한편, 여성성을 도구화했다는 비판으로부터 자유롭지 못하다. 배제되었던 여성의 전쟁 경험을 전면화했다는 것, 수기와 구술을 도입하여 여성의 목소리를 담고자 시도한 점은 긍정적으로 평가될 수 있다. 하지만 남성-민족 정체성을 위해 여성을 활용하였다는 혐의를 받을 수 있다는 것이다.

이 논문은 전상국 소설의 의의와 한계를 검토하기 위하여, 「아베의 가족」과 「지빠귀 둥지 속의 뻐꾸기」 두 중편소설을 중점적으로 고찰하였다. 두 소설에 등장하는 남성 인물, 여성 인물, 서술자는 '추방자'의 형상을 띠고 있다는 공통점을 보이는데, 추방자의 극단적 형상은 여성, 혼혈아, 장애아에게서 확인된다. 특히, 전상국의 두 소설은 여성의 전쟁 경험을 전면화하기 위해 강간 모티프를 중요하게 활용하고 있다. 이는 남성-민족 주체성의 강화를 위해 여성성을 도구화하는 비판을 가능하게 한다. 즉 수난당하는 여성 표상이 남성과 민족을 등가로 연결하는 기존 소설의 한계를 그대로 반복하는 것처럼 보인다는 것이다. 하지만 두 소설에 도입된 수기와 구술은 여성 인물이 자유롭게 발화할 공간을 마련한다는 의미를 갖는다. 또한 두 소설은 남성, 정상인, 한국인 중심의 국가 정체성이 확립되는 과정에서, 여성, 장애아, 혼혈아가 오염원으로 취급되어 추방될 수밖에 없음을 상징적으로 보여준다. 그리고 중간자적, 반성적 시각을 견지한 남성 서술자를 통해, 이들 추방자들에게 가해진 폭력을 비판적으로 조명하는 한편, 이들이 괴물이 아니라 공동체의 기원일 수 있음을 시사한다.

참고문헌

전상국, 『지빠귀 둥지 속의 뻐꾸기』, 세계사, 1989.

전상국, 『아베의 가족』, 문학사상사, 1987.

강진호, 「1970년대 분단소설의 성과와 의미」, 『현대소설사와 근대성의 아포리아』, 소명출판, 2009.

권명아, 「덧댄 뿌리에서 참된 뿌리로」, 『작가세계』, 1996. 봄.

권명아, 「여성 수난사 이야기, 민족국가 만들기와 여성성의 동원」, 『여성문학연구』 7, 2002.

김열규, 「그 원상의 우의」, 『아베의 가족』 해설, 문학사상사, 1987.

김윤식, 「6 · 25전쟁 문학: 세대론의 시각」, 『1950년대 문학연구』, 예하, 1991.

김윤식, 「엄숙주의에 대하여」, 『현대문학』, 1980. 5.

박선애, 「기지촌 소설에 나타난 매춘 여성의 문제」, 『현대소설연구』 24, 2004.

아감벤, 박진우 역, 『호모 사케르』, 새물결, 2008.

양선미, 「전상국 소설에 나타난 '통혼'과 '귀향'의 의미」, 『인문과학연구』 15, 2011.

유인순, 「전상국 소설 속의 전쟁」, 한국현대문학회 학술발표회자료집, 2003.

유임하, 『분단현실과 서사적 상상력』, 태학사, 1998.

장 라플랑슈 · 장 베르트랑 퐁탈리스, 김진수 역, 「정신분석사전」, 열린책들, 2005.

정재림, 「전쟁기억의 소설적 재현 양상 연구」, 고려대학교 대학원, 2006.

1950~1960년대 소설의 '양공주-누이' 표상과 오염의 상상력
: 오상원, 이범선, 남정현 소설을 중심으로

1. 서론

대한민국의 '양공주'는 미군의 한국 상륙과 더불어 탄생하였으며, 한국전쟁과 미군 주둔으로 본격화되기 시작하였다. 양공주라 불리는 기지촌 직업여성은 해방 및 전쟁 이후 한국 사회의 여러 문제를 집약적·상징적으로 보여주는 기호이다. 양공주와 기지촌은 "대한민국의 근대사를 구성하는 다양한 힘의 역학관계의 산물"이며, 양공주의 몸은 "이질적이며 위계적인 두 남성문화와 주체들"이 만나고 충돌하는 장소, "대한민국의 주권과 민족공동체에 관한 질문"을 동반하는 장소라고 할 수 있기 때문이다.[1) 양공주의 수는 1953년 20,000명에서 1955년 110,642명으로 급증하였으며, 이 가운

---

1) 이나영, 「기지촌의 공고화 과정에 관한 연구(1950~1960): 국가, 성별화된 민족주의, 여성의 저항」, 『한국여성학』 제23권 4호, 2007, 6면.

데 약 50%를 차지하는 것이 미군 상대 성매매 여성이었다고 한다. 양공주에 대한 국가의 정책은 '이중적'이었다고 평가되는데, 왜냐 하면 정부가 표면적으로 성매매를 금지하지만 실제적으로 '분리정 책'을 통하여 기지촌을 공고화, 여성의 몸을 '관광자원화'하였기 때문이다. 하지만 기지촌과 양공주에 대한 공론화 및 본격적인 학 문적 논의가 이루어지기 시작한 것은 비교적 최근의 일이다.[2] 담 론의 공론화를 선도한 것은 민족주의 진영이었지만, 민족주의 담 론은 기지촌 문제를 공론화하는 과정에서 사안을 의도적으로 축소 하거나 배제하였다는 비판을 받아왔다. 왜냐하면 '민족주의 서사' 는 여성을 "민족의 고유성과 도덕성, 전통"을 상징하는 '순결한', '도덕적인', '정숙한' 여성과 "민족성 자체를 손상"시키는 '더러운' '위험한' 여성으로 나누며, 결과적으로 외국 남성과 성적인 관계를 맺는 양공주를 가장 '위험한 섹슈얼리티'로 분류하고 배제하는 결 론에 이르는 경향을 보이기 때문이다.[3]

　　1950, 60년대 한국소설에 등장하는 양공주 역시 한국 사회의 병 리적 현상을 효과적으로 보여주는 표상으로 기능한다. 전후소설에 서 여성은 '전쟁의 고통을 이겨낸 강인한 여인' 혹은 '성적 대상으 로 전락하거나 겁탈당한 여인'으로 그려지는데, 후자에 속하는 여

---

2) 기지촌에 대한 국가의 정책에 대해서는 위의 논문을 참고. 기지촌 문제와 관련하여 사회학자 이나영의 연 구 성과는 주목할 만한데, 이나영은 '몰성성' '남성중심주의'의 한계를 보이는 민족주의 담론과 거리를 유 지하며 '여성주의' '탈식민주의'의 입장에서 양공주와 기지촌의 문제에 접근하는 시각을 보인다.
　　이나영, 「기지촌의 공고화 과정에 관한 연구(1950～1960): 국가, 성별화된 민족주의, 여성의 저항」, 『한국 여성학』 제23권 4호, 2007.
　　이나영, 「탈식민주의 페미니스트 읽기: 기지촌 성매매 여성과 성별화된 민족주의, 재현의 정치학」, 『한국여 성학』 24, 2008.
　　이나영, 「기지촌 여성의 경험과 윤리적 재현의 불/가능성: 탈식민주의 페미니스트의 역사 쓰기」, 『여성학 논집』 28, 2011.
3) 이나영, 「기지촌의 공고화 과정에 관한 연구(1950～1960): 국가, 성별화된 민족주의, 여성의 저항」, 8～9면.

인들은 "전쟁이 만들어낸 손상된 여성적 삶의 대표적인 대리표상들"이라고 볼 수 있다.[4] 양공주 표상이 전쟁의 '폭력성'을 극단적으로 환기하는 역할을 한다는 지적은 옳다. 하지만 이러한 문학사적 평가가 '남성과 여성 둘 다에게 전쟁은 수난이었다'는 결론으로 이어지는 것은 타당하지 못한 국면을 갖는다.[5] '모두가 피해자'라는 식의 결론이 피해자로서의 정체성을 만연하게 하여 한국전쟁에 대한 깊이 있는 성찰을 가로막을 뿐만 아니라, 남성과 여성 사이의 성차를 무화하는 결론으로 이어질 가능성이 크기 때문이다. 그보다는 문학에서의 전쟁 폭력이 왜 '여성 강간'이나 '여성 훼손'이라는 은유의 형식으로 등장하는지, 그리고 외국 병사에게 매춘을 하는 양공주에게 어떤 이미지가 부여되고 있는지를 고찰하는 것이 생산적일 수 있다.

이와 관련하여 여성주의적 시각에 기반한 다음의 연구는 나름의 성과를 거두었다는 평가를 받을 수 있다. 권명아는 한국소설에서 '여성 수난'은 '민족 수난'과 의미론적 등가 관계를 이루며 이러한 여성수난사 이야기는 한국소설의 익숙한 서사문법으로 자리 잡게 되었다고 말한다.[6] 하지만 여성 표상을 통해 "빼앗기고, 훼손된, 상실된 민족을 상징적으로 서사화하는 방식"은 '여성 수난사 서사'가 정착되는 결과를 가져오며, 이는 '여성적인 것'이 "상실과 훼손

---

4) 이재선, 『현대 한국소설사: 1945~1990』, 민음사, 1991, 112면.

5) 이재선, 『현대 한국소설사: 1945~1990』, 민음사, 1991, 115면.
   이재선은 "전쟁에 대한 문학적 상상력 가운데서 여성의 삶에 대한 인지"가 두드러지는 점에 주목하여 '전쟁의 폭력'이 "여성의 자궁유린"과 등가적 의미를 갖는다고 평가하면서도, 결국 "어떻든, 전쟁은 여성이나 남성이나간에 수난사 그 자체"라는 애매한 결론에 이르고 있다.

6) '여성 수난사 이야기'에 대한 논의로 다음을 참고.
   권명아, 「여성 수난사 이야기, 민족국가 만들기와 여성성의 동원」, 『여성문학연구』 7, 2002.
   권명아, 「여성·수난사 이야기의 역사적 층위」, 『상허학보』 10, 2003.

의 의미로 고착되며 이러한 고착은 동시에 순수와 무구성에 대한 집요한 강박 관념"을 낳게 된다고 지적한다.[7] 전쟁 이후 소설에 등장하는 양공주 이야기 또한 여성 수난사의 문법을 따른 것이라 볼 수 있으며, '오염의 상상력'을 동원하는 양공주 이야기가 '민족(국가)의 주체화'와 긴밀히 연결되어 있다는 것을 짐작할 수 있다. 다시 말해, 이민족 남성에 의해 더럽혀진 양공주 이야기는 일종의 '여성 수난사 서사'이며, 따라서 양공주에 대한 남성의 시선은 '연민'과 '증오'로 분열될 수밖에 없다는 것이다. 김연숙 역시 여성이 '상징과 비유'로 대체되는 상황에 주목하며, 양공주 표상이 "남성 주체의 시선에 따라 여성이 재현되는 장(場)"이 된다고 지적하였다. 또한 '양공주'는 "성애화된 대상으로서 여성의 몸이 재현되는 방식을 보여주는 한편, 1950년대 이후 가부장제 이데올로기와 근대성의 경험, 자본주의의 원리가 맞물린 지배적 담론이 어떤 방식으로 여성의 몸을 의미화"하는지를 보여준다고 말하였다.[8]

기존 연구 성과를 긍정적으로 수용하며, 본고는 1950, 1960년대 한국소설에 등장하는 양공주 표상을 '배제의 메커니즘'과 '전도의 메커니즘'으로 나누어 검토하고자 한다.[9] 본고는 '양공주-누이'가 등장하는 1950, 1960년대 소설에서 '오염의 상상력'이 활용되고 있다는 것, 그리고 그것이 남성 주체의 욕망과 상관성을 갖는다는 것

---

7) 권명아, 「여성 수난사 이야기, 민족국가 만들기와 여성성의 동원」, 112면.

8) 김연숙, 「'양공주'가 재현하는 여성의 몸과 섹슈얼리티」, 『페미니즘 연구』 3, 2003, 125~126면.

9) 양공주가 등장하는 1950, 60년대 소설은 다음과 같다. 송병수 「쑈리 킴」(1957), 김성한 「매체」(1957), 안수길 「파란 눈」(1957), 「이런 춘향」(1958), 이범선 「오발탄」(1959), 오상원 「황선지대」(1960), 하근찬 「왕릉과 주둔군」(1963), 남정현 「경고지대」(1958), 「분지」(1965), 선우휘 「깃발없는 기수」(1959), 강신재 「관용」(1951), 「해결책」(1956), 「해방촌 가는 길」(1957), 한말숙 「별빛 속의 계절」(1956), 정연희 「천 딸라 이야기」(1960), 박순녀 「엘리제 초」(1965), 최인훈 「국도의 끝」(1966).

에 주의를 기울이고 그것이 의미하는 바를 해명하고자 한다. 또한 남성 주체의 시선에 논의를 집중하기 위하여 1950, 1960년대 발표된 남성 작가의 소설, 양공주가 남성 인물의 누이로 설정된 소설로 대상을 제한하고자 한다.[10)

2. '배제'의 메커니즘과 강력한 주체에의 욕망

본 장에서는 오상원 「황선지대」(1960), 이범선 「오발탄」(1957)을 중심으로 '양공주누이'를 향한 남성의 시선을 살펴보고자 한다. 두 소설에 등장하는 누이들은 가족의 부양을 위해 양공주라는 직업을 선택한 인물이다. 하지만 생계를 위한 선택이라고 해서 그녀들에게 면죄부가 주어지지는 않는다. 남성 인물은 누이인 양공주에게 경멸과 혐오, 무시의 시선을 보낸다. 미군에게 몸을 파는 양공주 누이는 생계를 책임지는 존재이지만, 누이의 생활력은 역설적으로 남성 가장으로 하여금 "수치심, 분노, 고통, 부끄러움, 무력감"[11)을 느끼게 하기 때문일 것이다. 그런데 주변 남성 인물의 시선과 누이를 향한 남성 인물의 시각 사이에는 미묘한 차이가 존재한다는 점에 주의를 기울일 필요가 있다.[12) 「황선지대」에서도 양

---

10) 권명아, 『가족이야기는 어떻게 만들어지는가』, 책세상, 2000, 57~58면.
    양공주를 재현하는 남성 작가의 방식과 여성 작가의 방법에 차이가 존재한다는 전제 아래, 본고는 일차적으로 남성 작가의 재현 방식만을 연구 대상으로 제한하였다. 남성 작가들의 소설에서 양공주에 대한 동정과 경멸의 양가적 시선이 확연히 드러나는 것과 달리, 여성 작가들이 양공주를 그리는 방식은 다양하고도 복잡한 양상을 띤다(양공주에 대한 여성 작가의 다양한 재현 방식에 대해서는 김연숙, 앞의 논문 참고). 또한 남성 작가가 쓴 소설에서 양공주가 그려질 때, 양공주가 남성 인물의 누이로 설정된 경우가 대부분이라는 점에 착안하여 본고는 '양공주-누이'에 주목하였다. 권명아 역시 전후소설에서 여성이 '창녀' '어머니' '훼손된 누이'로 표상되는 경우가 많음을 지적한 바 있다.

11) 김은하, 「탈식민화의 신성한 사명과 '양공주'의 섹슈얼리티」, 『여성문학연구』 10, 2003, 161면.

12) 남성의 시선은 주변 남성의 시선, 남동생의 시선, 오빠의 시선으로 세분해 볼 수 있다. 주변 남성의 시선

공주누이를 향한 연민의 시선이 확인되는데, 이 소설은 다음과 같은 인상 깊은 서두로 시작된다.[13]

> OFF LIMITS YELLOW AREA. 여기는 전쟁과 함께 미군 주둔지 변두리에 더덕더덕 서식된 특수지대다. 흡사 곰팡이와 같다. 미국 군인이 먹다 버린 한 조각의 치즈, 비스킷 귀퉁이, 빵 껍질에도 빈틈없이 시궁창 속 같은 습기와 함께 곰팡이는 무섭게 번창한다. 곰팡이는 살기 위해서 분간을 하지 않는다. 하찮은 조그만 메뉴통 껍질이라도 그들이 충분히 생명을 붙일 수 있는 밑판이 된다.
> 또 그들은 햇빛을 싫어한다. 그들은 태어나는 순간부터 그 늘진 어둠을 즐겨 사랑한다. 그들은 더럽고 추한 곳일수록 삶의 의욕을 느낀다. 그들에겐 그것이 부끄러울 것도 죄될 것도 없다. 아니 그들은 구태여 그러한 것을 묻지 않는 것이 습성화되어 있다. 그들에게 허용된 것이 곧 그것뿐이기 때문이다.
> 큰길 건너 저쪽에는 그 거리의 구조처럼 질서 정연한 도시가 누워 있다. 그곳에는 누구나가 불러 험찮은 이름들이 있다. 그러나 큰길 건너 넓은 폐허를 등진 이 변두리에는 이름 대신 약 십 미터 간격으로 담벽 또는 나무판자에 커다란 구형의 표지가 붙어 있다. 노란색과 까만색으로 사선(斜線)이 여러 개 그어진 그 표지. 그 한가운데 하얀 페인트로 로마자가 기입되어 있다.(7~8면)

이 경멸로 일관되어 있는 것과 달리, 오빠나 남동생의 시선은 복합적인 경우가 대부분이다. 남동생의 경우 연상의 누이를 향해 안타까운 연민을 드러내곤 하는데, 송병수의 「쑈리 킴」 이래로 오상원의 「황선지대」(1960), 최인훈의 「국도의 끝」(1966)과 같은 소설에서 확인된다. "누나가 한번 웃는 것을 봤으면⋯⋯ 누나를 한번 즐겁게 해주는 사람은 없을까. 병신이라도 좋았다. 누나가 웃는 것을 봤으면⋯⋯"(오상원, 「황선지대」), "그 마음 착한 따링 누나를 다시 만날 수 있다면야 까짓 달러 뭉치 따위, 그리고 야광시계도 나 일론잠바도 쨈빵모자도 그따윈 영 없어도 좋다. 그저 따링 누나를 만나 왈칵 끌어안고 실컷, 실컷 울어나 보고, 다음에 아무 데고 가서 오래 자리 잡고 '저 산 너머 해님'을 부르며 마음 놓고 살아봤으면⋯⋯"(송병수, 「쑈리 킴」). "누나는 왜 안 올까?"(최인훈, 「국도의 끝」)에서 나타나는 누이에 대한 안타까움은 일반 남성의 반응과 차별되는 것이다.

13) 오상원, 「황선지대」, 『유예』, 문학과지성사, 2008(이하 인용은 면수만 표기함).

'특수지대'이자 '전쟁의 산물'인 황선지대는 '곰팡이'에 비유된다. '황선'은 금지와 한계를 의미할 뿐만 아니라, 국외/국내, 미국/한국, 정상/비정상을 구분해주는 역할을 해준다. 이는 양공주가 "민족과 젠더, 여성들 내부의 계층적 경계"를 유지하고 강화하기 위해 "배제와 통제의 대상"이 되는 원리와 동일한 것이라고 할 수 있다.[14] 한계와 금지의 표지인 황선을 경계로 국내라는 구역이 확인될 수 있는 것과 같이, 양공주가 민족의 범주 그리고 민족 주체가 보호해야 할 여성의 범위를 제한해주는 역할을 한다는 것이다.

그런데 소설에서 황선지대가 미군 기지(국외)와 대비되는 국내를 의미할 뿐만 아니라, 질서 정연한 길 건너 도시와도 자주 대조되고 있다는 점에 주목할 필요가 있다. 도시가 '질서 정연'한 공간이라면, 기지촌은 무법과 불법이 횡행하는 공간이며, 그런 점에서 황선지대는 "질서 정연한 도시로부터 완전히 배반당한 이 특수지대"(8면)로 설명된다. 즉 이 특수지대는 미군 부대와 도시 경계에 위치한 '사이에 낀 공간'[15]이라고 할 수 있다. 양공주를 비롯한 기지촌의 사람들은 철조망에 둘러싸인 미군 부대 안으로 들어갈 수

---

14) 이나영, 「기지촌의 공고화 과정에 관한 연구(1950~1960): 국가, 성별화된 민족주의, 여성의 저항」, 『한국여성학』 제23권 4호, 한국여성학회, 2007, 5~8면.
　　이나영은 "한국 정부와 한국민은 미군의 충실한 조력자로 기지촌 경제에서 나오는 이익을 누렸으며 구획화된 '안전한' 지역에 '위험한' 여성들을 가둠으로서 민족과 젠더뿐만 아니라, 여성들 간의 경계를 강화해왔다. 이에 양공주는 위안부, 양갈보, 양부인 등의 기표로 끊임없이 변주되어 왔고, '민족'이라는 범주를 확인하고 (재)구성하는 데 도구적으로 사용되어 왔다."고 지적한다.
15) 호미 바바, 나병철 역, 『문화의 위치』, 소명출판, 1999, 90~91면 참고.
　　'제3의 공간'이라고도 불리는 '사이에 낀 공간'은 '전이'와 '교섭'의 공간, '문화의 차이', '문화의 혼성성'이 기입되고 절합되는 공간인데, 이 공간에서는 "똑같은 기호들조차도 새롭게 충당되며 전이되며 재역사화"가 가능하다. 그래서 사이에 낀 공간에서는 민족적이면서 반민족적인 '국민'의 역사를 구성하는 일, 양극성의 정치학을 벗어나는 일이 가능하다고 호미 바바는 강조한다.

도 없고, 질서 정연한 도시 공간으로 편입될 수도 없는 처지에 있는 것이다. 그런 점에서 황선지대를 탈출하고자 하는 정윤 무리의 계획은 의미심장한데, 왜냐하면 그들은 땅굴을 파고들어가 미군 기지 내부의 PX 창고를 털어 길 건너 도시와 같은 곳(혹은 그 이상)으로 가고자 하기 때문이다.

「황선지대」의 인물들은 공통적으로 '왜 우리는 이렇게 되어야 하였을까.'(48면)라고 뇌까리는데 이 자조적 독백은 기지촌 경제에 기생하여 사는 이들의 삶이 막다른 것임을 보여준다. 과거 연인 관계였던 정윤과 영미가 해방과 전쟁 이후 겪었던 일들은 이 비극이 어디에서 발원한 것인지를 상징적으로 보여준다. 국경 소도시 출신인 두 사람은 학생 신분으로 해방을 맞게 된다. 학생 대표인 정윤은 공산당과의 마찰로 월남하게 되고, 영미는 이후 6·25전쟁 때 외국 병사들에게 강간을 당하고 기지촌으로 흘러온 것으로 암시되어 있다. 정윤이 영미를 다시 만났을 때, 영미는 폭력을 일삼는 기둥서방과 남동생 철이의 생계를 책임지는 기지촌 여성의 처지에 있었다. 영미의 훼손으로 민족사의 비극을 상징한다는 점에서 이 소설은 민족과 여성을 동일시하는 여성 수난서사의 계보에 놓이며, 여성 수난사의 소설 문법을 전형적으로 따르고 있다고 볼 수 있다.

또 하나 주목할 점은 「황선지대」의 서사가 '깨끗함'과 '더러움'의 대립에 기초하고 있으며, 이 대립구조가 '행복/불행', '과거/현재', '정결한 여성/불결한 여성'으로 변주·반복된다는 것이다. 6·25전쟁은 행복한 과거를 불행한 현재로, 깨끗한 누이를 더럽혀진 누이로 전락시키는 불가항력적 힘과 같다. 영미는 전쟁 통에 이민족 병사들에게 집단 강간을 당하고 양공주가 되며, 병삼이 만난 소녀는 가난 때문에 기지촌 여성이 된 인물이다. 그런데 독특한 것은 양공주누이에 대한 남성 인물의 감정이 연민과 죄의식, 그리고 구원의 의지 등으로 복잡하게 나타난다는 것이다. 그리고 병삼, 곰, 소년과 같은 「황선지대」의 긍정적 남성들은 현실의 기지촌이 아닌 다른 이상향을 꿈꾼다는 공통점을 보인다. 소년은 길 건너 도시에서 누나와 살아가는 삶, 병삼은 매음굴의 어린 소녀와 이곳을 떠나 사는 삶, 곰은 순진한 여성과 시골에 정착하는 삶을 꿈꾸는 것이다. 그런데 남성 인물들의 이 같은 소망에는 흥미로운 공통점이 존재한다. 먼저 그들이 희구하는 이상향이 '오물' 투성이의 현실과는 정반대의 깨끗한 곳으로 상정되어 있다는 것이다. 그리고 이들의 소망이 정결한 여성과의 결합을 매개로 한 점 역시 공통사항인데, 이는 남성 인물의 재건이 여성의 정화(淨化)와 별개가 아니라는 점을 암시해준다.

그리고 이러한 맥락에서 「황선지대」의 남성 인물들이 양공주누이에 대해 갖는 과도한 부채의식도 해명된다. PX 창고를 털어서 다른 삶을 살고자 하는 정윤, 병삼, 곰의 범죄 행위에 그럴듯한 명분을 제공하는 것은 다름 아닌 여성의 존재이다. 정윤은 이기적 욕망 때문이 아니라 영미와 영미의 남동생을 기지촌에서 벗어나게 하고자 도둑질을 하는 것이다. 특히 그는 소년의 순수함을 지켜주고자 애쓰는데, 그 순수함이란 과거에 자신이 지켜주지 못한 영미의 순결과 등가적 의미를 갖는다. 매음굴에서 만난 소녀에 대해 병삼이 보이는 죄책감은, 정윤의 부채의식과 달리 소설적인 개연성을 얻지 못하는 것이 사실이다. 병삼은 매음굴에서 만난 소년의 첫

손님이 자신이라는 것을 알고 심한 죄책감에 빠진다. 그는 "그처럼 깨끗한 소녀의 마음에다 모욕"(90면)을 가했다며 괴로워 하다가, 느닷없이 이 소녀를 황선지대에서 구하겠노라는 과도한 감상을 드러낸다.

개연성을 획득하지 못한 것처럼 보이는 병삼의 반응은, 그러나 '젠더화된 민족주의'의 전형적 반응이라는 점에서 주목을 끈다. 여성과 민족을 동일시하는 민족주의 서사에서 남성은 여성을 "소유물, 민족정체성 및 문화의 전수자"로 여기는 동시에 "타국 남성들의 폭력, 성적인 침해, 유혹에 취약한 존재"로 이해한다. 젠더화된 민족주의의 입장에서는 "보호받아야 할 피해자 여성"이라는 위치는 "지켜야 할 조국"과 등치되기 때문이다.[16] 이런 맥락에서 볼 때, "밤마다 찾아드는 뭇 남자들에 몸을 찢기고 가슴을 찢기고, 끝내는 완전히 자기를 잃어버린 병든 매춘부로 타락"(89면)할 소녀를 향한 고통스러움의 이면에는 강한 남성성에 대한 갈망이 은폐되어 있다고 해석할 수 있다.

남성 인물들의 감정이 연민과 증오, 동정과 경멸로 복잡하게 얽혀 있음에도 불구하고, 복합 감정의 토대가 되는 것은 '깨끗함'에 대한 갈망이라고 볼 수 있으며, '정결함'에 대한 강박적 인식은 이범선의 「오발탄」에서 분명하게 확인된다.[17] 이범선의 관심은 "(전후의) 속된 현실에서 순결성을 지키며 살기 위해서는 어떻게 해야

---

16) 이나영, 「기지촌의 공고화 과정에 관한 연구(1950~1960): 국가, 성별화된 민족주의, 여성의 저항」, 『한국여성학』 제23권 4호, 한국여성학회, 2007, 8~9면.
하지만 남성 주체가 보이는 과도한 동정과 죄책감은 경멸과 증오라는 감정으로 쉽게 바뀔 수 있는 것이다. 정화가 가능하여 '보호해야 할 여성'에 대한 남성-민족 주체의 감정이 연민과 동정이라면, 자신이 '보호할 수 없는 존재' 혹은 '민족을 위협하는 존재'로 부상한 여성에 대한 반응은 증오와 경멸이기 때문이다.

17) 이범선, 「오발탄」, 『오발탄』, 문학과지성사, 2007(이하 인용은 면수로 대신함).

할 것인가"18)에 맞추어져 있는데, 형인 철호와 동생인 영호의 선택은 '속된 현실'에서 취할 수 있는 두 선택지를 상징한다고 할 수 있다. 형인 철호는 '양심, 윤리, 관습, 도덕'의 가치를 옹호하고, 동생인 영호는 그러한 가치보다 사는 일 자체가 중요하다고 강변한다. 그러나 이 두 남성이 가족의 생계에 전혀 도움이 되지 않는다는 점은 둘의 논쟁을 공허하게 만든다.19)

여섯 명의 식구 중 밥벌이를 하는 유일한 사람은 여동생 명숙이다. "싱싱한 몸매에 까만 투피스가 제법 어느 회사의 여사무원"(130면)처럼 보이지만 명숙의 실제 직업은 양공주이다. 자신의 가장 역할을 대신하는 여동생을 향한 철호의 감정은 시종일관 냉담한데, 이는 가장인 자신의 무능력과 연결된다. 앞서 언급하였듯, 양공주 누이의 존재가 가족을 지키지 못하는 가장의 무능력함, 이민족 남성으로부터 자국민 여성을 보호하지 못하는 남성 주체의 무능함을 증명하기 때문이다. 가령, 양공주인 여동생이 경찰서에 잡히면 철호는 '신원보증'을 하러 가야한다. "그때마다 철호는 치안관 앞에서 낯을 못 들고 앉았다가 순경이 앞세우고 나온 명숙을 데리고 아무 말도 없이 경찰서 뒷문을 나서곤 하였다. 그럴 때면 철호는 울었다. 하나밖에 없는 누이동생이 정말 밉고 원망스러웠다."(138면) 명숙을 향한 '원망'은 여동생을 향한 것일 뿐만 아니라, 무능력한 자신을 향한 절망과 증오의 감정이라고 보아야 한다.

---

18) 강진호, 「월남민의 향수와 서정의 세계: 이범선 연구의 비판적 검토」, 『현대소설사와 근대성의 아포리아』, 소명출판, 2009, 149면.

19) 사무실 계리사로 일하는 철호의 월급은 전찻값에도 미치지 못하며, 한탕을 노리는 동생 영호 역시 2년째 직업을 구하지 못하고 있는 형편이다.

철호가 탄 전차가 을지로 입구 십자거리에서 머물러 신호
를 기다리고 있었다. 손잡이를 붙들고 창을 향해 서 있던
철호는 무심코 밖을 내다보았다. 전차 바로 옆에 미군 지
프차가 한 대 와 섰다. 순간 철호는 확 낯이 달아올랐다.
핸들을 쥔 미군 바로 옆자리에 색안경을 쓴 한국 여자가
앉아 있었다. 그것이 바로 명숙이었던 것이다. 바로 철호의
턱밑에서였다. 역시 신호를 기다리는 그 지프차 속에서 미
군은 한 손은 핸들에 걸치고 또 한 팔로는 명숙의 허리를
넌지시 끌어안는 것이었다. 미군이 명숙의 얼굴을 들여다
보며 뭐라고 수작을 걸었다. 명숙은 다리를 겹치고 앉은
채 앞을 바라보는 자세 그대로 고개를 까딱거렸다. 그 미
군 지프차 저편에 와 선 택시 조수가 명숙이와 미군을 쳐
다보며 피시시 웃었다. 전찻간에서도 마찬가지였다. 철호
바로 옆에 나란히 서 있던 청년들이 쑥덕거렸다.(131면)

철호와 함께 버스를 타고 있는 청년들의 양공주를 향한 반응은
경멸과 조롱으로 일관되어 있다. 그들은 "장사치고는 밑천"이 없
는 사업이라는 조롱과 "저것도 시집을 갈까?"라는 경멸을 거침없
이 표현한다. 양공주인 여동생, 그녀를 조롱하는 청년들을 지켜보
며 철호는 "콧속이 싸하니 쓰리면서 눈물이 징 솟아올랐다."(132면)
이 감정은 "분명히 슬픈 감정"만은 아닌데, 왜냐하면 이 감정은 못
난 자기 자신에 대한 자책과 동생에 대한 증오, 그리고 연민에 의
한 복합감정이기 때문이다. 하지만 동생 명숙에 대한 철호의 감정
은 자기모순적이다. 동생 영호와의 논쟁에서 보듯, 그는 생활보다
도덕과 윤리가 우월하다는 입장을 고집한다. 하지만 양공주누이
의 존재는 양심과 윤리가 생계보다 중요하다는 철호의 입장을 불
가능하게 한다. 철호가 인정도 부인도 아닌 '무시'로 여동생을 대

하는 것도 자기모순을 알기 때문일 것이다. 하지만 철호는 병원으로 실려간 아내를 찾아가기 위해 양공주 여동생의 돈을 받지 않을 수 없게 된다. 이 순간 여동생에게서 발견하는 '깨끗함'은 정결함에 대한 철호의 강박이 갖는 의미를 짐작하게 한다.

> "옛수."
> 백 환짜리 한 다발이 철호 앞 방바닥에 던져졌다. 명숙은 다시 돌아서서 백을 챙기고 있었다. 철호는 명숙의 뒷모습을 물끄러미 바라보고 있었다. 철호의 눈이 명숙의 발뒤축에 머물렀다. 나일론 양말이 계란만치 구멍이 뚫렸다. <u>철호는 명숙의 그 구멍 뚫린 양말 뒤축에서 어떤 깨끗함을 느끼고 있었다. 오래간만에 철호는 명숙에 대한 오빠로서의 애정을 느꼈다.</u>(143면, 밑줄: 인용자)

여동생에게 아내의 수술비를 받아야 하는 때, 그래서 자신의 자기모순이 여실히 증명되는 이 순간에 철호는 구멍 뚫린 양말 뒤축에서 '깨끗함'을 발견하고 이를 통해 여동생에 대한 '애정'을 회복한다는 논리이다. 여동생이 몸을 팔아 번 돈은 철호가 원하는 윤리적이고 양심적인 주체를 불가능하게 하는 장애물이다. "백 환짜리 한 다발"을 받아들이는 것이 '더러움/깨끗함'을 기준으로 명숙을 판단하던 철호의 자기모순을 증명해주기 때문이다. 그러므로 철호가 여동생의 "구멍 뚫린 양말 뒤축"에서 발견한 "깨끗함"은 자기모순을 은폐하는 역할을 해준다고 할 수 있다. 그런데 흥미로운 점은 '더러움'을 명분으로 양공주누이를 가족 공동체에서 배제하는 가장의 방식이 양공주를 민족 공동체의 바깥으로 밀어내는 민족국가의 전략과 닮아 있다는 것이다.[20]

양공주누이에 대한 적대감은 "순결한 민족과 국가에 대한 욕망"과 깊이 연루되어 있는데, 왜냐하면 그녀들은 존재 자체로 "단일하고 순혈한 신화적 기원에 의문"을 제기하는 역할을 하기 때문이다.[21] 살펴본 바와 같이 양공주누이에 대한 남성 주체의 반응은 연민이나 죄의식, 무시나 경멸 등으로 다양하게 나타난다. 이질적으로 보이는 이 반응들은, 하지만 '배제의 메커니즘'에 기반해 있다는 점에서 유사하다. 정화(淨化)가 가능한 대상에 대해서는 연민과 동정으로, 불가능한 대상에 대해서는 경멸과 증오로 감정이 나타날 뿐이지, 양공주누이를 향한 남성의 욕망은 단일한 것이다. 그리고 이 배제의 메커니즘을 작동하게 하는 근원에는 단일하고 강력한 민족-남성 주체에 대한 욕망이 자리하고 있다고 할 수 있다.

3. '전도'의 메커니즘과 비천한 주체의 탄생

남정현은 등단작에서부터 양공주를 등장시켜 '반외세', '반미'의 주제를 명료하게 제시한 바 있는데, 그가 양공주누이를 재현하는 방식에는 동시기 남성 작가와 차별되는 지점이 있다. 물론 「분지」를 비롯한 그의 소설이 명백한 민족주의적 지향을 드러내고 있으며, 또한 민족적 주체성이라는 명분하에 반여성주의적 시각을 노출하고 있는 것이 사실이다.[22] 등단작인 「경고구역」(1958)에서 양

20) 양공주를 배제하는 가부장과 민족국가의 유사한 전략에 대해서는 이나영, 「기지촌의 공고화 과정에 관한 연구(1950~1960): 국가, 성별화된 민족주의, 여성의 저항」, 『한국여성학』 제23권 4호, 한국여성학회, 2007, 5~48면 참고.

21) 민족-국가의 주체화 과정에서 여성, 장애인, 혼혈인이 오염원으로 취급되어 망각되는 논리에 대해서는 이 책의 제2부에 실린 정재림, 「전상국 소설에 나타난 추방자 형상 연구」를 참고.

22) 김은하, 「탈식민화의 신성한 사명과 '양공주'의 섹슈얼리티」, 『여성문학연구』 10, 한국여성문학학회,

공주였던 '순이'는 미군에게 버림을 받아 폐인이 된 인물이며, 아내 '숙이' 역시 직업여성으로 암시되어 있다. 「경고구역」에서 양공주의 주된 이미지도 '훼손됨' '더럽혀짐'이다. 순이의 오빠 '종수'는 양공주 누이를 "제임스란 놈이 함부로 밟고 지나간 자리"라고 표현하며 그녀의 훼손됨을 강조한다. 또한 소설 초반부의 길게 묘사된 배설 장면은 양공주가 '오물' 같은 존재임을 상징적으로 보여준다.[23]

> 요강 위에 움츠리고 앉자마자 순이는 대뜸 쭈르륵 소리를 연발하는 것이다. 청각만을 신용해서 소변을 보는 줄 아는 자는 숙맥이다. 똥을 싸는지 오줌을 싸는지는 전혀 예측할 사람이 없는 것이다. 색채만이 다를 뿐 똥도 오줌도 순이는 순 액체로 통일하고 있기 때문이다. 똥이건 오줌이건 그까짓 것과 상관할 바 아니지만 하여튼 <u>쭈륵 쭈르르륵 하고 사뭇 폭포처럼 내리쏟아지는 그 시원한 소리만은 그래도 사랑해 주고 싶은 종수였다.</u>
> 쭈륵, 쭈르르륵.
> <u>뱃속에, 아니 가슴속에 저장되어 있는 일체의 오물이, 아니 사회와 나라를 망치는 일체의 부조리가 그냥 쏴하고 한꺼번에 쏟아져 내리는 기분이니까 말이다.</u>
> 쭈륵, 쭈르르륵.
> 이 얼마나 <u>가슴을 설레게 하는 한 인간의 유쾌한 음향이냐.</u> 그리하여 종수는 될 수 있는 대로 그 소리 나는 쪽에

2003, 173면.
　　남정현 소설에 대한 여성주의적 입장은 대체적으로 부정적이다. 김은하는 남정현의 「분지」를 "한 남근주의자의 정신분열적 모노드라마"로 규정하며, "주인공의 미군 장교의 아내 강간은 남성다움의 구축이 제국이라는 지배자를 모방"한 한계를 보인다고 지적한다. 남정현의 소설이 "반식민주의 기치 아래 여성을 이중으로 식민화"한 것이라는 여성주의적 비판은 정당한 국면을 갖지만 남정현 소설이 갖는 긍정성마저 의도적으로 무시해서는 안 될 것이다.

23) 남정현, 「경고구역」, 『남정현 문학전집1』, 국학자료원, 2002(이하 인용은 면수로 대신함).

귀를 기울이고 오래 시간을 보내고 싶었지만, 그러나 순이
는 너무 피로한 탓인지 요강에서 내려가 도로 그 지저분한
이불 속에 몸을 담았다. 요강 안에는 자글자글 끓는 냄비
뚜껑을 열었을 때처럼 증기가 모락모락 피어오르고 있었
다.(14~15면, 밑줄: 인용자)

그로테스크하게 묘사된 위 인용에서 오물은 양공주에 대한 은유
로 보인다. 순이가 쏟아내는 배설물이나 그녀가 기어드는 "지저분
한 이불"은 양공주에 대한 부정적 이미지를 환기시키기에 충분하
다. 양공주를 오물과 동일시하는 남정현의 상상력은, 다른 작가들
이 양공주-누이에게 더럽고 훼손된 이미지를 부여했던 것과 크게
다르지 않다. 하지만 서술자인 종수가 배설 장면을 더럽게 묘사하
고 있지 않다는 것, 나아가 양공주-누이가 더러운 존재로 단정되지
않고 있다는 점에 유의할 필요가 있다. 오물에서 악취를 맡는 아내
와 달리, 종수는 배설의 소리를 "가슴을 설레게 하는 한 인간의 유
쾌한 음향", 그 냄새를 "친근한 냄새"라고 칭하며, 오히려 오물과
관련하여 어떤 향유를 누린다는 인상을 준다. 오물에 대해 혐오감
이 아니라 친근감을 표현한다는 점은 종수와 다른 남성 작가의 소
설에 등장하는 인물 사이의 가장 큰 차이이다.

앞장에서 살펴보았듯이, 남성 인물이 불결하고 혐오스러운 양공
주를 공동체의 바깥으로 추방하고자 하는 것은 자기 주체를 강화
하고자 하는 욕망과 관련된다. 주체화의 과정은 자신의 경계를 위
협하고 오염시키는 대상을 추방하고 배제하는 과정과 다르지 않기
때문이다. 그렇다면 주체화의 과정에서 오염원인 양공주를 경계
바깥으로 추방하는 폭력이 필연적으로 동반될 수밖에 없다. 그런

데 종수는 '양공주=오물'이라는 인식은 공유하면서도, 양공주누이를 추방하지는 않는다는 점에서 다른 남성들과 차이를 보인다. 이는 그의 주체화가 다른 방향을 취하고 있음을 암시하는데, 종수의 주체화 방향을 짐작하기 위해서는 그가 '망상'과 '환각'에 시달리는 망상증 환자임을 고려해야 한다. 집안의 유일한 남성임에도 종수가 하는 일은 순이의 발작을 기다리는 것과 외박한 아내를 찾으러 다니는 일뿐이다. 그는 순이가 발작을 일으켜서 의사를 데리러 병원으로 달려가는 순간에만 자신의 건강을 확인할 수 있다고 고백한다. 그의 정신적 질환은 자기 방어적인 성격을 갖는데, 왜냐하면 그는 현실과 반대인 망상의 차원에서만 여성을 보호하는 강한 남성으로 존재할 수 있기 때문이다.[24]

  종수가 양공주누이를 타자화하지 않는 것은 그 자신도 '오물', '폐품'처럼 무익하고 무능력한 존재인 탓이며, 그래서 그는 양공주-여성을 타자화하는 방식으로 주체화에 이르지 못한다. 오히려 그는 자신을 '여성-오물'과 동일시하고 있으며, 그를 타자화시킨 미국을 매개로 주체화를 이루는 특징을 보인다. 다른 남성 인물들이 양공주누이를 향해 분노를 표출하는 것과 달리, 종수의 분노는 양공주누이를 망가뜨린 미군 병사 제임스를 향해 있다는 점을 눈여겨 볼 필요가 있다. 종수는 미군 제임스의 부도덕성을 고발하고, "언제든 내 기어이 놈을 찾아내어 순이의 청춘을 아니, 이 백의민족의 청춘을 보상받으리라"(18면)며 미국에 대한 증오를 내보이는

---

24) 가령, 그는 "사뭇 큰 소리를 외치는" '망상' 속에서 자신을 "아무래도 이 세상에 꼭 필요한 그런 소중한 사나이"로 생각하고, '공상' 속에서 "신문을 펴들 때마다 온갖 억울한 자를 대신해서 힘껏 주먹을 휘두르며 사자후를 토하는 자신의 장한 모습"을 본다고 고백한다.

데, 이러한 종수의 논리는 '전도(顚倒)'의 메커니즘을 따르고 있다고 할 수 있다. 즉 타자를 추방하고 주체를 형성하는 방식이 아니라, 자신을 타자화한 주체를 다시 타자화하는 방식으로 주체화를 이루는 것이다.

필화사건으로 유명한 「분지」(1965)에도 양공주누이가 등장한다. 이 소설에서 역시 훼손된 민족이 더럽혀진 여성성으로 은유되는 한국소설의 문법이 그대로 반복되고 있다.[25] 어머니에서 딸로 2대에 걸쳐 반복되는 여성 훼손은 식민지, 해방, 전쟁으로 요약되는 비극적인 한국사를 압축적으로 보여준다. 어머니의 훼손이 해방 직후 미군에 의한 강간인 반면, 양공주인 딸의 훼손은 전후의 생존과 관련한 자발적 선택이라는 점도 시사적이다. 「분지」의 '나(만수)'는 미군 병사의 아내를 강간하고 향미산에 숨어 미군과 대치 중이며, 미군은 20분 후 향미산과 함께 만수를 핵무기로 날려버릴 예정이다. 생존이 얼마 남지 않은 만수가 자신의 기억에서 지웠던 어머니를 떠올리며 그녀와 가상의 대화를 나누는 게 소설의 주 내용이다. 만수가 20년 전 돌아가신 어머니를 기억 속에서 지운 이유는 그녀에 대한 기억이 '형벌'이자 '치욕'이기 때문이다. 어머니는 해방이 되었다는 소식을 듣고 독립운동가인 아버지가 돌아올 날을 손꼽아 기다린다. 하지만 환영대회를 나갔다가 미군에게 겁탈을 당하며 어머니의 꿈은 산산조각이 난다.

미군에게 겁탈당한 여성(어머니) 모티프는 한국소설에서 흔하게 발견되지만, 「분지」에서처럼 그로테스크하게 묘사된 경우는 없을

---

25) 남정현, 「분지」, 『남정현 문학전집1』, 국학자료원, 2002(이하 인용은 면수로 대신함).

것이다. 정신이 나간 '알몸'의 어머니는 아들의 머리를 가랑이에 처박고 "좀 얼마나 더러워졌나를 눈을 비비고 자세히 보란 말이 엿."(384면)이라고 울부짖는다. 겁탈당한 어머니의 정신이상이 남긴 정신적 외상에서 벗어나기 위해 만수는 의도적인 '기억상실증'을 선택했다고 볼 수 있다. 만수가 선택한 '망각'의 전략이 앞서 살펴본 '배제'의 메커니즘과 유사하다는 점에 주의할 필요가 있으며, 그런 점에서 어머니를 망각하고자 한 만수의 시도는 민족주의 이데올로기에 포섭되어 있는 것이라고 볼 수 있다. 하지만 죽음을 눈앞에 두고 만수가 잊었던 어머니를 떠올린다는 점에서, 「분지」의 서사는 기존의 민족주의 서사와 구별되는 차별성을 획득한다. 특히, 미국에 의해 자신이 '오물'로 규정되었다는 점, 이를 계기로 어머니에 대한 회상이 이루어진다는 점에 주목해야 한다.

> 이제 머지않아 홍만수란 인간은 아니 인간이 다 무엇입니까. 그는 분명히 오물입니다. 신이 잘못 점지하여 이 세상에 흘린 오물. 그가 만약에 <u>악마가 토해낸 오물</u>이 아닌 담에야 감히 어떻게 성조기의 산하에서 자유를 수호하는 미국의 병사를, 그의 아내의 순결을 짓밟을 수가 있었겠습니까. …중략… 자유세계의 열렬한 성원을 토대로 하여 일억 칠천여 만 미국인의 납세로써 운영이 되는 본 '펜타곤' 당국은 이제 머지않아 홍만수란 이름의 그 징그러운 오물을 이 지구상에서 완전히 쓸어버릴 것입니다.(374~375면, 밑줄: 인용자)

소설에서 미국 펜타곤 당국의 방송이 두 번에 걸쳐 등장하는데, 방송의 목소리는 만수를 '악(惡)의 씨', '오물'이라고 부르며 그를 제거의 대상으로 호명한다. 다른 남성 작가들이 양공주누이만을 오염된 존재로 그리는 것과 달리, 남정현 소설에서는 남성 인물들 역시 오물로 취급된다. 즉 전자가 양공주누이를 타자화함으로써 강인한 민족 주체의 회복을 욕망한다면, 후자는 남성 인물을 양공주와 함께 타자화된 대상으로 그리는 차이를 보인다는 것이다. 펜타곤 당국에 의해 '오물'로 규정되어 제거될 운명에 처한 만수의 존재는, 여성과 마찬가지로 피식민지 남성 역시 식민지 주체에 의해 경계의 바깥으로 내몰리게 된 처지임을 상징적으로 보여준다.

이러한 차이는 남정현 소설에서 양공주누이가 남성 인물에 의해 부인되지 않은 이유가 무엇인지를 규명해준다. 오물의 정체성은 양공주누이의 것일 뿐만 아니라, 가장(가족)인 오빠의 정체성이기도 한 까닭에 남성 인물은 양공주를 배제하거나 부인하지 못하는 것이다. 그래서 남정현 소설의 인물은 다른 소설에서 볼 수 없었던 특이한 방식으로 자신의 정체성을 인정한다. 즉 "정말 오물처럼 한 번도 제 것을 가지고 세계를 향하여 서 본 적이 없이 이방인들이 흘린 오줌과 똥물만을 주식"(376면)으로 살았던 '오물'로서의 자기 인식을 드러내며, 마침내 자신을 "비천한 백성"(379면), "비천한 자식"(386면)이라 부르게 되는 것이다.

이러한 독특한 자기규정은 주체와 타자의 자리가 바뀌는 와중에 발생한 것이다. 다른 소설의 경우, '주체=식민지인', '타자=피식민지인'의 은유는 성별화되어 '주체=피식민지 남성', '타자=피식민지 여성(양공주)'로 전이된다. 하지만 남정현은 피식민 남성을 주체로 설정하는 것이 아니라, 종수나 만수를 여성과 동일한 자리인 타자에 위치 지운다. 다시 말해, 남정현 소설의 남성 인물은 주체와 타자의 자리바꿈이 이루어지는 도중에 등장한다고 할 수 있다. 자리바꿈의 전도는 어머니에 대한 묘사에서도 다시 한 번 반복된다. 죽음을 앞둔 만수는 하늘을 보다가 어머니를 연상하였다고 고백한다.[26] 동서양을 막론하고 '하늘'을 '모성'과 연결시키는 경우는 거의 없다고 하겠는데, 만수는 하늘을 모성과 연결시키는 독특한 상상력을 발휘하고 있는 것이다. 이 도착성은 남정현 소설에서 남성/여성의 뒤바뀐 성역할과도 관련된다. 다른 소설에서는 온전하고 강력한 남성 주체와 더럽혀진 여성 주체가 대립을 이룬다면, 남정현 소설은 건강하지 않은 남성 주체를 더럽혀진 모성성과 한 부류로 취급함으로써 일종의 위반을 감행하는 것이다.

이러한 전도의 상상력에는 강력한 민족 주체를 세우고자 하는 기존 민족서사의 한계를 넘어서는 지점이 포함되어 있다는 점에서 중요하다. 「분지」는 남성 주체가 자신을 오물로 인정한다는 점에서 민족주의의 함정을 피하고 있을 뿐만 아니라, 민족─남성 주체가 '비천한 주체'라는 새로운 자기규정을 시도하고 있다. 물론 스피드 여사의 강간은 이 소설이 민족주의 서사의 함정을 다시 반복하고 있음을 보여주는 것처럼 보인다. "저는 세상이 온통 제 것 같아서 견딜 수가 없더군요. 인간의 천국이라는 미국을 한 아름에 안아 본 성싶은 그 벅찬 감동"(394면)이라는 서술에서, "태극의 무늬로 아롱진 이 런닝셔츠"를 찢어 만든 깃발을 "(미국의) 여인들의 배꼽 위"(395면)에 꽂겠다는 다짐에서, 여성에 대한 폭력을 매개로 주체화를 도모하였다는 비난을 면하기 어려운 게 사실이다.

---

26) "하늘이 주는 청신한 정감에 흠뻑 젖어 있으려니까, 불현 듯 당신의 모습이 떠올랐다는 이 희귀한 사실에 관해서인 것입니다."(378면)

하지만 이러한 문제점에도 불구하고 남정현 소설에서 확인되는 '전도'의 메커니즘이 갖는 의미를 간과해서는 안 될 듯하다. 다시 말해, 남정현 소설이 양공주-누이를 배제하거나 망각함으로써 강력한 민족-남성 주체 세우기를 시도한 기존 민족주의 서사의 한계를 일정 부분 극복하였다는 것, 피식민 남성 주체가 양공주-누이와 마찬가지로 주체-미국의 타자라는 철저한 인식을 드러냄으로써 탈식민주의의 가능성을 보였다는 의의는 인정해야 할 것이다.

4. 결론

양공주와 기지촌은 해방과 6·25전쟁 이후 한국 사회의 여러 문제를 집약적, 상징적으로 보여주는 대표적인 표상이다. 1950~1960년대 소설에서 양공주-누이의 표상이 드물지 않게 발견되는데, 이는 현실을 반영하는 문학의 속성상 당연한 문학적 대응이라고 볼 수 있다. 하지만 양공주-누이 표상을 단순히 반영론적인 시각으로 접근할 수 없는 것은, 양공주-누이의 재현과 서사화 과정이 민족 주체성 세우기라는 과제와 연결되어 있기 때문이다. 특히, 남성 작가들은 '오염의 상상력'에 기반하여 양공주-누이를 그리는 경우가 대부분이라는 점에 주의해야 한다. 즉 '깨끗함/더러움' '과거/현재' '행복/불행'의 변주에 기초하여 양공주-누이를 훼손되고 더럽혀진 여성으로 그려낸다는 것이다.

오상원의 「황선지대」, 이범선의 「오발탄」에서 확인되듯, 양공주-누이에 대한 남성 인물의 반응은 연민과 죄의식, 무시와 경멸 등으로 다양하게 나타나지만, 기본적으로 '배제의 메커니즘'에 근거한다고 볼 수 있다. 양공주-여성을 배제하려는 남성 논리의 근저에는 남성-민족 주체의 강인함을 회복하고 재건하려는 욕망이 존재한다. 그리고 더럽혀진 누이를 정화시키거나 추방하고자 함으로써 단일한 정체성을 재건하려한다는 점에서 배제의 메커니즘은 민족주의 서사와 관련된다고 볼 수 있다. 반면 남정현 소설은 동일한 '오염의 상상력'에서 출발하지만 민족주의 서사의 한계를 일정 부분 극복하였다는 점에서 의의를 갖는다. 여성 폭력을 반복하는 한계를 보이기는 하지만, 양공주-누이를 배제하거나 망각하는 기존의 방식을 반복하지 않으며 피식민 남성이 양공주-누이와 마찬가지로 타자임을 직시하고 있기 때문이다. 본고는 양공주-누이에 대한 반응이 양가적으로 드러나는 남성 작가의 소설만을 대상으로 하였으나, 이후 작업에서는 양공주-여성에 대한 다양하고 복잡한 재현 양상을 보이는 여성 작가의 소설까지 추가적으로 검토함으로써 민족주의 서사의 한계와 극복 가능성을 논구하고자 한다.

참고문헌

남정현, 『남정현 문학전집1』, 국학자료원, 2002.

오상원, 『유예』, 문학과지성사, 2008.

이범선, 『오발탄』, 문학과지성사, 2007.

강진호, 「월남민의 향수와 서정의 세계: 이범선 연구의 비판적 검토」, 『현대소
　　　설사와 근대성의 아포리아』, 소명출판, 2009, 134~152면.

권명아, 『가족이야기는 어떻게 만들어지는가』, 책세상, 2000.

＿＿＿, 「여성 수난사 이야기, 민족국가 만들기와 여성성의 동원」, 『여성문학
　　　연구』 7, 한국여성문학학회, 2002, 105~134면.

＿＿＿, 「여성·수난사 이야기의 역사적 층위」, 『상허학보』 10, 상허학회,
　　　2003.

김연숙, 「'양공주'가 재현하는 여성의 몸과 섹슈얼리티」, 『페미니즘 연구』 3,
　　　한국여성연구소, 2003, 121~156면.

김은하, 「탈식민화의 신성한 사명과 '양공주'의 섹슈얼리티」, 『여성문학연구』
　　　10, 한국여성문학학회, 2003, 158~179면.

이나영, 「기지촌의 공고화 과정에 관한 연구(1950~1960): 국가, 성별화된 민족
　　　주의, 여성의 저항」, 『한국여성학』 제23권 4호, 한국여성학회, 2007, 5
　　　~48면.

＿＿＿, 「탈식민주의 페미니스트 읽기: 기지촌 성매매 여성과 성별화된 민족
　　　주의, 재현의 정치학」, 『한국여성학』 24, 한국여성학회, 2008, 77~109면.

＿＿＿, 「기지촌 여성의 경험과 윤리적 재현의 불/가능성: 탈식민주의 페미니
　　　스트의 역사 쓰기」, 『여성학논집』 28, 이화여자대학교 한국여성연구
　　　원, 2011, 79~120면.

이재선, 『현대 한국소설사: 1945~1990』, 민음사, 1991.

정재림, 「전상국 소설에 나타난 추방자 형상 연구」, 『한국문학이론과 비평』
　　　55, 한국문학이론과 비평학회, 2012.

호미 바바, 나병철 역, 『문화의 위치』, 소명출판, 1999.

황석영 소설의 베트남전쟁 재현 양상과 그 특징

: 1970년대 단편소설을 중심으로

1. 서론

황석영은 열아홉 살이던 1962년 『사상계』 신인문학상에 입선한 바 있지만, 그의 실질적인 창작은 1970년 이후에야 본격화된다. 8년 가까운 공백 기간 동안 일용직 노동자, 베트남참전 군인으로 여러 경험을 하다가 『조선일보』 신춘문예에 소설이 당선되며 황석영의 본격적인 창작은 이루어진다. 당선작인 「탑」은 베트남전쟁[1]을 다룬 첫 번째 한국소설일 뿐 아니라, 작가의 본격적인 창작활동의

---

1) 1964년 9월 11일 제1차 파병으로 시작된 한국군의 베트남 파병은 마지막 철군이 이루어진 1973년 3월 23일 완료되었다. 8년 8개월의 기간 동안 5,099명의 한국군이 사망하였다. 한국은 세계에서 유일하게 적극적으로 파병을 결정한 국가에 해당하는데, 파병 결정의 이유로 '미국과의 관계 및 국방상의 이유', '경제적인 실익 추구', '반공정책과 박정희 정권의 정통성 확립' 등이 꼽히고 있다(최정기, 「한국군의 베트남전 참전, 어떻게 기억되고 있는가」, 『민주주의와 인권』 제9권 1호, 2009, 69~70면). 베트남전쟁의 사례는 기억이 공식적이고 지배적인 담론에 의해 망각되어질 수 있으며 기억하기와 망각하기 사이의 투쟁이 일어날 수 있음을 잘 보여준다. 왜냐하면 파병 초기에 베트남참전 군인들이 국가적인 차원에서 열렬한 환영을 받던 것과 달리, 파병 말기로 가면 국가 구성원들은 참전군인들의 존재에 관심을 보이지 않으며, 1970~1980년대에는 잊힌 기억이 되어 버리게 되는데 이는 베트남전쟁에 대한 국가의 입장과 관련된다(안해원, 「전쟁과 기억의 정치: 미국과 한국의 베트남 참전을 중심으로」, 연세대학교 대학원, 2009 참고).

시작점이라는 점에서도 시사적이다. 작가는 베트남에서의 전쟁 경험이 자신의 관심을 "개인적인 것에서 사회적인 것"으로 확장하게 한 중요한 계기였으며, 베트남전쟁의 체험으로 "개인주의적이며 탐미적으로 삶을 바라보던"[2] 태도가 변화되었다고 고백한 바 있다. 베트남전쟁의 경험은 단편소설 「탑」(1970), 「돌아온 사람」(1970), 「낙타누깔」(1972), 「이웃 사람」(1972), 「몰개월의 새」(1976)에서 중요한 제재로 등장하다가 장편소설 『무기의 그늘』(1983~1988)에서 본격화된다.

베트남전쟁의 본격적 조명이 장편 『무기의 그늘』에서 이루어지는 만큼, 황석영 소설에 나타난 베트남전쟁의 의미를 고찰한 기존 연구들은 『무기의 그늘』에 비중을 둔 경우가 많았다.[3] 『무기의 그늘』이 베트남전쟁을 형상화한 한국소설의 최정점을 차지한다고 고평하는 기존 연구에서 빠지지 않고 등장하는 대목이 황석영 소설이 "베트남전쟁의 본질적 의미"[4]를 파헤쳤다는 평가이다. 하지

---

2) 황석영, 〈작가 서문〉, 『심판의 집』, 1977; 황석영, 『몰개월의 새』, 창작과비평사, 2000, 302면 재인용.
3) 대표적인 연구로 다음을 들 수 있다.
   (1) 황석영 소설을 중심으로 한 연구
   정호웅, 「베트남 민족해방투쟁의 안과 밖: 『무기의 그늘』론」, 『외국문학』, 1990.
   안남일, 「황석영 소설과 베트남전쟁」, 『한국학 연구』 11, 1999.
   임홍배, 「베트남전쟁과 제국의 정치: 『무기의 그늘』론」, 『황석영 문학의 세계』, 창작과비평사, 2003.
   시어도어 휴즈, 「혁명적 주체의 자리매김: 『무기의 그늘』론」, 『황석영 문학의 세계』, 창작과비평사, 2003.
   문재원, 「황석영 초기 소설 연구: 〈가화〉, 〈탑〉, 〈돌아온 사람〉을 중심으로」, 『한국문학논총』 41, 2005.
   (2) 베트남전쟁의 재현을 중심으로 하여 황석영 소설이 일부 다루어진 연구
   최원식, 「한국소설에 나타난 베트남전쟁」, 『생산적 대화를 위하여』, 창작과비평사, 1997.
   고명철, 「베트남전쟁 소설의 형상화에 대한 문제: 베트남전쟁 소설의 전개 양상을 중심으로」, 『현대소설연구』 19, 2003.
   최성민, 「제3세계를 향한 제국주의적 시선과 탈식민주의적 시선」, 『현대소설연구』 40, 2009.
   유예원, 「황석영 전쟁소설의 기억 양상 연구」, 이화여대 석사논문, 2009.
   정찬영, 「한국과 베트남소설에 나타난 베트남전쟁 담론 연구」, 『한국문학논총』 58, 2011.
4) 최원식, 「한국소설에 나타난 베트남전쟁」, 『생산적 대화를 위하여』, 창작과비평사, 1997, 378~388면).
   가령, 최원식은 황석영의 단편들이 "베트남전쟁에 대한 우리 사회의 지배적 환상에 처음으로 날카로운 의문"을 제기하였으며, 『무기의 그늘』은 "베트남전쟁의 본질적 의미"를 파헤쳤다고 높이 평가하였다.

만 황석영 소설이 베트남전쟁의 본질을 밝혔는가의 여부보다 먼저 해명되어야 할 것은 한국 혹은 한국문학의 장(場)에서 베트남전쟁의 본질이 왜 요청되고 있는지, 또는 그것이 시급하고 필수적인 요청인지에 대한 판단일 것이다.[5] 한국 작가인 황석영이 한국의 6·25전쟁이 아닌 베트남전쟁에 천착하는 근본적인 이유가 무엇인지에 주목할 필요가 있다는 것,[6] 다시 말해, 베트남전쟁이라는 타국의 전쟁이 한국적 현실, 나아가 한국인의 정체성이나 주체화와 어떤 연관을 맺는지를 해명하는 것이 중요하다는 의미이다.[7]

이 같은 질문에 답하기 위하여 이 논문은 상대적으로 간과되었던 황석영의 1970년대 단편소설에 주목하고자 한다. 반미(反美), 반제(反帝)의 명료한 주제의식을 보이는 『무기의 그늘』과 비교하면, 작중 인물의 내면심리에 치중한 황석영의 1970년대 소설은 여러 면에서 한계를 노출하는 텍스트처럼 보인다. 즉 "전쟁 폭력에 대한

---

5) 본고는 제국주의의 본질을 탐구하였다는 평가가 타당한 국면을 가짐을 인정하지만, 베트남전쟁 이야기를 한국문학연구의 대상으로 삼기 위한 방식과 질문이 좀 더 정치(精緻)해질 필요가 있다고 본다. 기왕의 논의에서 지적하였듯 『무기의 그늘』이 제국주의 침략 전쟁으로서의 베트남전쟁의 본질을 파헤친 것은 사실이지만, 이것이 곧바로 한국문학의 성취로 연결되기는 어렵다고 보기 때문이다.

6) 황석영은 1943년생으로 유년시절에 한국전쟁을 경험한 이른바 '유년기 전쟁체험세대'에 속한다. 동세대 작가로 묶이는 김원일(1942년생), 현기영(1941년생), 전상국(1940년생), 한승원(1939년생), 윤흥길(1942년생), 이동하(1942년생), 이청준(1939년생), 조정래(1943년생), 문순태(1941년생) 등이 유년기의 한국전쟁 경험을 1970년대에 본격적으로 소설화하는 것과 대조적으로 황석영 소설에서 한국전쟁의 경험은 희미하게만 노출된다. 1970년대 황석영 소설에서 한국전쟁보다 더 자주 등장하는 것은 베트남전쟁이며, 이는 베트남참전이라는 개인 경험의 반영일 것이다. 하지만 본고는 황석영 소설에 등장하는 베트남전쟁을 단순한 소재주의로 취급할 수 없으며, 베트남전쟁의 재현이 작가의 한국적 현실에 대한 고민과 직간접적으로 연결되어 있다고 본다.

7) 고명철, 「베트남전쟁 소설의 형상화에 대한 문제: 베트남전쟁 소설의 전개 양상을 중심으로」, 『현대소설연구』 19, 2003, 293면.
물론 한국문학과 베트남전쟁이 맺는 의미를 탐색한 연구가 없었던 것은 아닌데, 이 연구들은 한국과 베트남이 처한 역사적·정치적 상동성에 착목한 경우가 많았다. 고명철의 논의가 대표적인데, 그는 황석영의 베트남전쟁 재현이 "우리가 직면한 분단의 서사에 대한 탐구를 다각적으로 모색"하고 "베트남 분단에 대한 형상화에 삼투된 우리 민족의 분단 문제를 새롭게 인식하기 위한 문제틀이 발견될 수 있는 길을 모색"하는 데 도움이 된다고 지적하였다.

극단적 부정"과 "추상적 휴머니즘"에 매몰되어 역사성을 담아내지 못하고 있는 동시기 베트남전쟁 소재 소설의 한계[8]를 동일하게 보인다거나, 황석영 초기소설의 특징인 "탐미적이고 내면적인 모더니즘의 편린"[9]을 노출하며 '미성숙한 작가의식'을 보인다는 평가 등이 그것이다. 후일담 형식이 주를 이루는 황석영의 1970년대 단편소설이 '내면적인 모더니즘'의 경향을 보인다는 평가는 틀리지 않다. 하지만 본고는 이를 황석영 문학의 한계로 결론짓는 것은 성급한 판단이라고 보는데, 왜냐하면 귀환장병이 보이는 정신적인 혼란과 내면적 갈등은 베트남전쟁과 우리가 맺고 있는 관계를 보다 효과적으로 탐색하게 하는 장점을 갖기 때문이다.

황석영의 베트남전쟁 소재 소설에는 정신병리적 증상을 보이는 인물이 등장하며, 서술자가 일인칭 '나'로 설정되어 있다는 공통점이 발견된다. 또한 현재형으로 진행되는 「탑」 이외의 다른 소설은 전쟁 후일담 형식을 취하고 있는 것도 흥미로운 공통점이다. 하지만 귀환장병의 황폐한 내면의식을 그리는 작가의 작의를 '전쟁의 폭력성'에 대한 비판으로 환원하는 것은 비생산적일 듯하다. 즉 귀환병이 보이는 병리적 증상이나 정신적 황폐함 자체를 그리는 데 작가의 의도가 있다는 해석은 지양될 필요가 있다는 것이다.[10] 황

---

8) 고명철, 「베트남전쟁 소설의 형상화에 대한 문제: 베트남전쟁 소설의 전개 양상을 중심으로」, 『현대소설연구』 19, 2003, 297면.

9) 임기현, 「황석영 초기 분단소설, 〈북망, 멀고도 고적한 곳〉, 〈돌아온 사람〉 자세히 읽기」, 『국어국문학』 157, 2011, 280면.
임기현의 이 논문은 '분단의식'에 초점을 맞추고 있기 때문에 초기소설의 분단의식이 구체화되지 못한 것에 아쉬움을 표한다.

10) 황석영, 『몰개월의 새』, 창작과비평사, 2000, 303면.
황석영은 베트남전쟁 이후에 겪은 정신적 혼란을 다음과 같이 고백한 바 있다. "나는 전장에서 멍청한 기분으로 돌아와 다시 이전의 내 무한하고 두렵던 가능성 속에 내동댕이쳤다. 전쟁을 겪은 자는 이미 절지 않다――헤밍웨이의 말처럼 나는 전투도 했었고, 사람도 죽였을지 모르며, 도둑질도 고문도, 그밖에 더욱

석영이 여러 차례 강조한 바와 같이, 참전자의 '내면적 상처'를 그리는 경향은 베트남전쟁을 서사화하는 방법 중에서도 가장 좋지 않은 사례에 해당한다.[11] 본고는 황석영의 1970년대 단편소설에서 베트남전쟁이 어떻게 형상화되고 있는지, 그 재현 양상의 특징이 무엇인지에 주목하고자 한다. 특히, 정체성의 문제가 전쟁과 같이 "폭력을 수반하는 조건"에서 출현하게 되며, 정신적 외상은 "자기가 누구인지에 대한 사람들의 감각"[12]에 중대한 영향을 끼친다는 점을 상기하고자 한다. 베트남전쟁에서 겪었을 충격적 사건이 주인공의 정체성 혼란과 재구성에 어떤 영향을 끼치고 있는지에 주목할 필요가 있다는 것이다. 왜냐하면 소설의 주인공이 겪는 신체적, 정신적 증상들은 전쟁이 가한 외상으로부터 자신을 보호하기 위한 주체의 고투와 관련될 것이기 때문이다.

이 논문은 「탑」, 「낙타누깔」, 「돌아온 사람」 세 편의 소설을 중심으로 황석영의 1970년대 단편소설에서 베트남전쟁이 어떻게 형상화되고 있는지, 그 재현양상의 특징이 무엇인지를 고찰하고자

나쁜 짓을 저지르고 귀환자가 되었던 것이다. 나는 방안에 틀어박혀 낮에는 자고 밤에는 멍청히 일어나 앉아 공상이나 하면서 그때를 보냈다. 심한 자기혐오감 때문에 옛 친구도 하나 만날 수가 없었고, 가족들과 말하기 싫을 정도로 폐쇄되어 있었다. 어느 날은 악몽을 꾸다가 발을 밟고 지나가던 동생의 머리를 화병으로 때렸던 적이 있었다." 이 같은 고백은 작가의 실제 내면이 그가 그린 단편소설의 주인공의 그것과 상당히 비슷하다는 것을 알게 한다. 하지만 작가가 자신의 경험을 직접적으로 반영하였다는 사실보다 중요한 것은 작가가 베트남전쟁을 '왜', 그리고 '어떻게' 재현하는가의 문제이다.

11) 황석영, 『무기의 그늘』, 창작과비평사, 2006, 7~8면.
    황석영은 『무기의 그늘』에 실린 〈1992년 개정판 작가의 말〉에서 베트남전쟁을 활용한 미국 영화를 다음과 같이 비판한다. "위의 경향들 가운데 가장 좋지 않은 것이 소위 내면적 상처를 그린다는 부류인데, 우리의 입장에서는 악덕업자의 일주일 동안의 행악과 일요일 교회에서의 몇 분 동안의 울음 섞인 간증을 떠올리게 된다. 전장에서의 개인의 상처가 중요하지 않다는 게 아니라, 다만 똑같은 제국주의적 전쟁을 겪은 우리의 처지에서는 그것만이 돋보여서 고통당한 아시아 민중의 보편적 삶과 투쟁의 정당성이 보이지 않게 된다는 점 때문에 나는 반대한다." 황석영은 상처받은 개인의 내면을 그리는 소설을 비판하며 이런 소설을 기독교의 '간증'에 비유하였는데, 흥미롭게도 「돌아온 사람」의 발표될 당시의 제목이 「夢幻干證」이다(임기현, 『황석영 소설의 탈식민성』, 역락, 2010, 53면).

12) 허버트 허시, 강성현 역, 『제노사이드와 기억의 정치』, 책세상, 2009, 230면.

한다. 특히, 작가 황석영이 베트남전쟁을 끌어들이는 의도가 한국의 현실, 한국의 국가적 정체성을 탐색하려는 시도와 맞물려 있음에 주목하여, 황석영의 1970년대 단편소설이 획득한 자기반성과 성찰의 의미를 해명하고자 한다. 그리고 1970년대 발표된 황석영의 베트남전쟁 소재 소설이 참전군인의 후유증을 그리는 데 그친 것이 아니라, 국가에 의해 주도된 공식적 기억을 부정하고 나아가 '대항 기억'의 형성을 마련하는 문학적 의의를 성취하였음을 밝히기를 기대한다.[13]

2. 참전군인의 이중적 정체성과 정신적 혼란: 「탑」

신춘문예 등단작인 「탑」[14]은 베트남전쟁의 격전지에서 한 부대원들이 치르는 전투를 통해 전쟁의 폭력성과 무의미함을 비판적으로 조명한 소설이다. 목숨을 건 이들의 전투가 아무 의미 없는 것임이 밝혀지면서 파병 군인들은 "자기 정체성에 대한 고민과 무기력함, 그리고 소외감"[15]을 경험하게 된다. '나'는 격전지인 R 포인트에 배정되고서 "그 지역이 중대한 전략적 가치를 지니고 있을 것"(53)이라 짐작하지만, 그곳에 도착하여 아홉 명의 부대원에게 맡겨진 임무가 얼마나 어처구니없는 것인지를 알게 된다. 목숨을 걸고 이들이 지켜내야 하는 것은 고작 "장난감과 같은 작은 탑",

---

13) '대항 기억(counter memory)'은 푸코가 제안한 용어로 '공식적 기억(official memory)'과 대립적인 성격의 기억, 공식적 기억과 일치하지 않는 억압되거나 은폐된 기억을 말한다. 대항 기억에 대해서는 이 책 제1부 '연구 방법 및 연구 목적'을 참고.

14) 황석영, 「탑」, 『객지』, 창작과비평사, 2000(앞으로의 인용은 면수로 대신함).

15) 안남일, 「황석영 소설에 나타난 권력의 문제」, 『어문논집』 45, 2003, 228면.

"보잘것없는 돌덩이"(61)처럼 보이는 탑이었던 것이다. '나'와 부대원들은 장난감 같은 탑을 수호하기 위해 자신들의 생명을 걸어야 한다는 점에 분노와 무력함을 동시에 느낀다.

"전쟁의 한 상징적인 물건"(62)인 이 탑은 명분과 실제가 괴리된 베트남전쟁의 성격을 보여주는 상징물이기도 하다. 탑은 전쟁으로 무너진 사원에 있던 것으로 연합군은 불교에 애착이 있는 베트남인들의 환심을 얻고자 이를 지키고 있다. 민족해방전선 역시 동일한 이유로 탑을 탈환하려 하고 있으며, 이런 이유로 R지역에서 격전이 끊이지 않게 된다. 연합군과 민족해방전선이 "지방민의 사랑과 애착의 대상"인 탑을 수호한다는 명분을 내세우고 있지만, 그것은 명분일 뿐 양측은 '전략적 가치'와 '정치적 가치' 때문에 탑을 차지하려는 것이다. 그런데 눈길을 끄는 대목은 탑에 대한 주인공 '나'의 인식이 변모한다는 점이다. 처음에 '나'는 다른 부대원들과 마찬가지로 의미 없는 탑 지키기에 분노하지만, 탑과 대면하고는 그 탑의 가치와 매력을 인정하게 된다.

> 돌은 조잡한 솜씨로 여섯 모 비슷하게 다듬어졌고, 중간중간에 희미하게 지워진 문자가 새겨져 있었다. 그러나 자세히 윗부분을 관찰하면서 나는 차츰 그렇게까지 초라한 것은 아님을 깨닫게 되었다. 탑의 위층부터 춤추는 듯한 사람들의 옷자락에 둘러싸인 부처의 좌상이 부조(浮彫)되어 있었는데, 그 꼭대기 부분만은 진짜인 듯했고, 나머지 부분은 나중에 보수한 것 같았다. 부녀들의 옷자락과 긴 띠와 손가락들의 윤곽은 아주 섬세했으며, 부처님의 거의 희미해진 조상은 그래서 더욱 신비로워 보였다. 짐작컨대는 이것이 지방민의 사랑과 애착의 대상이리라는 것이었다. 아

마도 포연과 총성이 없었을 때, 빛나는 햇빛 아래 나무 그
림자의 옷을 입은 사원에서 종이 울려 퍼지고, 지나는 농
부와 아이들과 가축들은 탑을 향하여 경건하게 무릎을 꿇
었으리라.(62면)

인용문은 '나'가 베트남 문화와 종교에 대해 존중과 경의를 표하
고 있음을 확인하게 한다. 이 경외심은 베트남인들의 "사랑과 애착
의 대상"인 탑이 피를 흘려 지킬 가치가 있는 것임을 인정하게 하
며, 때문에 탑의 가치를 인정하는 만큼은 희생도 헛된 것이 아니라
는 논리를 가능하게 한다. 하지만 베트남인들의 자유를 위한 연합
군이라는 정체성은 일차적으로는 베트남인들에 의해, 그 다음으로
는 연합군인 미군에 의해서 차례로 부정된다. 위 인용문에서 보았
듯, '나'는 베트남인이나 베트남 문화에 대해 우호적인 시각을 가
진 사람이다. '나'는 섬세하고 신비로운 건축물에 경탄어린 시선을
보내기도 하고, 자신에게 몸을 내준 베트남 여성에 대해 "갈색의
작은 살덩이는 내 몸처럼 슬펐다"(56)는 동정적 반응을 보이기도
한다.16) '나'는 베트남인들에게 우호적이고 동정적인 시선을 보내
지만, 베트남인들은 "두려움과 적의가 깃들인 시선"(80)을 던질 뿐
이다. 음흉스러워 보이는 노인들, 교활해 보이는 아이들, 자신들을
비웃고 있는 것 같은 여인들을 대하며 '나'는 이곳이 '고향'이 아니
며, 자신들은 이 고요한 마을의 '침입자'임을 깨닫게 된다.
베트남인들이 보이는 적대적인 반응은 '나'가 자신과 자신이 속

---

16) 베트남 문화나 베트남 여성에 대한 이러한 태도는 '오리엔탈리즘적 시선'이라는 혐의로부터 자유롭지 못
하며, 그런 점에서 '나'에 대한 베트남인들의 적대와 냉대는 당연한 반응이라고 이해할 수 있다. 왜냐하면
동양 문화에 대한 동경과 선망 역시 서양의 우월성을 전제로 한 반응이기 때문이다.

한 군대를 자유와 평화의 수호자로 자처하는 것을 불가능하게 한다. 그뿐만 아니라 소설 마지막의 미군과의 불화를 통해 '나'는 한국군이 미군과 동등한 신분의 연합군이 될 수 없음도 자각하게 된다. "가장 실질적이며 합리적인 강대국 아메리카인의 전형"(93)인 미군 장교의 명령은 탑이 사실 군사 전략의 도구일 뿐이며, 한국군의 전투와 희생은 미군의 작전 시간을 벌기 위한 작전의 일환이었음을 분명히 보여준다.

> 나는 얘기하고 싶지 않았으나, 불교와 주민들의 관계, 참모들의 심리전적 판단이며 마을에 관해서 설명하려고 애썼다. 그렇지만 말하고 나자마자 우리는 깨끗이 속아왔다는 것을 알았다. 그게 누구의 것인가. 내 말이 다 끝나기 전에 불교라는 낱말이 나오자 이 단순한 서양 친구는 으흥, 하면서 고개를 끄덕였다. 중위가 말했다.
> "그런 골치 아픈 것은 없애버려야지. 미합중국 군대는 언제 어디서나 변화시키고 새롭게 할 수가 있네. 세계의 도처에서 말이지."
> 나는 우리가 탑과 맺게 된 더럽고 끈끈한 관계에 대해서 달리 설명할 방도가 없음을 깨달았다. 장교는 자기가 가장 실질적이며 합리적인 강대국 아메리카인의 전형임을 내세우고, 탑에 대한 견해도 그런 바탕에서 출발한 것이다. 한 무더기의 작은 돌덩어리가 무슨 피를 흘려 지킬 가치가 있겠는가. 나는 안다. 우리가 싸워 지켜낸 것은 겨우 우리들 자신의 개 같은 목숨에 지나지 않는다는 것을.(93면)

목숨을 걸고 지킨 것이 베트남의 문화유산도, 베트남인의 자유와 평화도 아니며, "우리들 자신의 개 같은 목숨"(93)에 불과했다는 자학적 인식은 정치적, 경제적 이유로 베트남전에 참여하게 된 한국군의 처지에 대한 자각과 다르지 않은 것이다. 또한 불교와 주민의 관계 등을 근거로 탑을 수호해야 함을 역설하는 '나'를 미군 병사는 "노란 놈들"이라고 부르는데 이 호명은 '나'의 정체성이 오인에서 시작하였음을 보여준다. 법률상 연합군에 속하는 한국군은 미군과 동등한 지위를 가지며, 초반부의 미군병사와의 공감이 보여주듯17) '나'는 미군과 한국군의 동류의식을 당연시한다. 하지만 소설 마지막에서 보듯, 미군에게 한국군은 동등한 연합군이 아니라 베트남인과 마찬가지의 이해할 수 없는 '노란 놈들'에 불과하다.

그러므로 「탑」의 주인공이 경험하는 "불면의 밤"(55)은 자기 정체성의 혼란으로부터 시작된 것이라고 할 수 있다. 다음 장에서 살펴볼 「낙타누깔」, 「돌아온 사람」에서는 전쟁에서 돌아온 귀환 장병의 병증이 병적인 불안과 환각적 증상으로 치닫는다. 등단작인 이 소설 또한 귀환장병의 증상을 예견하고 있으며, 이것이 잘못된 동일시에서 비롯한 정체성의 혼란임을 암시해준다. 앞서 보았듯 베트남 문화나 여성에 대한 '나'의 태도에는 '오리엔탈리즘적 요소'가 포함되어 있으며, 그런 점에서 베트남인들의 시선에서 '나'가 적대와 냉대를 절감하는 것은 필연적이다. 왜냐하면 동양 문화에 대한 동경과 선망 역시 서양의 우월성을 전제로 한 반응이기 때문이다.

더 문제적인 지점은 베트남인을 동정과 존경의 대상으로 규정하

---

17) 파견대를 찾지 못해 헤매던 '나'에게 미군 위병은 길을 찾아주고 '로온리!'라며 자기의 외로움을 토로한다. 그의 말에 '나'는 눈물이 핑 돌 정도로 깊은 공감을 표한다. 하지만 초반부에 미군과 보이던 정서적 교감은 일회적인 것이며, 다른 미군들은 한국군을 동등한 자격의 연합군으로 대우하지 않는다. 「탑」의 초반부나 『무기의 그늘』의 초반부에는 주인공이 자신의 부대를 찾지 못하고 헤매는 비슷한 장면이 길게 묘사되는데, 이는 인물이 느끼는 정체성의 혼란을 상징한다고 해석할 수 있다.

는 '나'의 정체성이 자신을 서양인(미군)과 동일시하는 데서 출발하였다는 것이다. 즉 한국군과 미군을 동등한 주체로 설정하고 베트남인들을 주체에 의해 해방될 대상으로 설정하고 있다. 소설 마지막의 미군의 등장은 이 동일시가 잘못된 동일시임을 증명해준다. 미군 병사의 말은 용병인 한국군이 미군의 동료일 수 없으며, 베트남인과 마찬가지의 '노란 놈들'에 불과함을 보여준다. 그러므로 은연중 자신을 서양인과 같은 위치에 놓았던 인물들은 필연적으로 자기 분열에 시달리게 되는 것이다. 「탑」을 비롯한 황석영 소설의 인물은 잘못된 자기 동일시로 인해 자기 분열을 경험하는 경우가 대부분이다. 그리고 인물들은 연합군으로 전쟁을 수행하지만 자신이 서양인이 아닌 동양인, 식민주체가 아닌 피식민주체라는 자각에 이르게 된다.

3. 신식민지적 현실과 젠더화된 수사: 「낙타누깔」

「낙타누깔」은 한국의 신식민지적 현실에 대한 자각을 뚜렷하게 보여주는 소설이다. 「낙타누깔」의 '나'는 연합군이 해방군이 아닌 침략자라는 것을 자각하게 되는데, 이 같은 자각 내용은 「탑」주인공이 깨달은 것과 유사하다. 하지만 「탑」의 주인공이 미군의 호명에 의해 '동양인=피식민주체'로서의 정체성을 실감하게 된다면, 「낙타누깔」은 거기에서 한걸음 더 나아가 한국이 미국의 식민지와 다름없는 처지라는 참담한 현실을 인식하게 한다. 또한 「낙타누깔」은 젠더화된 은유를 활용하여 이를 형상화한다는 점에서도 독특한 점을 갖는다.

「낙타누깔」[18]의 주인공은 베트남으로 파병되었다가 '정신신경성 노이로제 환자', '전투부적격자'라는 판정을 받고 돌아오게 된 군인이다. 귀국 조치를 받고 돌아오는 중에도 '나'는 '열'과 '오한'에 시달리며 "텅 빈 호송열차의 의자에 백을 베고 누워서 앓고 있다."(106) '나'가 겪는 육체적·정신적 고통은, 하지만 같은 부대의 동료들이나 군의관들에게는 심각하게 받아들여지지 않는다. 부대원들은 꾀병이 아닌지를 의심하며 군의관들은 전투부적격자에게 내리는 귀국 조치를 명령할 뿐이다. 소설은 '나'의 증상이 언제부터 시작되었으며, 그 원인이 무엇인지를 해명해 주지는 않는다. "정찰에서 돌아온 어느 날 저녁부터 나는 주체할 수 없을 정도로 온몸"(115)이 떨리는 증상을 시작으로 말도 못하고 벙커 밖으로 한 걸음도 나오지 못하게 되었다고 모호한 설명을 할 뿐이다. 증상의 원인이 정확히 밝혀져 있지는 않지만, '나'의 증상이 '부끄러움'의 감정, 그리고 휴양지 사건과 깊이 연루되어 있는 것은 분명해 보인다.

> 나는 내가 속해 있는 조직을 혐오한다든가 바깥사람들에게 적개심을 갖는 대신에, 오히려 양쪽을 다 부끄러워하고 있는지도 몰랐다. 군인의 명예란 언제나 국가가 추구하는 옳은 가치를 위해서 목숨을 거는 데 있다고 나는 믿어왔다. 그런데 전장에서 돌아온 나는 내 땅에 발을 디디면서 조금도 자랑스러운 느낌을 갖지 못하였다. 나는 갑자기, 국가가 요구하는 바는 언제나 옳은 가치인가를 스스로에게 묻고 싶어졌다.(117면)

---

18) 황석영, 「낙타누깔」, 『삼포가는 길』, 창작과비평사, 2000(앞으로의 인용은 면수로 대신함).

주목할 것은 전쟁에서 돌아온 귀환 장병들이 '회환', '부끄러움', '피해의식' 등의 복합적이고 모순적인 감정을 보이고 있다는 점이다. 인용문에서 보듯, '나'는 자신이 속한 군대 조직과 군대 외부의 일반인 둘 다에게 '부끄러움'을 느끼는 것 같다는 자기 진단을 내린다. 전자가 연합군의 지위 및 행위에 관한 자괴감이라면, 후자는 귀환장병을 향한 민간인의 적대감에 대한 과도한 반응이라는 점에서 차이가 있다. 먼저 후자부터 살펴보면, 참전 기간 동안 심한 소외감을 느끼던 참전용사들은 고국에서는 자신들이 '개선용사'로 환대받을 것을 기대하며 귀환한다.[19] 하지만 일반인들은 베트남전쟁이 "누구는 수지맞고 어떤 놈은 골"로 가는 전쟁으로, 참전 군인을 "한몫 잡은 치들"(115)로 폄하하며, 이로 인해 장병들은 자신들이 고국에서도 '불청객'으로 취급됨을 느낀다.

하지만 민간인의 적대적 시선이 병사들의 정신적 혼란과 불안을 초래한 전적인 이유는 아니다. 귀환장병의 병리적 증상을 초래한 보다 더 중요한 원인은 전장에서의 체험에서 비롯된다. 간부 후보생으로 훈련을 받던 시절 '나'는 군인으로서의 "명예심과 영웅적인 정의감"(125)을 가졌었다. 훈련과 실제 군생활을 통해 그러한 명예심은 잃어버리게 되지만, 군인의 명예가 "언제나 국가가 추구하는 옳은 가치"(117)를 위해서 목숨을 거는 데 있다는 신념은 간직하였던 인물이다. 하지만 베트남전쟁에서의 체험과 베트남인들의 시선은 그러한 최소한의 신념조차 의심하게 만든다. 즉 전쟁에서 돌아

---

19) '나'와 함께 술을 마시는 병장은 민간인들 사이에서 "폭소가 터질 때마다 흠칫 놀라 의심스러운 눈초리"로 돌아보고 "옆구리에 기다란 상흔"(114)이 보이도록 저고리 단추를 풀어놓는 등의 행동을 한다. 민간인들의 시선을 과도하게 의식한 결과인데, 이를 단지 전장에서 겪었던 스트레스에 의한 것으로 치부할 수만은 없다.

온 '나'는 "국가가 요구하는 바는 언제나 옳은 가치인가"(117)라고 되묻게 되는 것이다.

베트남참전 용사로서 '나'를 비롯한 동료 군인들은 군인으로서의 자부심을 전혀 느끼지 못한다. 이는 인간의 존엄성을 불가능하게 만드는 전쟁의 보편적 성격에서 비롯된 것이기도 하지만, 명분 없는 전쟁이라고 칭해지는 베트남전쟁의 특수성으로 말미암은 것이기도 하다. 제국주의 침략전쟁이라는 오명이 보여주듯, 연합군에 속한 이들은 스스로도, 국내의 일반인에 대해서도, 베트남인들 앞에서도 떳떳한 마음을 갖지 못하고, 이로 인해 정신적 부담과 죄의식을 떠안게 된다. 특히, 베트남 휴양지에서의 일은 전쟁에 대해 '나'가 견지하던 최소한의 신념을 뒤흔들어 놓은 사건이었다. 휴양지에서 '나'는 흑인 병사와 베트남 사람들 사이의 작은 다툼에 휘말리게 되는데, 이 사건으로 '나'는 미군이나 한국군이 정의의 군대가 아닌 '불청객'이나 '침입자'에 불과함을 절감한다. 베트남 여자 아이들의 조롱에 화가 난 미군 병사가 "이 냄새 나는 동양놈아. 너희는 거지 같은 구욱이다. 구욱! 이 더러운 데서 우리는 너희 때문에 싸운다. 다친다. 죽는다."(122)라고 욕설을 퍼부으면서 문제가 커진다.[20] 이때 한 베트남 청년이 이 욕설을 정면으로 되받아치는데, 그의 말은 연합군 군인들의 정체성을 뒤흔드는 역할을 한다.

"우리 때문이 아니다. 너는 네 형제들이 미워하는 정부의 체면을 지키러 여기 온 것이고, 또 너는 그 나라의 체면을

---

20) '냄새 나는 동양놈'이 지시하는 대상은 베트남 사람들이지만 동양인이라는 점에서 '나'는 '냄새 나는 동양놈;에 포함될 수밖에 없다. 그런 점에서 '나'의 정체성은 이중적이고 모순적이라고 할 수 있다.

몸값으로 치러주려고 왔다. 둘 다 가엾은 자들이다. 우리는
원하지 않으니 모두 네 형편없는 고장으로 돌아가라. 우리
는 바나나와 망고만 먹고도 산다. 굶어죽지도 않고, 폭탄에
맞아 죽지도 않는다. 꺼져라. 내 나라에서."(122면)

　이 청년의 직접적인 언사는 베트남전쟁의 명분과 실상의 괴리,
용병으로서의 한국군의 위상을 여지없이 폭로해준다. 즉 베트남전
쟁은 자유와 평화를 수호하는 정의의 전쟁이 아니라 제국주의의
침략 전쟁이라는 것, 그리고 한국군은 연합 동맹군이 아니라 "(미
국의) 체면을 몸값"(122)으로 치르러온 용병에 지나지 않는다는 것
을 보여준다. 그러나 더 심각한 문제는 귀국하여 마주한 한국의 현
실이 식민화된 베트남과 별반 다르지 않다는 데 있다. 미국 달러와
보급품에 길들여진 귀환병들뿐만 아니라, 타락한 자본주의의 제증
상을 이미 체현하고 있는 항구 도시의 모습은 이에 대한 반증이다.
"미국을 떠다가 옮겨놓은 거 그대로"인 시내의 '텍사스'에서는 매
춘부 여성들이 미군을 상대로 몸을 팔고 있으며, 항구 도시의 주변
사람들은 베트남에서 빼돌린 군수품에 혈안이 되어 있다.
　그런데 여기서 주목할 사실은 신식민주의적 현실을 폭로하는 이
소설이 젠더화된 수사를 적극적으로 활용하고 있다는 점이다. 아
래 인용문에서 보듯, 「낙타누깔」에서 신식민지적 현실은 훼손된
여성 신체나 창녀화된 여성으로 은유되어 특징을 보인다. 즉 '식민
주체/피식민주체'의 관계가 '남성/여성'으로 치환되며 여성 유린의
성적 폭력으로 상징화되는 나타나는 것이다.[21]

21) 김은하, 「1970년대 소설과 저항 주체의 남성성: 황석영의 70년대 소설을 중심으로」, 『페미니즘 연구』 제
　　7권 2호, 2007, 249~280면.

218　한국 현대소설과 전쟁의 기억

① 붉은 불빛이 터지듯이 확 밝아지며 무수한 넓적다리가 내 몸 위로 솟아올랐다. 팔없는 몸뚱이들, 빨강 노랑 은빛의 뱀 같은 머리를 단 그물 모양의 모가지들, 허공으로 치켜진 손목들, 팬티 바람에 상반신이 잘려나간 하체들. 불이 탄다. 타오른다. 썩어 집채만큼 부어오른 물소의 시체. 햇빛을 가리는 야자수 같은 거대한 파리떼의 그늘. 무전기가 말한다. '모조리 요리해라, 요리해.' (…중략…) 여자들의 스타킹과 속옷을 파는 상점이었다.(125~126면)

② 그들은 서투른 영어로 지껄이면서 우리를 손가락질했다. "네 파파 같다. 네 파파 같다." 한 계집애가 자기 팔을 꼬집어다 입에 넣는 시늉을 했다. "먹는다. 맛좋다. 먹는다." 흑인 병사는 팔짱을 끼고 그들을 묵묵히 노려보았다. 애들은 모두들 입을 우물거리며 씹는 시늉을 했다. "몇이나 먹나, 투 파이브 텐?" 하면서 열 손가락을 쫙 펴 보였다. 계집애들이 나를 똑바로 가리켰다. "두 사람 파파 같다. 먹는다. 짭짭, 짭짭." "설탕 없다, 나는 준다 설탕." 그애들이 떡을 설탕 접시에 찍어먹는 시늉을 해 보이며 자기네 팔이나 코나 귀를 떼어내는 듯한 동작을 하고 나서 일제히 내게 내밀었다. 순간적으로 놀란 나는 뒤로 물러나 앉았으며, 그애들의 눈과 손가락 끝과 지껄임이 머리통을 꽉 채워 터져버릴 것만 같았다.(120면)

인용문①은 귀국한 '나'가 겪는 정신적 혼란을 보여주는데, 베트남전쟁의 경험이 '나'의 환각을 초래하고 있음을 짐작하게 한다. 그런데 흥미로운 점은 '나'의 환각에 가까운 발작이 여성 속옷을

황석영 소설에서 일반적으로 부정적인 현실은 '남성성의 약화' 혹은 '여성화'로 비유되곤 하는데, 베트남전쟁 소재 소설에 등장하는 정신적으로 병약한 귀환장병 역시 여성화된 존재라고 볼 수 있다. 건강한 남성성을 상실한 병약한 남성의 존재는 식민화된 한국적 현실을 은유적으로 보여주는 것이나, 이는 궁극적으로 건강한 남성성의 회복을 주체화로 상정한 것이라는 점에서 페미니즘의 비판으로부터 자유롭지 못하다.

파는 양장점 앞에서 촉발된다는 것, 그리고 분절된 여성 신체로 표상된다는 것이다. 인용문[2]는 휴양지에서 베트남 여자 아이들에게 조롱을 당하는 장면인데, 유의할 대목은 아이들이 연합군의 제국주의적 욕망을 젠더화된 수사로 표현하고 있다는 것이다. 인용문[1]과 [2]에서 보듯, 제국주의적 욕망은 '요리하다', '먹는다' 등의 동사류, 그리고 남성/여성의 관계로 표상되는 특징을 보인다. '식민주체/피식민주체'의 관계가 '먹다/먹히다', '능동성/피동성'으로 표상되는데, 그 기본이 되는 것은 '식민주체=남성', '피식민주체=여성'이라는 성차별적 대립이라는 것이다.22)

소설의 제목인 '낙타누깔'은 여성을 피식민지, 혹은 피식민주체로 표상하는 젠더화된 수사를 가장 잘 보여주는 상징물이다. 휴양지를 찾았던 '나'는 베트남 아이들이 성유희 도구를 '나타누깔'이라는 우리나라의 고유명사로 부르며 팔고 있는 장면을 목격한다. 다국적적인 문화적 차이가 교차되고 있는 이 '낙타누깔'의 존재는 한국이나 베트남과 같은 제3세계가 제국이 구사하는 고도의 전략 속에서 신식민지로 전락하고 있음을 상징한다. 미국의 군사적, 정치적 지배를 받을 뿐만 아니라, 경제적, 문화적인 속국으로 전락하고 있음이 젠더화된 은유를 통해 드러나는 것이다.23) 김상사를 비롯한 참전군인들은 제3세계 동양인으로서의 자기 정체성을 바로 알지 못하고, 자신을 미군과 동일시하는 오류를 저지른다는 점에

---

22) 장혜련, 「1970년대 소설의 창작 방법 연구: 황석영, 조세희, 이문구를 중심으로」, 고려대학교 대학원 박사논문, 2011, 27면.
황석영의 소설은 이분법의 구도를 강화하는 구조를 취하고 있다고 지적된 바 있다.

23) "푹 적셔놔야 부드러워서 써먹기 좋잖소? 용법은 내가 더 잘 알지. 그럼 몸 무시라구."(133)라는 표현에서 보듯, 제3세계를 길들이는 제국의 전략이 저속한 성적인 은유로 표현된다.

서 더욱 문제적이다. 그러나 동양인 혐오를 이유로 김상사와 '나'를 미군전용클럽으로 들이지 않으려는 남자의 반응이나 한국인 남성을 달가워하지 않는 직업여성들의 태도는 한국 남성이 '식민주체-서양인'과 동일한 지위를 갖지 못함을 분명하게 보여준다.

4. 대항 기억의 형성과 반성적 성찰: 「돌아온 사람」

「돌아온 사람」[24]은 황석영이 베트남전쟁을 문학적 제재로 끌어들이는 이유가 한국적 현실과 한국적 정체성에 대한 반성적 성찰과 긴밀히 연관되어 있음을 보여주는 소설이다. 「돌아온 사람」의 '나'는 「낙타누깔」의 주인공보다 더 심각한 전쟁 후유증에 시달리는 인물이다. 집에 돌아온 첫 주부터 '고열'로 앓아누운 '나'는 "헛소리도 했고, 어떤 때는 소리를 지르며 깨어 일어나 마당을 기어다니기도"(96) 한다. '불면증'과 "어렴풋한 반수상태"(96)에 시달리며 '나'는 병을 "수송선 안에서 맞았던 방역주사와 십여 일간의 뱃멀미"와 "악성감기"(95) 탓으로 돌리려 한다. 하지만 소설 중간중간에 반복적으로 등장하는 "어떤 얼굴", "외국 잡지에 나온 다키치약의 광고같이 드디어 이빨을 드러내고 낄낄거리는 저 검은 얼굴"(108)의 형상은 이 얼굴의 주인이 주인공의 병증과 관련됨을 짐작하게 한다. 소설 후반부에 가서 그 얼굴의 주인은 베트남전쟁 당시 '나'에게 가혹행위를 당했던 포로였음이 밝혀진다.

그러므로 「돌아온 사람」은 은폐되었던 것이 밝혀지는 일종의

---

24) 황석영, 「돌아온 사람」, 『객지』, 창작과비평사, 2000(앞으로 인용은 면수로 대신함).

'폭로의 구조'를 취하고 있다고 할 수 있다. 하지만 '나'의 은폐되었던 기억이 밝혀지는 서사에만 치중하여 소설이 전개되는 것은 아니다. 베트남전쟁에서의 '나'의 경험만큼 중요하게 다루어지는 것이, 바로 외삼촌의 과수원에서 재회한 만수네 일가의 서사이다. 즉「돌아온 사람」은 한국전쟁을 중심으로 한 '만수' 가족의 서사와 베트남전쟁을 중심으로 한 '나'의 서사가 중첩, 병치된 구조를 취하고 있다.25) 하지만 두 서사가 단순한 병치인 것은 아닌데, 왜냐하면 만수네의 서사는 '나'의 서사를 자극하여 은폐되었던 기억이 의식의 표면으로 떠오르게 하는 중대한 역할을 하기 때문이다. 한국전쟁 발발 이전까지 부농이던 만수 가족은 소설에서 '그놈'이라 호명되는 사내로 인해 몰락의 길을 걷게 된다. 자세히 설명되지는 않지만 그 사건으로 만수의 부모는 자살을 하고 형은 실성했다고 한다. 소설에서 만수와 만수의 형수는 가문을 몰락하게 한 장본인인 '그놈'에 대한 복수를 포기하지 않는다.

만수는 '나'에게 국가의 공권력이 범죄자를 '사면'했기 때문에 사적인 복수를 선택할 수밖에 없다고 항변하는데, 그 이전까지 만수와 친밀한 유대감을 유지하던 '나'는 분노에 찬 만수의 입장에 대해서는 애매한 태도를 보인다. "사회가 입은 사실적인 해악에 관해서만 응징"(103)할 뿐이라는 공권력의 한계를 인정하면서도, "오래 묵혀진 사실에 대해서 사면(赦免)하는 것은 중요"하다고, 그리고 "사회적인 증오로부터 차츰 망각되어진 일들이란 이미 신의 영역"(103)이라며 만수의 입장과 거리를 두는 것이다.26) '나'가 만수

---

25) 문재원, 「황석영 초기 소설 연구: 〈가화〉, 〈탑〉, 〈돌아온 사람〉을 중심으로」, 『한국문학논총』 41, 2005, 211면.

에게 충분히 동조하지 못했던 까닭은 은폐되었던 기억이 드러나는 소설 마지막에 가서야 해명된다. '나'의 애매한 태도는 베트남전쟁 당시의 자신의 범죄 행위에서 비롯된 것이었다.

현실/환상의 경계가 흐려진 상태에서이긴 하지만, 한국전쟁의 피해자가 가해자에게 복수를 감행하는 장면을 보여준다는 점에서 이 소설은 독특해 보인다.[27) 또한 피해자의 고통만을 일방적으로 부각시키는 여타의 소설과 달리, 가해자의 죄책감까지 담아냈다는 점도 흥미롭다.[28) 하지만 폭로의 구조를 취하고 있는 이 소설의 최종 종착지가 억압되었던 기억의 회복에 있다는 점에 주의할 필요가 있다. 즉 한국전쟁/베트남전쟁, 만수/'나', 현실/환각의 중첩은 베트남에서의 '나'의 범죄행위를 회상시키기 위한 전략이며, 복수 장면의 상연과 가해자의 죄의식 또한 베트남에서 가해자였던 '나'의 반성적 성찰을 유도하기 위한 전략인 것이다.

'나'는 베트남에서 자신이 저지른 범죄에 대해서 의식적, 무의식적인 부인으로 일관하는 태도를 보인다. 빈 독에 숨어 있던 노인과 소년, 갓난아이를 쏘아죽인 것에 대해 '오발'로 인한 사고라는 합리화를 하는 것이 의식적 부인이라면, 잔인한 고문과 그로 인한 살인을 망각한 것은 무의식적 차원의 부인에 속한다. '나'와 동료들

---

26) 하랄트 바인리히, 백설자 역, 『망각의 강 레테』, 문학동네, 2004, 271면.
   '용서'와 '망각'은 한 범주에 속하는 것으로, 따라서 '용서', '사면', '화해'의 전제조건이 '망각'이라고 할 수 있다.

27) '가해자-피해자'라는 도식은 '유년기 전쟁체험세대'의 소설에서 자주 확인되는 구조이다. 하지만 가해자와 피해자의 갈등이나 대물림된 대립이 화해에 이르게 되는 대부분의 소설과 달리, 황석영의 「돌아온 사람」은 피해자가 가해자에게 사적인 복수를 감행하는 장면을 연출한다는 점에서 독특하다.

28) 「돌아온 사람」은 피해자인 만수와 만수 형수의 고통만 보여주는 것이 아니라, 가해자인 사내가 겪었던 괴로움에도 보여준다. "나는 사실…… 동네 사람들을 만나 뵈러 온 겁니다." "지긋지긋해서요."(114)라고 죄책감에 대해 말하던 사내는 고문에 대하여 "이젠…… 시원합니다."(113)라고 말한다.

은 포로답지 않은 오만함을 보인다는 이유로 베트콩 한 명에게 비인간적인 가혹행위를 하다가 그를 죽게 한다. '나'의 불면증과 환각은 포로를 죽게 했다는 죄의식으로 말미암아 생겨난 증상들이었던 것이다. 그런데 '나'는 귀국 후 고문사건을 완전히 잊었다는 듯이 지내다가, 만수와 만수 형수의 고문을 보면서 망각하고 있던 사건을 떠올리게 된다.

> 나는 뇌리 속에 솟아나는 검은 얼굴을 환각으로 보는 듯했다. 내 얼굴을 더듬었다. 목 위에서 그것은 분명히 만져졌다. 그래, 그것은 내 얼굴도 끼여 있던 네 사람의 웃는 모습이란 걸 알았다. 나는 그때 두 손에 열 가락의 형틀을 가지고 있었으며, 이제 나는 불면의 밤을 이해하여야만 한다. 전장에다 내가 두고 온 것은 몇 개의 타락한 증오였는지도 모른다. 누구든지 거기서 싸웠던 전우라면 열대성 말라리아라든가 우리를 저격하는 게릴라, 또는 비협조적인 주민들을 인류의 적으로 미워해본 기억이 없을 것이다. 내가 적들을 사살한 것은 상대적인 것이었고, 그것은 전장의 엄연한 율(律)이었던 것이다. 나는 나의 용기와 전쟁의 허무를 가늠하면서 적을 쏘았다. 그러나…… 그 외에 또 무슨 일이 있었던 것일까?(116면)

인용된 회상장면에서 보듯, 만수네 집에서 목격된 고문장면은 '나'가 망각하고 있던 것을 의식의 표면으로 떠오르게 하는 역할을 한다. 만수의 고문과 '나'의 고문이 갖는 상동성이 '회상'을 자극한 것이다. 즉 두 장면은 고문자와 피고문자, 가해자와 피해자, 고문 및 심문 행위라는 표면적 유사성을 가질 뿐만 아니라, 지배 권력의 용인과 묵인 아래 용인되고 이후 망각된 것이라는 점에서도 상동성을 갖는다. 하지만 이 망각은 완전한 것일 수 없는데, 갑자기 떠올라 '나'를 괴롭게 하던 '검은 얼굴'이나 불면증은 은폐나 망각의 불완전함을 입증해준다. 죄의식의 형성과 소멸에 전제가 되는 것이 '기억'이며, "죄에 대한 완전한 망각"은 '속죄'라는 윤리적 의식을 전제로 성취된다는 것을 상기하면,[29] '나'의 망각은 애초부터 불완전한 것일 수밖에 없었다. 왜냐하면 '나'의 잊음은 반성이나 속죄를 동반한 진정한 망각이 아니라, 은폐하기나 부인하기에 불과한 것이었기 때문이다.

이처럼 「돌아온 사람」은 20여 년의 시간차를 갖는 한국전쟁과 베트남전쟁을 나란히 배치시키면서 치유되지 않은 한국전쟁의 상처를 문제 삼을 뿐만 아니라, 가해자의 신분으로 베트남전쟁에 참가한 한국군의 책임을 추궁한다. 국가가 주도하는 공식적 기억과 그에 반하는 대항 기억은 무엇을, 얼마나, 어떻게 기억하느냐를 둘러싸고 기억의 투쟁을 벌이게 되는데, 이런 점에서 병리적 증상을 내세워 베트남전쟁을 재현한 황석영의 소설은 대항 기억을 형성하는 역할을 했다고 의의를 갖는다. 정신병리적 증상을 보이는 주인을 내세운 황석영의 소설들 인물의 황폐한 내면을 조명하는 데 그치지 않고, 지배적 기억이 은폐하고자 한 분열되고 이중적인 한국군의 위상이나 한국군의 전범행위를 폭로함으로써 베트남전쟁에 대한 다른 기억을 만드는 역할을 했기 때문이다.

---

29) 박은주, 최문규 편, 「기억과 망각의 역설적 결합으로서 글쓰기」, 『기억과 망각』, 책세상, 2003, 331면.

5. 결론

　이 논문은 베트남전쟁을 소재로 한 황석영의 1970년대 단편소설을 대상으로 하여 황석영의 베트남전쟁 재현의 특징과 그 의미를 고찰하고자 하였다. 베트남전쟁을 소재로 한 1970년대 황석영 소설은 일인칭 서술자를 내세웠다는 점, 정신병리적 증상을 보이는 귀환장병을 주인공으로 설정했다는 점, 그리고 일종의 후일담 형식을 취하고 있다는 점 등의 공통점을 보인다. 병리적인 주인공의 등장은 전쟁의 폭력성이나 이로 인한 군인의 황폐한 내면을 효과적으로 조명해주는 역할을 한다. 하지만 전쟁의 폭력성보다 주목할 것은 참전군인들이 베트남에서의 경험으로 인해 정체성의 혼란을 경험하고 있다는 점이다. 그런 이유로 본고는 주인공이 보이는 정신적 분열과 혼란이 전쟁이 가한 외상으로부터 자신을 보호하기 위한 주체화와 관련된다는 전제 아래, 황석영의 베트남전쟁 소설에서 확인되는 한국(인)과 베트남전쟁의 상관성을 살펴보고자 하였다.

　「탑」의 주인공이 겪는 정체성의 혼란은 보편적인 차원에 것인 동시에 특수한 성격의 것이다. 전쟁의 폭력성과 무의미함으로 인해 주인공이 정신적 혼란을 겪는데 이는 보편적인 차원의 전쟁 성격과 관련된다. 하지만 「탑」의 인물을 심각한 정체성의 혼란으로 몰아넣는 것은 한국군인 자신이 식민주체인 미군과 동등하지 않으며, 미군에 의해 피식민주체인 베트남인과 동일시된다는 사실이었다. 황석영 소설에 등장하는 한국군들은 은연중에 자신을 식민주체-백인과 동일시하는 경향을 보이며, 이로 인해 정체성의 혼란을 경험하게 된다. 잘못된 동일시와 오인에 기반한 정체성은 분열될 수밖에 없는데, 황석영은 이러한 정체성의 혼란을 경험하는 인물을 통해 한국이 제3세계 신식민지에 불과하다는 자각을 분명히 보여준다. 또한 「돌아온 사람」의 주인공을 통해 베트남에서 한국군이 행한 범죄행위의 책임을 묻고 속죄와 용서가 진정한 망각을 가능하게 함을 역설한다.

작가 황석영이 베트남전쟁을 끌어들이는 의도가 한국의 현실, 한국의 국가적 정체성을 탐색하려는 시도와 맞물려 있음에 주목하여, 본고는 황석영의 1970년대 단편소설이 획득한 자기반성과 성찰의 의미를 해명하고자 하였다. 즉 정신병리적 증상을 보이는 참전군인을 주인공으로 내세운 황석영의 1970년대 단편소설은 황폐한 내면을 조명하거나 전쟁의 폭력성을 고발하는 데 그치는 것이 아니라, 공식적 기억이 은폐한 이면의 진실을 보여줌으로써 대항기억을 형성하는 역할을 했다는 긍정적인 평가를 내릴 수 있다. 왜냐하면 「탑」과 「낙타누깔」이 보여주는 한국군에 대한 인식이나, 「돌아온 사람」에서 드러나는 한국군의 전범행위는 국가와 언론이 말하는 공식적 기억의 이면에 은폐되어 있던 것들이기 때문이다.

참고문헌

황석영, 『무기의 그늘』, 창작과비평사, 2006.
황석영, 『객지』, 창작과비평사, 2006.
황석영, 『삼포가는 길』, 창작과비평사, 2006.

고명철, 「베트남전쟁 소설의 형상화에 대한 문제: 베트남전쟁 소설의 전개 양
　　　상을 중심으로」, 『현대소설연구』 19, 2003.
김은하, 「1970년대 소설과 저항 주체의 남성성: 황석영의 70년대 소설을 중심
　　　으로」, 『페미니즘 연구』 제7권 2호, 2007.
문재원, 「황석영 초기 소설 연구: <가화>, <탑>, <돌아온 사람>을 중심으로」,
　　　『한국문학논총』 41, 2005.
박은주, 최문규 편, "기억과 망각의 역설적 결합으로서 글쓰기", 『기억과 망각』,
　　　2003.
시어도오 휴즈, 「혁명적 주체의 자리매김: 『무기의 그늘』론」, 『황석영 문학의
　　　세계』, 창작과비평사, 2003.
안남일, 「황석영 소설과 베트남전쟁」, 『한국학 연구』 11, 1999.
＿＿＿, 「황석영 소설에 나타난 권력의 문제」, 『어문논집』 45, 2003.
유예원, 「황석영 전쟁소설의 기억 양상 연구」, 이화여대 석사논문, 2009.
임기현, 『황석영 소설의 탈식민성』, 역락, 2010.
임홍배, 「베트남전쟁과 제국의 정치: 『무기의 그늘』론」, 『황석영 문학의 세계』,
　　　창작과비평사, 2003.
정찬영, 「한국과 베트남소설에 나타난 베트남전쟁 담론 연구」, 『한국문학논총』
　　　58, 2011.
정호웅, 「베트남 민족해방투쟁의 안과 밖: 『무기의 그늘』론」, 『외국문학』,
　　　1990.
최성민, 「제3세계를 향한 제국주의적 시선과 탈식민주의적 시선」, 『현대소설
　　　연구』 40, 2009.
최원식, 「한국소설에 나타난 베트남전쟁」, 『생산적 대화를 위하여』, 창작과비

평사, 1997.

미셸 푸코, 이광래 역, 「니이체, 계보학, 역사」, 『미셸 푸코』, 민음사, 1989.

하랄트 바인리히, 백설자 역, 『망각의 강 레테』, 문학동네, 2004.

허버트 허시, 강성현 역, 『제노사이드와 기억의 정치』, 책세상, 2009.

정재림

고려대학교 국어교육과 졸업
동 대학원 국어국문학과 졸업
2004년 조선일보 신춘문예 문학평론 등단
2010년 서울기독교영화제 영화비평 우수상 수상
고려대학교, 한국항공대학교, 백석대학교 강사
현) 고려대학교 한국어문교육연구소 연구교수

『기억의 고고학』, 『문학의 공명』,
『임옥인 소설 선집』(편저), 『최인훈』(편저),
『기억의 여신 므네모시네, 영화관에 들어서다』(공저), 『미디어와 문화』(공저)

한국 현대소설과
전쟁의 기억

초 판 인 쇄 ㅣ 2013년 3월 30일
초 판 발 행 ㅣ 2013년 3월 30일

지 은 이 ㅣ 정재림
펴 낸 이 ㅣ 채종준
펴 낸 곳 ㅣ 한국학술정보㈜
주   소 ㅣ 경기도 파주시 문발동 파주출판문화정보산업단지 513-5
전   화 ㅣ 031) 908-3181(대표)
팩   스 ㅣ 031) 908-3189
홈 페 이 지 ㅣ http://ebook.kstudy.com
E - m a i l ㅣ 출판사업부 publish@kstudy.com
등   록 ㅣ 제일산-115호(2000. 6. 19)

ISBN   978-89-268-4218-8 93810 (Paper Book)
            978-89-268-4219-5 95810 (e-Book)

이 책은 한국학술정보㈜와 저작자의 지적 재산으로서 무단 전재와 복제를 금합니다.
책에 대한 더 나은 생각, 끊임없는 고민, 독자를 생각하는 마음으로 보다 좋은 책을 만들어갑니다.